"中国现当代名家散文典藏"编辑委员会

主　任：阎晶明
副主任：丁　帆
委　员（以姓氏笔画为序）：
　　　　止　庵　孔令燕　何　平　何向阳
　　　　李红强　张　莉　周立民　施战军
　　　　贺绍俊　臧永清

郭沫若散文

人民文学出版社

图书在版编目（CIP）数据

郭沫若散文/郭沫若著. —北京：人民文学出版社，2022（2024.11重印）
（中国现当代名家散文典藏）
ISBN 978-7-02-015002-1

Ⅰ.①郭… Ⅱ.①郭… Ⅲ.①散文集—中国—现代 Ⅳ.①I266

中国版本图书馆CIP数据核字(2022)第042058号

责任编辑　杜　丽
装帧设计　陶　雷
责任印制　宋佳月

出版发行　人民文学出版社
社　　址　北京市朝内大街166号
邮政编码　100705

印　　刷　河北环京美印刷有限公司
经　　销　全国新华书店等

字　　数　181千字
开　　本　880毫米×1230毫米　1/32
印　　张　9　插页4
印　　数　9001-12000
版　　次　2007年11月北京第1版
印　　次　2024年11月第4次印刷

书　　号　978-7-02-015002-1
定　　价　38.00元

如有印装质量问题，请与本社图书销售中心调换。电话:010-65233595

作者像

作者偕幼子博生,与郁达夫(右)、成仿吾(左)1923年摄于上海

1938年1月,作者与周恩来、叶剑英在汉口大智门车站迎接彭德怀

王母原真是邑姜兮舞桐叶潮源长情愧周柏然高古宗视唐碑说炜煌虫鱼篆山泉流玉磬苍棵荇沼布葱珩倾城四十宝媲像娲颉嫘祖主海堂

一九五九年夏 郭沫若

出版缘起

中国现代文学开启自一百多年前的一场文学革命。从此,与社会现实密切相关,普通大众可以接受、可以欣赏、可以从中得到思想启蒙和艺术享受的新文学,就如雨后春笋般生长,涌现出一篇又一篇、一部又一部影响当时、传之久远的经典作品。自"五四"新文学以来的中国现当代文学发展进程中,散文无疑是耀人眼目的明星。

散文既能直抒胸臆,又能描摹万物,因此被视为自由多样的文体;散文语言贴近日常,最易触动人们的情感,可以直接地陶冶人们的心灵。这也是经典散文被誉为美文、拥有广泛读者、历经岁月更迭仍让人捧读的原因。百余年来的中国现当代散文创作云蒸霞蔚,已莽莽如浩瀚的文学森林,人们若贸然闯入这片森林之中,时有乱花迷眼、茫然难辨之困扰。为了让广大喜爱散文的读者能够更迅捷地读到中国现当代散文的经典性作品,我们精心编选了这套"中国现当代名家散文典藏"丛书。本丛书编选过程中,我们邀请了文学界的专家学者组成编委会,在认真商讨的基础上,汇集、编选了20世纪以来中国现当代散文史上的名家、名作。目的就是方便广大读者感受散文经典的艺术魅力,有利于集中欣赏、比较阅读、收藏,以及进行相关研究。

在研究、讨论过程中,编委会形成了经典性的编选宗旨。卷帙浩繁的现当代散文作品中,以经典作家、经典作品的筛选为编选原则,是为读者提供阅读便利的需要,也是为百余年散文创作所做的某种回顾和总结。我们深知,任何一部文学经典都并非一蹴而就,也非任由某个权威命名而成,文学经典是经过时间的淘洗,经受了社会和读者等各个方面的考验,自然形成的。这个淘洗和考验的过程就是一部文学作品被经典化的过程。经典,是经典化过程的结晶。中国现代文学是中国当代文学的前身,当代文学是活在我们身边的文学,这是一件非常有趣的事,因为这样一来,我们也许就能亲眼看到一部文学作品是如何诞生的,又是如何引起社会的热议、得到不断深入阐释的,我们对一部当代散文的喜爱,往往也是在这一过程中不断地得以强化。经典便是在这样不断被阅读、被热议、被阐释的过程中得到人们的广泛肯定从而成为大家公认的经典。当我们要编选一套现当代散文经典的丛书时,就应该考虑到当代文学的这一特点,要意识到当代文学的经典并不是凝固不变的,它仍处在不断丰富和不断成熟的经典化过程之中。这就确定了我们的基本编辑思路,即我们自觉地将"中国现当代名家散文典藏"的编选和出版,视为参与到现当代散文的经典化过程的一次积极行动。经典化,为我们的编选打通了一条通往经典性的最佳通道。我们从经典化的角度来审视现当代散文,就要更强调发展和辩证的眼光,更需要发现和辨析那些正在茁壮生长中的新现象和新作品;这也提醒我们,在经典标准的确认上不能墨守成规。我们既要关注作为文学史的经典,同时又要更看重历经岁月变幻始终在广大读者中拥有良好口碑的作品。我们认为,读者是经典化过程中不可忽视的参与者,因此也希望这次"中国现当代名家散文典藏"的编选和出版,能够为广大读者参与到现当代散文经典化进程中来提供一次良好的机会。

经典化的编选思路,自然决定了这套丛书有另一特征:开放性。中国现当代文学作为活在我们身边的文学,这就意味着它是一种具有旺盛生命力的,仍在茁壮生长的文学。回望过去的一百余年,现当代散文已经产生了不少的经典性作品;凝视当下的现实,仍有许多正行走在经典化道路上的优秀作品;放眼未来,我们相信,将会有更多的经典脱颖而出。我们这套散文典藏丛书不光要"回望",而且还要有"凝视"和"放眼",也就是说,我们不光要推出已有定论的经典性作品,而且还要把那些正行走在经典化道路上的,以及刚刚萌芽即将脱颖而出的优秀作品也纳入丛书的视野,因此我们必须采取开放性的编选方针。我们不是一次性地编选数十本书就宣布大功告成了,我们还要在此基础上继续延伸下去,把在经典化进程中逐渐成熟了的作家和作品吸纳进来,作为系列丛书、长期工作、"长河"计划而接连不断地出版下去。

本丛书编辑过程中,坚持优中选优原则,同时也充分尊重作家意愿和相关版权要求。在编辑"中国现当代名家散文典藏"过程中,由于版权限制等因素,使得一些名家名作还没有如期纳入丛书当中,我们也将努力创造条件,争取将更多的优秀散文佳作奉献给读者,以呈现中国现当代散文创作的整体成就和总体风貌。

感谢广大作家的支持,感谢广大读者的厚爱。

人民文学出版社
"中国现当代名家散文典藏"编辑委员会

目 录

1	导读
1	我的童年(节选)
43	黑猫
75	菩提树下
79	芭蕉花
83	铁盔
85	鸡雏
90	致宗白华
99	卖书
102	痈
109	路畔的蔷薇
110	夕暮
111	水墨画
112	山茶花
113	墓
114	白发

115	梦与现实
118	寄生树与细草
119	昧爽
123	孤山的梅花
135	杜鹃
137	我是中国人
164	鸡之归去来
175	浪花十日
194	大山朴
196	芍药及其他
199	银杏
202	蚯蚓
207	小麻猫
213	雨
218	小皮箧
224	竹阴读画
230	丁东草(三章)
234	罗曼·罗兰悼词
236	梅园新村之行
239	论郁达夫
249	游湖
254	访沈园

导 读

这里收录的是郭沫若的三十余篇散文作品。

郭沫若(1892—1978)，原名郭开贞，字鼎堂，号尚武，出生于四川乐山，毕业于日本九州帝国大学，文学家、历史学家、古文字学家、书法家、学者、社会活动家。郭沫若著述颇丰，主编《中国史稿》和《甲骨文合集》，作品汇编为《郭沫若全集》三十八卷。他的文学创作遍及诗歌、戏剧、小说、散文等各种文体，但以新诗与戏剧最负盛名，其实，他的散文和小说也是颇具特色的。

广义的散文通常指除诗歌、小说、戏剧以外的其他所有文章。郭沫若走上文坛的时代，包括散文在内的现代文学诸文体都在持续酝酿和发展之中，因此我们不难发现，其实郭沫若的散文写作几乎与他的新诗创作同时起步，而且形式多样。据王锦厚先生考证，郭沫若最早的散文是1916年圣诞节用英文写给安娜的献辞，后来经修改译成中文，作为《辛夷集》小引的一篇。① 从此创作持续不断，留日时期的个人抒怀，五四与大革命时期的自然与人生记叙，日本流亡时期的自传性回忆，抗战时期的杂文、评论和小品，直到1978年去世之前，他

---

① 王锦厚：《〈郭沫若散文选集〉序》，《郭沫若学刊》1992年第4期。

还以一篇久久传颂的《科学的春天》为我们昭示了新时期的到来。从形式上看，则囊括了回忆录、小品文、日记、通讯、通信、杂文、文学批评、散文诗等各种体式，蔚为大观。

郭沫若的散文不仅体式多样，内容、手法也十分丰富。有叙事，如他和家人养鸡的故事（《菩提树下》），童年偷摘芭蕉花为母亲治病的故事（《芭蕉花》），冈山留学时被迫"卖书""送书"的故事（《卖书》）；也有抒情，如《路畔的蔷薇》通过路旁被人丢弃的蔷薇花书写对情感受伤者的深深的同情，《墓》表达的是灵魂的孤寂，形影相吊的感伤；有写景，如暖阳下和睦的黄昏（《夕暮》），暴风雨降临前短暂的宁静（《水墨画》），被日军轰炸后的弹坑里一抹生命的新绿（《石池》）；也有状物，如写挺拔蓬勃的银杏（《银杏》），清冽隽永的水滴之声（《丁东》），空中翩然掠过的白鹭（《白鹭》），绚丽热烈的石榴（《石榴》）；或者记人，如坦率真挚的郁达夫（《记郁达夫》），梅园新村里目光炯炯的"周公"（《梅园新村之行》）。作为诗人的郭沫若是情感饱满丰沛而多姿多彩的，有《天狗》《晨安》《凤凰涅槃》的气势磅礴，有《晴朝》《岸上》《静夜》《偶成》《天上的市街》的静谧平和，有《蜜桑索罗普之夜歌》的梦幻与迷离。同样，作为散文家的郭沫若也依然是感情激荡，思想飞扬的。他的激情、温情和感伤，他的孤独、寂寞，他的逸情别志，他的壮怀激烈，他的家国情怀，他的悲悯慈爱，都获得了淋漓尽致的表现。

具体到这些文字的传达里,也是自由灵动,娴熟地游走于叙述、抒情和议论之间,而且时时出现奇思异想,打破传统题材的惯例,反转日常情绪的逻辑,超出我们的料想,从而带给我们种种新鲜的意趣和联想。例如"杜鹃泣血"历来都是乡思至诚的象征,然而郭沫若却做了"翻案文章":"杜鹃是一种灰黑色的鸟,毛羽并不美,它的习性专横而残忍。"(《杜鹃》)因为有"痈"生长,他浮想联翩:"自己的脸色,一天一天地苍白下去,这一定是白血球在拼命吃自己的赤血球,我想。""为着一个小疖子,说不定便有丢命之虞,这使自己有时竟感伤得要涔涔落泪。"不仅如此,他还能从身体内部的斗争联想到作家的命运和新旧文化的冲突(《痈》)。他还化身为蚯蚓,以质朴的自述反驳某些人类的诅咒,甚至还要以死抗议,用生命自证愚人的虚妄(《蚯蚓》)。包括他叙事绘景之时的妙想,例如《菩提树下》把"雄鸡"比作神圣的"大舜皇帝",把"牝鸡"比作多情的"娥皇女英",他勾勒"石榴"的形象如"裸体美人",每到秋天,则"忍俊不禁地,破口大笑起来,露出一口的皓齿"(《石榴》),这种出人意料的想象如此生动,令人不觉会心一笑。

　　散文,无论广义还是狭义,在叙写人的自我故事、传达人的个性精神这一方面所具有的优势是其他文体难以比拟的。郁达夫曾经说过:"现代的散文之最大特征,是每一个作家的每一篇散文里所表现的个性,比从前的任何散文都来得强。古人说,小说都带些自叙传的色彩的,因为从小说的作风里人物里可以见到作者自己的写照;但现代的散文,却更是带有自叙传的色彩了,我们只消把现代作家的散文集一翻,则这作家的世系,性格,嗜好,思想,信仰,以及生活习惯等等,无不活泼泼地显现在我们的眼前。这一种自叙传的色彩是什么呢,就是文学里所最可宝贵的个性的表现。"① 作为创造社的同人,郁达夫的这段描述在很大程度上也是对郭沫若散文特别是郭沫若的自传的准确的概括。

自传,是郭沫若对中国现代散文的最杰出的贡献,也是我们理解和认识他精神世界的最好的窗口。域外学者对此有过很高的评价。早在1938年,日本学者松枝茂夫断言:"郭沫若的全部创作,也可以说是他的自传。他的任何一部作品,几乎都是在他的自传的素材的基础上构成的。而他的创作态度总是站在深厚的唯物史观的立场上。从以上诸点来看,他的自传作品可以说是以自己作中心而讲述的一部中国现代史,由于具有这种性格,也可以称为兼备文献价值和兴味的一种富有特色的文学作品。"② 1967年至1973年,著名学者丸山升和小野忍合译《郭沫若自传》六卷,由平凡社作为"东方文库"丛书陆续出版。在丸山升眼中,"自传和历史剧"就是郭沫若作品里"两根最重要的支柱"。③ 郭沫若自传中的一些名篇如《我的童年》《反正前后》《黑猫》《初

---

① 郁达夫:《中国新文学大系·散文二集·导言》,上海良友图书出版有限公司1935年版。
② 吕元明:《日本译介郭沫若著作之一瞥》,《郭沫若研究》学术座谈会专辑。
③ 吕元明:《战后日本开展郭沫若研究概况》,《郭沫若研究》1985年第1辑。

出夔门》等，用作者自己的话来说，"纯然是一种自叙传的性质，没有一事一语是加了一点意想化的。"① 这些生动的文字，为我们讲述了郭沫若童年、少年、求学成长、一步一步走出故乡、进入更广大世界的故事，童稚的幻想，少年的野性，青春的叛逆，人生的求索与迷茫，冲动与挫折，娓娓道来，自我解剖，不加掩饰，不忸怩作态，洋溢着卢梭《忏悔录》的真率和赤诚。郭沫若去世后，巴金在纪念文字中写道："我同郭老接触多年，印象最深的是他非常真诚，他谈话、写文章没有半点虚假。"② 这就是对那个自传赤子的记忆的真相。阅读自传中的郭沫若，当代的读者至少在很大的程度上走进了历史真相，在那里重新获得心灵的触动。也是这份触动提醒我们，网络时代某些随意涂抹的"传闻"最终是多么的虚妄，文字背后的温度就可以告诉我们另外一些真实的往事。

这就是我们今天阅读郭沫若散文的意义。

李 怡

---

① 郭沫若：《我的童年·后话》，《郭沫若全集》文学编第11卷，人民文学出版社1992年版。
② 巴金：《永远向他学习》，《文艺报》1979年第一期。

我的童年(节选)

前　言

我的童年是封建社会向资本制度转换的时代，
我现在把它从黑暗的石炭的坑底挖出土来。
我不是想学 Augustine① 和 Rousseau② 要表述甚么忏悔，
我也不是想学 Goethe 和 Tolstoy③ 要描写甚么天才。
我写的只是这样的社会生出了这样的一个人，
或者也可以说有过这样的人生在这样的时代。

1928 年 12 月 12 日

一

大渡河流入岷江(府河)处的西南岸，耸立着一座嘉定府城，那在"乡土志"上是号称为"海棠香国"的地方，但是那有香的海棠在现在是已经绝了种了。

从嘉定的大西门出城差不多完全是沿着大渡河的西南岸走，走不上十里路的地方要渡过流入大渡河的雅河(这大约是古书上的若

---

① 奥古斯丁(353—430)，非洲迦太基人，中世纪哲学家，著有《忏悔录》、《神国》等书。
② 卢骚(1712—1778)，法国哲学家、作家，著有《民约论》、《忏悔录》等书。
③ 歌德和托尔斯泰。

水)。再往南走,在离城七十五里路远的一个市镇,名叫沙湾,那便是我的故乡了。

沙湾的市面和大渡河两岸的其他的市镇一样,是一条直街。两边的人家有很高而阔的街檐,中间挟着一条仅备采光和泄水用的窄窄的街心。每逢二、四、七、十的场期,乡里人负担着自己的货物到街上来贩卖。平常是异常清静的街面,到这时候两边的街檐便成为肩摩踵接的市场了。

场的西面横亘着峨眉山的连山,东面流泻着大渡河的流水,乡里人要用文雅的字眼来形容乡土人物的时候,总爱用"绥山毓秀,沫水钟灵"的字句。绥山就是峨眉山的第二峰,沫水就是大渡河了。

乡中的地理除掉这一山一水见于古代的文献以外,沙湾场的本身是完全没有古迹的。

场的北端有一个很大的沙洲名叫姚河坝,听说那是旧沙湾场的废墟。在一百几十年前的"老丙午",大渡河涨水把沙湾场冲没了。后来才移到现在的场所的。那沙洲上面也有几家人家,有一座古庙名叫韩王庙,这所祀的韩王不知道是汉时的韩信,还是宋时的韩世忠。那以前大约是客省人的会馆。

场的南端在相隔有半里路的地方,有一道很清洁的茶溪,从峨眉山麓流下。那上面架着一道很宽的石桥。过桥不远在山麓的倾斜中,有一座明时开山的古寺名叫茶土寺。中有一座碑是明末的乡贤嘉定人安磐写的。只这一点怕是沙湾场的唯一的名迹。

寺前有一道很简单的石坊,刚好就像寺的山门一样。标记是"大明林母李宜人旌表节孝坊"。但在乡中是连姓林的人也都没有了。

尽管是没有什么古迹名胜的沙湾，但它全体的印象比较起邻近的村镇来，总是秀丽的，开朗的。这自然是因为街道整齐新颖，和山水的配置也比较适宜的原故。

特别可以记述的是那清洁的茶溪。

那溪水从峨眉山的余脉蜿蜒地流泻下来，流到茶土寺的近旁，溪面便渐渐扩大了。桥的南端有好几家磨坊，为用水的关系在溪面上斜横地砌就了一道长堤，把溪水归引到一个水槽里去。因为这样，堤内的溪水自然汇成一个深潭。水是十分清洁的，一切的游鱼细石都历历地可以看出。潭的南沿是岩壁的高岸，有些地方有几株很茂盛的榕树掩覆着。

四川的区域本来离热带很远，但随处差不多都有榕树，都有荔枝，听说还有好些地方有木棉，有雪桃，这真是奇异的现象。木本的有香的海棠我本没有看见过，但听说和这相类似的花木在广东也有，那想来一定又是亚热带性的植物了。

在我们乡下，榕树每每是一二十围的大木，一般人叫着"黄角"。这黄角树每每爱寄生在别的大树上，因为发育的迅速，不两年便要闹到喧宾夺主的地位，把那原有的大木形成为自己身上的寄生树一样。因为这样，乡里人总很嫌厌它。乡里人的迷信只要树木一过于庞大了便要成精，能在人身上作祟。每逢有病有痛，那迷信很深的人，便要用两三寸长的铁钉，隔着小小的红绿的三角布，拿去钉在树身上，以为这样病痛就会被除的。像那容易膨胀的黄角，那当然不免要多受被钉的待遇了。

茶溪南岸的几株大榕树身上，也受了不少的这样的被钉的灾难。这虽然不免要给予人一种阴惨的印象，但是夏天在那儿纳凉垂钓，倒是再清凉也没有的。

大约就是因为山水比较清秀的原故罢,一般的人文风尚比起邻近的村镇也觉稍有不同。

本是极偏僻的一个乡村,当然不能够要求它有多么美的人文的表现,但那儿也有十来颗秀才的顶戴,后来在最后一科还出过一位恩赐举人。这在邻近各乡看来是凤毛麟角般的事体了。这位举人可以说是时代悲剧的表现者,我在这儿不妨略略地把他的身世叙述一下。

这位举人姓陈。他原来是一位贫寒的儒医,在乡上开了一片小小的药店。他年纪已经老了,接连下了十好几科都不能及第,但到最后的一科也就公然中了。中的虽然是恩举,当然也是很光耀的事,他穿起花衣补褂,四处拜客,大约得来的贺喜钱也是很不少的。

可怜这盼望了一生的举人的顶戴,或者也可以说是盼望了一生的这一些贺喜钱,却才是害人的毒药。他中了不上半年,因为是举人,便可以"三妻二妾"了,他便娶了一房年青的小妾。这位姑娘娶来不三个月便毒死了他,把他所得的贺喜钱拐带着,跟着一位情人逃跑了。

乡里的人都为这位陈老先生叹息,说:"假使他不中这一个举,不得这一笔贺喜钱,他总还可以多活得一些年辰,不至于遭这样的惨难罢。"

人的寿命,在当时的人看来,好像比名和利还要贵重一点。但事实上也并不见得是那样。乡里人的主要营业是糟房、茶店、烟馆,这些不是都只要有利可寻,便把生命都置诸度外的吗?例如越货行劫的勾当,尤其是乡里的一部分青年人所视为豪杰的行为。

铜河沙湾——土匪的巢穴!

嘉定人一提起我们沙湾,差不多没有不生发出这个联想的。原因是嘉定的土匪大多出自铜河——大渡河的俗名,而铜河的土匪头领大多出在我们沙湾。我们沙湾的土匪头领如徐大汉子、杨三和尚、徐三和尚、王二狗儿、杨三花脸,都比我大不上六七岁。有的我们在小时候还一同玩耍过的。

杨三和尚最有名,他在十几岁的时候便成了土匪。有一次我和我的五哥在河边上放风筝,杨三和尚也走来了。他已经是不敢十分公开行动的人,他走到我们旁边来站了一会,但一翻身又滚在旁边的一个坑里去了。他说:"差人来了,请费心遮掩着。"我们朝远方望去,果然看见来了几位差人,是从城里县衙门派来的背着前膛枪的皂隶。他们是有捉拿土匪的任务的。我们立在那坑旁边,若无其事的一点也没有移动。那差人们走近拢来,不注意地又走过去了。

杨三和尚的出名是在搭救徐大汉子的时候。徐大汉子也是我们场上的人,也是一位有名的土匪头领。有一次他被官兵捉着了囚在笼子里面抬往嘉定城的途中,杨三和尚领着他手下的弟兄赶去把他劫抢了回来,同时还杀死了一位陈把总。这件事真把乡里闹得天翻地覆了。本来是人人视为畏途的铜河,更好像完全化为了地狱。铜河流域的人都是一些魔鬼一样。

事情发生了以后开了好多粮子①到我们街上来,知府大人和知县老爷都赶来了。我们真是看了不少的热闹。但在我们小人们以为热闹好玩的时候,老年人一个个都是悬心吊胆、食不下咽的。因为

---

① 当时称兵为粮子。

知府大人和知县老爷一来，他们便要剿灭我们沙湾场，说沙湾场一场的人都是窝匪。父母大老爷的光威要照透三尺厚的地皮，这可不是好玩的事体了。

全街的绅粮们不知道告了多少饶（恐怕还送了不少的"程仪"），两位青天大老爷才准许专抄杨三和尚的家。杨三和尚的家是在场上，就在我们住家的斜对面。青天大老爷的天恩虽然已允许了专抄杨三和尚的家，但他们的头脑真是聪明，他们要叫差人点起火来，就来烧毁那杨家的房子。这和烧毁全场有什么区别呢？枥比着的街房中无论怎样有灵的天火，怎能只干脆地烧毁一家？为这事当然又苦了那十几个秀才的顶戴。他们朝衣朝冠的屡次求情，最后才办到把房廊拆毁之后运往大渡河前去焚烧。一般的人说，这是青天大老爷们的无量恩德，同时不用说也增进了那十几个亮铜顶子的光耀了。

就这样，费了不少的周折，在府县到后的第三天上，杨三和尚的房子才拆烧起来。那时候的光景真可说是壮观了。堂皇的一列三间、一连三进的房子，连拆带烧整整费了一天的工夫，在大渡河边上，好像火烧连营八百里一样连烧了二十几大堆。我们小人们不消说很愉快，老人们到这时候自然也要充分地发挥他们的幸灾乐祸的残忍性，高谈他们的福善祸淫的老教条了。他们也是很愉快的。周年四季不出大门一步的女人们、四乡附近的农夫们，也都走到河边来看热闹。卖小食的、演戏法的、看相卖卜的，都麇集到火堆近旁来包揽生意。那简直就像五月间办王爷会的一样了。——我们乡里人说：五月里王爷菩萨生，每年都要办神会的。这位王爷菩萨大约就是二郎神，是秦时蜀郡太守李冰的儿子，他是职司水利的神祇。

乡里人这样的高兴是理所当然的。他们免去了自己的灾难,乐得来看肖神①,乐得来看青天大老爷们的天颜,并且也乐得暗暗地满足了自己报仇的欲望。

乡里人的地方观念是很严重的,别的省份是怎样我不甚知道,在我们四川真是在大的一个封建社会中又包含着无数的小的封建社会。四川人在明末清初的时候遇过一次很大的屠杀,相传为张献忠剿杀四川。四川人爱说:"张献忠剿四川,杀得鸡犬不留。"这虽然不免有些夸大,但在当时,地主杀起义农民,农民杀反动地主,满人杀汉人,汉人杀满人,相互屠杀的数量一定不小。在那样广大的地面,因而空出了许多吃饭的地方来。在四川以外,尤其是以人满为患的东南,便有过一个规模相当大的移民运动向西发展。现在的四川人,在清朝以前的土著是很少的,多半都是些外省去的移民。这些移民在那儿各个的构成自己的集团,各省人有各省人独特的祀神,独特的会馆,不怕已经经过了三百多年,这些地方观念都还没有打破,特别是原来的土著和客籍人的地方观念。

杨姓是我们地方上的土著,平常他们总觉得自己是地方上的主人,对于我们客籍总是遇事刁难的。我们那小小的沙湾,客籍人要占百分之八十以上,长江流域以南的人好像各省都有,因此杨姓一族也就不能不遭镇里的厌弃了。我们的祖先是从福建移来的,原籍是福建汀州府宁化县。听说我们那位祖先是背着两个麻布上川的。在封建时代弄到不能不离开故乡,当然是赤贫的人。这样赤贫的人流落到他乡,渐渐地在那儿发起迹来,这些地方当然有阶级或身份的感情使地方感情更加强固化了。

---

① 乡里人说幸灾乐祸为"看肖神";大约是十二肖神和人的祸福很有关系的原故。

在客籍中我们一姓比较发达，因而和杨姓便成了对立的形式。关于地方上的事务，公私两面都暗暗地在那儿斗争。譬如我们发起了天足会，他们便要组织一个全足会；我们在福建人的会馆里开办了一座蒙学堂，他们在他们的璘珉宫也要另外开办一个。凡事都是这样。但土著只杨姓一家略略有点门面，其他差不多都是一些破落户，因此人财两方都敌不过客籍，在竞争上自然总是居在劣败的地位。愈觉劣败，愈不心服。因此，便每每有倒行逆施的时候。杨姓人在乡里差不多成为了一般人的公敌了。

公敌的房廊被剿，这是怎样大快人心的事呢？大家都在河边上看热闹，只有杨三和尚的家里人在被拆毁了的废址上痛哭。杨三和尚的父亲也被青天大老爷们绑去了。

像这样，氏族间的对立，地方观念上的恶感，在我们小孩子的心里却是没有什么作用的。我们小时候总觉得杨三和尚是一位好朋友，他就好像《三国志》或者《水浒》里面的人物一样。自从经过那次迫害以后，他便完全成为了秘密社会的人。关于他，有不少的类似小说一样的传说。后来又听说他死了，但不知道他死在什么时候，死在什么地方。他在我的记忆中总永远是我们放风筝的时候，十五六岁的灵敏的少年。

铜河的土匪尽管是怎样的多，但我们生在铜河的人并不觉得它怎样的可怕。一般成为土匪的青年也大都是中年人家的子弟，在那时候他们是被骂为不务正业的青年，但没人知道当时的社会已无青年们可务的正业，不消说更没有人知道弄成这样的是什么原因了。

土匪的爱乡心是十分浓厚的，他们尽管怎样的"凶横"，但他们的规矩是在本乡十五里之内决不生事。他们劫财神，劫童子，劫观音①，乃至明火抢劫，但决不会抢到过自己村上的人。他们所抢的人也大概是乡下的所谓"土老肥"——一钱如命的恶地主。这些是他们所标榜的义气。这种义气在我们家里出过一件事实的证明。

我的父亲在年青时候采办过云土②来做生意。他自己虽然不曾去过云南，但他是时常派遣人去的。

听说有一次我们家里采办云土的人办了十几担从云南运回，在离家三十里路远的千佛崖地方便遭了抢劫。挑脚逃散了，只剩着采办的人回来。父亲以为我们家里遭劫这要算是第一次了。但是，奇怪！事出后的第二天清早，我们家里打开大门的时候，被抢劫去了的云土原封原样的陈列在门次的柜台上。

抢去了的东西又送回来了，还附上了一张字条：

> 得罪了。动手时疑是外来的客商，入手后查出一封信才知道此物的主人。谨将原物归还原主。惊扰了，恕罪。

就这样无姓无名，不知是什么人写的，也不知道是从什么地方送来的。

二

就在那样土匪的巢穴里面，一八九二年的秋天生出了我。这是甲午中东之战的三年前，戊戌政变的七年前，庚子八国联军入京的

---

① 乡中土匪绑票用的专语，男为财神，幼为童子，女为观音。
② 云南出产的鸦片烟。

九年前。在我的童年时代不消说就是大中华老大帝国的最背时的时候。

我是生在阴历九月尾上，日期是二十七。我是午时生的。听说我生的时候是脚先下地。这大约是我的一生成为了反逆者的第一步，或者也可以说我生到世间上来第一步便把路走错了。

我倒生下来，在那样偏僻的乡间，在那全无助产知识的时代，我母亲和我都没有受厄，可以说多少是一个奇迹。我母亲生我的时候，我已经有了两兄两姐。听说还死了二姐一兄，所以要算是第八次的生产，这样，产状就略略有点异常是可以无碍的，事实可以证明我的两手那时还很守规矩。我母亲说我受胎的时候，是梦见一个小豹子突然咬着她左手的虎口，便一觉惊醒了。所以我的乳名叫着文豹，因为行八，我母亲又叫我是八儿。八儿虽然说是"豹子投胎"，但他年幼的时候，可以说只是一匹驯善的羔羊，就是他半生的历史，也可以说只是一匹受难的羔羊。

在一生之中，特别是在幼年时代，影响我最深的当然要算是我的母亲。我的母亲爱我，我也爱她。我就到现在虽然有十几年不曾看见过她，不知道她现在是生死存亡，但我在梦里是时常要和她见面的。她的一生的历史也可以说是一部受难的历史。我母亲是杜家场的人。杜家场在嘉定城东南十里，隔着一条大渡河。她是生在贵州黄平州的，她的父亲是黄平州的州官。她的父亲名叫杜琢璋，听说是一位二甲进士，最初分发在云南做过两任县官，后来才升到黄平州的。我母亲是庶出，她的母亲谢氏，大约是云南人罢。

就在生我母亲那一年，计算起来大约七十多年前罢？（不孝之罪通于天，我母亲的年纪实在不记得。）贵州的苗民"造反"，把黄平州攻破了。我们的外祖父因为城池失守便自己殉了节，同时还手刃了一位四岁的四姨。外祖母谢氏和一位六岁的三姨，听说是跳池自尽了。

那时候我的母亲刚好一周岁。抚育我母亲的刘奶妈（好像是云南人）背着我母亲逃难。在路上千辛万苦受了不少的灾难，听说我母亲满了四岁的时候才逃回了四川。在这逃难中的经过，可惜我母亲那时太小了完全没有记忆。刘奶妈呢？不消说已经老早死了。据刘奶妈的口述，我母亲也还零碎的记忆得一些。小时候她对我们讲起，连我们都觉得很光荣，但我现在也印象模糊地不能记忆了。

我母亲就是那样的一个零落了的官家的女儿，所以她一点也没有沾染着什么习气。她在十五岁的时候也就嫁到我们家里来了。论起阀阅来，我们和杜家当然不能算是门当户对。我们是两个麻布起家的客籍人，一直到我们祖父的一代才出了一个秀才。这和州官大老爷的门第比较起来当然要算是高攀了。不过我母亲是庶出，州官又是死了的州官，死了的老虎不吃人，所以州官的女儿也就可以下嫁到我们家里了。

我们家里在我有记忆的时候，已经是一个中等地主，虽然土地好像并不那么多，但在那偏僻的乡窝里，也好像很少有再多过我们的。

我记得我们小时候家里收租，租谷是由佃农们亲自背来的，背来的时候在我们家里有一顿白米饭吃。因为这样的原故，农人在上租的时候，便一家老小都来了。各人在背上多少背负一点，便可以大家吃一顿白米饭。

吃饭用白米，这在我们吃惯了白米饭的人，当然一点也不觉得稀奇。但是我们须要知道，在我们乡里，我想别地方的农民也怕是一样罢,农民的常食是玉蜀黍。换句话说,农民的常食是和地主所养的猪的食料一样。这还是三十多年前的现象,到现在当然是只有更坏的了。

为吃一顿饭,一家人都跑来,在小时候地主儿子的我们总觉得好笑,但我现在实在从心里忏悔了。这儿不是很沉痛的一个悲剧吗?自己做出来的东西自己不能吃,乐得吃点别人的残余,自己都觉得是无上的恩惠。这不是很沉痛的一个悲剧吗?

我们家里由两个麻布几时变成了那样的地主,我不十分知道。听说我们的家产是在曾祖父的一代积累起来的,是怎样积累起来的,我也不知道。我只知道我们同族上有一位刚出五服的族曾祖,他在年青的时候还在我们家里当过"长年"①。他和我们的曾祖当然是从堂兄弟。一位从堂兄弟都还在当"长年",想来我们的家也不会是怎样光大的。

这位族曾祖他后来的财产比我们还要富裕了。他起家的历史很有趣味,我是听得来的。听说他在我们家里当"长年"的时候,有一次挽粪,挽粪档上有一个木片把他右手的食指刺穿了,就那样他便下了工,他那个食指后来便成了残疾。他下了工之后便改行做生意。生意也并不是什么好高尚的营业,只是做了一个卖瘟猪肉的小食物的贩子罢了。

我们乡里人的主要营业是以玉蜀黍来酿酒。玉蜀黍的酒糟便成为猪的养料,所以养猪也就是糟房的附带营业。大凡一家糟房总是要养四五十条肥猪的。

猪一多,猪瘟流行的时候那可无法炮制了。乡里人那时候当然

---

① 长年工人的意思。

没有兽医的知识,在猪瘟流行时,唯一的应付手段便是把猪牵出来"晾"①,或者在它的蹄上,或者在它的耳上放血,如斯而已。就这样简单的方法,应效的时候很多,但不见效的时候也不能说不多。在猪主人看见无法治好的时候,便趁着猪在未死之前赶快卖给瘟猪肉的贩子——死后当然也卖,但价钱要便宜得很多。因为乡里的习惯,凡是出过血的猪,虽然是瘟猪都还有人吃;假如是死猪,那就很少人吃了。

就在一次有剧烈的春瘟流行的时候,瘟猪贩子的族曾祖,他一手承揽了几百头的肥猪,载了几船想运到大渡河下游去贩卖。这当然是很大的一个投机事业,因为这也等于是买空卖空。他并没有一个钱的资本,瘟猪只是赊来,要变卖了之后再来还债。万一载到下河去,瘟猪通同死了,那他也怕只好随着瘟猪葬进大渡河里面的鱼腹了。

但是,他的运气来了!病了的瘟猪从那秽气滔天的猪圈里解放了出来,在大渡河里面受着新鲜的河风吹荡,温暖的太阳光的浴沐,一条条病了的瘟猪,说奇怪一点也不奇怪,都不药而愈,依然是上好的大肥猪了!

就这样,那位族曾祖便发起迹来。这当然并不是什么光荣的历史,但可以说是一个有趣的历史。我们自己的曾祖是不是也是这样发的迹,我虽然不知道,但我想发迹的历史恐怕也不算什么光荣罢。不然,我们的老人们一定要向我们夸讲的。

在曾祖一代才发迹的家,但就在曾祖的一代也花费了不少。曾祖是一位独儿,但他的儿女却非常之多。他的前房,我们的前曾祖

---

① 放在自由空气里面的意思。

母,只生了一个长子便死了。我们的曾祖母姓丘,是续弦的,她便生了三男九女。有这样多的儿婚女嫁,一代积攒起来的家业当然要受很大的影响。这样的家业分到我们祖父一代来的时候,又只是那剩下的四分之一,这当然是很有限量的。

我们的祖父行二,他在外边讲江湖,和他的兄弟,我们的四叔祖,两人执掌过沙湾的码头。听说他在世的当时铜、雅、府三河都是很有名的。他的绰号叫"金脸大王"。因为他左边的太阳穴上有一个三角形的金色的痣印。这样讲江湖的人是不顾家的,他不能不疏财仗义。所以在他的一代,家业也就很凋零了。他的儿女也很不少,是四男三女,这也是很费盘缠的一桩累赘。

在我们祖父一代,家里人好像才开始读书。我们的三叔祖、大伯父,都是进了学的。但是行二的我们三伯父,行三的我们父亲,因为家业凋零,便再没有读书的余裕了。我们的父亲在十三岁的时候便不能不跟着三伯父在五通桥的王家,父亲的外祖家里的盐井上当学徒。我们父亲学商不上半年,又受着祖父的命令,回来当家管事了。

就这样,我们父亲在年青的时候也吃了不少的苦头。十三四岁的少年便要当家管事,我父亲的实际家的手腕我是很钦仰的。他虽然不是什么奸商,但是商业的性质,根本上不外是一种榨取。这是无可如何的。他在年青的时候,好像什么生意都做过,酿酒、榨油、卖鸦片烟、兑换银钱、粜纳五谷,好像什么都来。甚么都是由他一人一手一脚跑铜河,跑府河,跑雅河。仗着祖父的光威,他在各处当然也得了不少的方便,所以他的生意总是四处剩钱。但我们父亲到后来也偶尔对我们说过,说他很有说不出来的痛苦,便是剩来的钱一手交给祖父,而那仗义成性的祖父又一手分散给他的弟兄们去了。但我祖父尽管是怎样的散财，不几年间在我们父亲手里公然又把家业恢复了起来，又能买田、买地、买房廊、买盐井了。我们父亲时常说，假使祖父不死，我们的家业还要发展到好几十倍。因为在我们父亲二十二三岁的时候，我们祖父便过了世，弟兄之间便说起了不少的闲话来，使我们父亲灰了心，他有十几二十年把家业完全丢了，没有过问。

家里虽然成了一个中等地主，但在我有记忆的时候，我记得我们母亲还背着小我三岁的弟弟亲自洗他的尿布。由我以上的二兄二姐的鞠育，不消说都是我们母亲一人一手的工作了。我们是一个大家庭，母亲初来的时候，听说所过的生活完全和女工一样，洗衣、浆裳、扫地、煮饭是由妯娌三人（那时我们的九叔还小）轮流担任。一手要盘缠，一手还要服务家庭，令人倍感着贫穷人的一生只是在做奴隶。

三

我的父亲很有找钱的本领。我们这一房人也特别多。这是他在兄弟之间遭忌的重大原因。他们总以为我们有很大的私房的积蓄。但关于这个事情，我有一个很明确的记忆可以证明是冤屈。

这已经是我十岁时候的后话了。闹了好多年辰要分爨的家终竟分析了，但又并不是彻底的分析。我们有三四百石租的田地没有分，有可以进现钱的五六口盐井没有分，有好几家租出去的铺面和糟房没有分。盐井是由大伯父和九叔执掌，田地、房廊归三伯父掌管。我们就仅仅得了几十担现存的租谷和十二串现存的制钱。析议成定的那一天，我记得父亲睡在自己的床上无言的苦闷了半天。我们人口又多，那时我们的大哥、五哥，都在成都读书，用度又很不小。这当然是使我父亲苦闷的重大的原因了。

就在那天晚上，我们母亲和我和我的兄弟两人，把母亲床头的一个木柜打开，把我们兄弟姊妹历年来逢年过节所得的"封封"——便是大人们逢年过节赏给小人们的赏钱，多则百文，少则五文，都是用草纸包裹着，上面糊以一层红纸的——一封一封地取出来。有些红纸都已经泛黄了，我们把它一一地解开来，总共算凑积成了三十几串钱。这要说是我们的私房，我们的私房天公地道的也就只有这一点。但就只这一点的积蓄也成了父亲的再起的资本。

父亲把家业抛荒了二十年，但逼到临头，为儿女的养育计，终竟不能不重整旗鼓了。他就把那四十几串现钱，另外又在我们那位顶有钱的瘟猪贩子出身的族曾祖那里借来了二百两马蹄银来做资本，重新又过起年青时候所过着的生活来。但是，实在也奇怪，不几年间我们又在买田、买地、买房廊了。父亲时常对我们说：这是上天有眼，祖宗有灵。但我恐怕应该说是吗啡有眼，酒精有灵罢？因为我们父亲的营业，主要的是烟土、糟房。逼得中国全国的人无论有产无产都只好吸烟吃酒来麻醉自己的，更透辟地说一句是：应该感谢帝国主义者的恩德！

我这样说也不是有心要诽谤我的父亲。我的父亲处在那样的社会，处在那样的时代，他当然不能生出我们现在所有的这样的意识。但父亲在晚年他也知道烟土的流害，他早已把这行营业中断了。

父亲的天分好像是很卓绝的。他早年失学，关于学问上的问题当然说不上来。但他实际家的手腕、他的珠算、他的无师自通的中医，一方面得着别人的信仰，一方面他也好像很有坚决的自信。关于算术上的加减乘除，我们用笔算，他用珠算，我们总快不过他。后来因为我在外国学医，他来信笑过我，说是学医何苦要跑到千万里外的外国去。

父亲给我的印象是很阴郁的，愁苦的。在我已有记忆的时候，我觉得他已经是满脸的愁容。他因早年过劳和中年失意的关系，心身两方都好像受了很大的打击，特别是他的神经系统，恐怕有时是有点反常罢？在小时候他对我说过两件往事。

是父亲年青的时候。有一次年关看看快要到了，他往府河的青神、眉山一带收了账回到嘉定城，已经是吃午饭的时候了。

他在城里也了结了一些残务，大概是午后二三点钟的时候。想留在城里过夜，时间未免太早。但要动身回家，那是一定要走黑路的。走黑路是他年青时候所常有的事情，所以他踌躇了一下也就决定动身回家。但走到离家十五里路远的酆都庙的地方，天色果然黑下来了。

酆都庙是一个小小的乡镇，那儿有四五十家人家。得名的原因是那儿有一座奉着酆都天子的酆都庙，香火是很隆盛的。小时每逢春秋二季上山扫墓，我们有走过酆都庙的时候。那庙宇很宏大，有十殿的塑像，有最可怕的鸡脚神无常。那个地方在我们小时候的感觉中真正就像是酆都①一样。

父亲走到了酆都庙了，天上虽然微微在下雨，但也朦朦地有点月光。纵横离家只有十五里路了，所以他依然放下决心走路。

他走到离家十里的鞋儿石了。这儿是一座颓废了的关口，地位

---

① 旧俗相传为阴界、冥府。

是在一个颇险峻的斜坡上,一边靠山,一边临河。河水在冬季枯涸的时候,关下是要露出一片很远的沙碛的。

父亲走上鞋儿石了。头上有微微的丝雨,朦胧的月光。他忽然听见在远远的沙地上有奇怪的叫声,据父亲说,那是鬼叫。

父亲说:"我听见那鬼叫的声音在那远远的河边上。我的毛根子撑了几撑。我自己冒着胆子向着自己说:这鬼朋友可怜我一个人走路太孤独了,公然来陪伴我来了。

"吓,真是稀奇!待我说口没落脚,那鬼的叫声突然到我脚边上来叫了!这真是使我全身的毛骨都耸然起来。我车身向它一看,看又看不见什么,那声音又往远远的河边上去叫去了。你不看它,正向着前面走,它又跑到你脚根子上来叫。你看它呢,它又到河边去叫了。就这样每走三步,它总要叫唤一声,但也并不作怪。因此,我也就泰然起来,任随它跟着我叫。

"就这样,我走了五里路,走到了陈大溪(这儿离家只有五里路远),我自己不免着起急来。我想,它跟着我走倒不要紧,万一它跟着走回家,它在家里作起怪来怎样呢?我愈想便不免愈不安。但我回头又想:它既是这样听我的话,由我一呼而来,它也可以听我的话,由我一呼而去。我便照样办。我说:朋友,多谢你送了我一程。我现在快要到家,你也请回去安息罢。

"吓,奇怪,真是奇怪!"这依然是父亲自己的话,"我就这样说了两句,那鬼朋友突然大大叫唤了三声!——但是,从此以后便永远不叫了。"

小时候父亲对我们这样说,而且不仅说过一次。那样严格的父亲,他当然不会向我们儿辈撒谎的。小时候我为这个问题很费解:我们当然不信有鬼,但是父亲却亲自听见鬼叫。

还有一件是在我们九叔母死了不久的时候。不知道是做头七还是二七,那时候是要烧冥钱的。同时也要烧"车夫",是在黄纸上印着的车夫,准备把冥钱运往阴间的苦力。

　　七的法事已经做过,冥钱已经烧了,我们小孩子们都已经睡了。父母的居室是与九叔的居室对称的,中间夹着中堂,中堂上停着九婶的棺材。

　　父亲也快要睡了。但他正待解衣的时候,他忽然听见九婶的居室门口有异样的叫声。那儿是放着烧了冥钱的铁锅的。父亲很诧异。他点起灯出来一照,但又什么声音也没有了。

　　"我起初怕是什么老鼠在叫了,"父亲说,"但我转身回到房里,刚好要脱衣裳的时候,那怪声气又叫起来了。我觉得真是奇怪。我又点亮出去一照,但那声音又没有了。就这样往返到第三次,那声音又叫起来,我只得去找慎封(九叔名)来问他。我问他听见什么声音没有?他说他睡模糊了没有听见。我问他,烧冥钱的时候车夫忘没忘记烧?他也答应得不明确。后来我们便四处寻找,果然在外边的酒缸上有一卷车夫原封原样的放着。我说,啊哈,这真难怪得了!赶快把车夫来烧了。之后,那声音也就停止了。"

　　这也是父亲亲自对我说过的,而且也不仅说过一次。这更使儿童的脑筋得不出答案来了。在这儿不唯有鬼,而且还有阴间。做贿赂的冥钱既有效力,车夫也和现世的苦力一样。天地间有这样的事情吗?然而是父亲亲耳听到,亲眼看到,亲口说出的。

　　但这些在现在是很容易解释的。很明显,是我们父亲有一时性的精神上的异状。两种都是幻觉,特别是幻听的一种。

前一件事情的解释是他的精神已经很疲劳了，夜间走到酆都庙那种富有超现实的暗示地方，又加以有微微的雨和朦胧的月，这在乡里人的迷信上认为是出鬼的时候。有这几种原因尽足以构成鬼叫的幻听了。父亲自信是正直可以通神的人，所以他更可以演出那种"呼之使来，唤之使去"的把戏，结果只是自己的精神状态向外边的投射罢了。

第二件的解释也是同样。父亲当时的身心状态是怎样，我现在不十分明了。我想大概也是因为什么事情疲劳了罢。那没有烧的车夫，他在无心之间一定是早已看见过的。只因为忙于他事，没有提到意识界上来。但到夜深人静时，潜意识的作用又投射到外界去，演出了那么一番的周折。

父亲是有这样一时性的幻觉的，照他那异常苦闷、异常严格的风貌看来，或许还有点轻度的 Epilepsie① 罢？但是原因是怎样，我却不甚知道。

和父亲的风貌正成反照的是我们母亲。母亲给我的印象是开明的，乐观的：她有一个白皙的三角形面孔，前头部非常的发达，我们弟兄姊妹都和她的面孔很相近。她自己本身没有异状，但她异母的兄弟姊妹们里面却是很鲜明的有精神病的患者。

我所知道得最详细的是她的大哥，就是我们的大舅。他这人的确是患了早发性痴呆症（Dementia praecox）。他年青时听说是很聪隽的，八股也做得很出色当行，挂过水牌几次，但几次都没有进学。就因为他有一种怪脾气，总爱冒犯场规。譬如他把文章做好之后，自己太得意了，提起笔便圈点起来。这在当年的考场中是极端

---

① 癫痫症。

犯禁的。又譬如他默写《圣谕》或《四子书》,一默写总是任性写一长篇,超过了所要求的限度之外。就这样,不怕因为他父亲的关系和主考者时有夤缘,但终把他超拔不起。他这毛病后来简直成为永住性的了。

在我小时,他一年总要到我们家里来一两次。他来的动机总是为了要点生活费。在他的意思,以为我们母亲把杜家的祖坟山上的风水一个人占尽了,所以只发我们这一家。因而我们家里的钱,他也可以来要求点余润。

他的面貌和我母亲差不多,只身材是极端的矮小。他一天到晚都在念《金刚咒》,走路是非常迂缓的,走不两步便把眼睛闭起,捧起佛来,口中念念有词:

  金刚金刚弥陀弥陀,
  四轮四乘四大天王,
  八轮八乘八大金刚,
  敕敕如律令哑哑呸。

我们小时候觉得他非常滑稽,时而跟着他学,但他也不责备我们。我揣想,他的眼前怕时常有什么鬼神的幻影出现罢?他相信那样简单莫名其妙的咒语有辟邪的魔力。

他很会谈鬼,小时候晚上放了课总爱去请他说鬼。他的资料多半是取于《子不语》和《阅微草堂笔记》等笔记。他说起鬼来都很有条理,很有兴会的。我们听的人不消说也很有兴会,尽管是听得毛骨悚然,但总要无餍足地找他说鬼。

这种神经系统上的缺陷或者是由舅氏的母系传来的罢,因为在异母妹的我们母亲身上却没有这样的痕迹。我们的兄弟姊妹八人也没有什么异常的状态。

母亲的资质很聪明,不怕她幼时就成为无父无母的孤儿,她完全没有读过书,但她单凭耳濡目染,也认得一些字,而且能够暗诵得好些唐诗。在我未发蒙以前她教我暗诵了很多的诗,有一首是:

淡淡长江水,悠悠远客情。
落花相与恨,到地亦无声。

这是一首唐诗,我始终能够记忆的,但我总没有机会去考查这诗的作者和题名。——其实这并不是好稀罕的诗,是很容易考查的。

母亲手很巧,很会绣花。她总是自画自绣。乡里人很夸赞她。但她画的荷花上,荷叶是在荷花梗上生枝。我们后来笑她,她说:"我是全凭一个人想出来的,那比你们有什么画谱、画帖呢。"

母亲的性格当然也是自负心很强的。

家庭中的长辈,除父母而外,影响到我生活上的人很少。我出世的时候,祖父母已经过了世。伯叔辈有他们的僻见,虽然同居,和我很少发生关系。家中还有一位很老的曾祖母,她是活上了一百岁才死了的。她和我相处的日子很浅。多少有点关系的要算她的百岁坊的建立罢。

她的百岁坊建立的时候是我八九岁的时候,坊表立在乡场的北端,刚刚成为了沙湾场的门户。那建筑工事的本身,有许多文字和雕塑的装饰,这或者在我后来的文艺的倾向上有点潜在的作用。

工事的开端是面基底,那真是再慎重、再周到也没有。最初是

1912年作者(左二)毕业于四川官立高等分设学堂。与乐山县高等小学同学吴尚之(左一)、张其济(右二)、李茂根(右一)等人合影

1892年11月16日，作者出生于四川嘉定府沙湾镇中等地主兼商人经营的郭鸣兴达号

去浮土，挖出一个很大很深的坑。其次再一层一层的用大石、细石、木材、瓦粉等把那坑陷充实起来。再在这样的基础上面，由一片一片的砖砌成一座很高、很庄严的华表。

坊上用的砖是自己烧的。特别在远处请来了有名的匠人，砖上塑有不少的浮雕式的人物。这当然最能使我们小孩子喜悦了。烧砖的地方可惜是在离家三十里的千佛崖，我不曾去看过那塑像怎样构造，在做小孩子的当时真是很大的遗憾。我们家里的规矩是除跟着大人之外不许一个人走出离家一里路以外的。要往千佛崖去，那简直就和我们现在要往埃及去看金字塔一样的困难了。

千佛崖的本身本来已经是很有引力的地方，那如它名目所表示的是在临河的崖岸刻着有许多佛像，虽然并没有上千，但也有好几十个。小时候并没有考查过那是什么时候凿就的，可供考证的资料除佛像的本身外什么也没有，没有碑铭，也没有寺院。这些东西在古时应该有的，但在我们所能知道的范围内是连痕迹也没有了。佛像已经是很有年代的，露天地经过了很久的风化，有的面目已很模糊，有的更连影子都没有，只剩着一个空的石龛了。这或许是唐代的旧物，受了嘉定的大佛寺凿成大佛岩的影响，有什么苦行的大师到那儿去驻锡，才在壁上刻出来做纪念罢？这当然是我一人在这儿发出的空想，但要真正决定千佛崖的年代事实也并不困难，由佛像的样式可以考出，由地层的研究也可以考出。但这些事情怕只好等到理想社会实现以后的考古学者了。

千佛崖本身已经是很有引力的地方，在那儿又有许多匠人在砖上塑像。我小时是怎样的想去参观哟，但我们家里不许可。我们当时的家塾生活，不消说也是没有星期的。

四

　　父亲自己虽然失学，但他在我们儿辈的教育问题上是很费了一番苦心的。我们家里自己起了一个家塾，请了一位专馆先生。

　　先生姓沈名叫焕章，是一位廪生。他是犍为县的人，在我未出世之前便来我们家里主教，我们的大哥、我们的二哥（三伯父的儿子）都先后进了学了。因为这样的原故，先生是很有名望的。我们家里人尊敬他，乡里人也尊敬他。

　　我自己是四岁半发的蒙。我的发蒙是出于自己的要求。我为什么那样早的发生了读书的好奇心呢？这儿是有几个原故。

　　第一是我母亲教我念诗，这是很有趣味的一种游戏。最有挑拨性的是那首《翩翩少年郎》的诗句：

　　　　翩翩少年郎，骑马上学堂。
　　　　先生嫌我小，肚内有文章。

这对于儿童的好胜心真是一服绝好的兴奋剂。儿童的欲望并不甚奢。他要"骑马上学堂"，也不必一定要真正的马，只要有根竹竿便可以代替。骑起竹马，抱着书本上学，这是怎样得意的事情哟！要想实现这种情景，这是使我早想读书的一个重大的原因。

　　其次是我有能够听懂说善书的自信了。

　　我们乡下每每有讲《圣谕》的先生来讲些忠孝节义的善书。这些善书大抵都是我们民间的传说。叙述的体裁是由说白和唱口合成，很像弹词，但又不十分像弹词。这些东西假如有人肯把它们收集起来，加以整理和修饰，或者可以产生些现成的民间文学罢。

在街门口由三张方桌品字形搭成一座高台，台上点着香烛，供着一道"圣谕"的牌位。在下边的右手一张桌上放着一张靠椅，如果是两人合演的时候，便左右各放一张。

讲《圣谕》的先生到了宣讲的时候了，朝衣朝冠的向着"圣谕"牌磕四个响头，再立着拖长声音念出十条《圣谕》，然后再登上座位说起书来。说法是照本宣科，十分单纯的；凡是唱口的地方总要拖长声音唱，特别是悲哀的时候要带着哭声。有的参加些金钟和鱼筒、简板之类，以助腔调。

这种很单纯的说书在乡下人是很喜欢听的一种娱乐。他们立在圣谕台前要听三两个钟头。讲得好的可以把人的眼泪讲得出来。乡下人的眼泪本来是很容易出来的，只要你在悲哀的地方把声音拖得长些，多加得几个悲哀的嗝顿。

在我未发蒙以前，我已经能够听得懂这种讲《圣谕》先生的善书了。

我在未发蒙以前，记性也好像不很坏。比我长四五岁的次兄（我们依着大排行叫他是五哥），在家塾的先生回家去了的时候，每每要在灯下受父母的课读。读的当然不外是些《易经》、《书经》。那种就像符咒一样莫名其妙的文句从我次兄的口中念了出来，念来念去总是不能念熟。那种带睡的、无可奈何的声音真是扰人，真是就像蚊虫一样。我睡在床上或者在灯下游戏，听着他读得几遍，我倒可以成诵了。

这或者也是使我把读书看成一件容易事的一个原因。

就是因为这些原故，所以我在四岁半的时候便要求读书；我的父母也怕是看我也还聪明，便允许了我的。

那是一八九七年的春天，我父亲引我到家塾里去向沈先生拜了师，是用一对蜡、三炷香，在"大成至圣先师孔子"神位前磕了几个响头的。我从此以后便穿了牛鼻了。——我们乡下人说发蒙叫"穿牛鼻"，这是很有意义的一个譬语。我想从前的儿童教育之痼没儿童性灵，恐怕比用麻绳穿坏牛儿的鼻中隔还要厉害些罢。

发蒙读的是《三字经》，什么"人之初，性本善，性相近，习相远"这样很暧昧的哲学问题，撇头撇脑就搁在儿童的头上，你教他怎么能够懂？你教他怎么能够感觉趣味？我读不上三天便逃起学来，怎么也不愿意再上学。但已经是穿了鼻子，你便怎样反抗也没有办法了。这回是我父亲用强制手段把我抱进学堂里去的。别人都笑我是"逃学狗，逃学狗"，我那个时候真是无可如何了。

所谓"朴作教刑"，这是我们从古以来的教育方针，换句话说，要教育儿童就只有一个字，一个字，一个"打"字。——"不打不成人，打到做官人。"——读书是为要做官的。你要想做官，那就不能不挨打。你要想你的子弟做官，那就不能不叫人打。大约能打徒弟的先生在当年也就是很好的先生了。我们的沈先生是很有名望的，不消说他的教刑也很严。

他的刑具是一两分厚、三尺来往长的竹片。非正式的打法是隔着衣裳、隔着帽子的乱打；正式的打法是打掌心，打屁股。

这打屁股的刑罚真是再野蛮也没有了。小小的犯人要把板凳自己抬到"大诚至圣先师孔老二"的神位面前，自己恭而且敬地挽起衣裳，脱下裤裆，把两爿屁股露出来，让"大诚至圣先师孔老二"的化身拿起竹片来乱打。儿童的全身的皮肉是怎样地在那刑具之下战栗哟！儿童的廉耻心、自尊心，是怎样地被人蹂躏到没有丝毫的存在了哟!

　　削竹片的大抵是我们家里的用人,我们很不敢得罪他,差不多事事都要讨他的欢心。但是事实上我们用的刘老么他是很能体贴我们的。他为先生削竹片总是择选嫩的竹子,而且两头都是不当着节疤的。这样的竹片打起人来不大痛,又容易破。不过破了有一点不好处,就是打下去的时候,两个破片有时会挟着皮肉,特别疼痛。

　　还有不好处便是竹片容易破的时候,先生省得麻烦,便从学堂的篱栅上把细竹抽来打人。那可不得了!那是囫囵的,打得人非常疼痛。打一节,断一节。打在皮肉上的总是节头。

　　我发蒙不久便受了打掌心的刑罚。先生把我的右手打出了血来,那是被破了的竹片刺破了的。

　　事实上这种打掌心、打屁股的正式的打法比较起来还要好受些。因为受刑的人是有意识的,他的皮肉已经有接受竹片的准备。最难受的是那隔着帽子、隔着衣裳的乱打。隔着衣裳的打法在冬天不大适用,总是在夏天。这单薄的衣裳、单薄的便帽,怎么也抵不住那竹片的侵入,尤其是那编篱栅的细竹。

　　我最忘记不了的是那"铁盔"的故事。

　　那在发蒙以后怕已经有一两年了,先生是爱用细竹打人的时候。小小的一个头脑打得一面都是疱块,晚上睡的时候痛得不能就枕,便只好暗哭。母亲可怜起来,她寻出了一顶硬壳的旧帽子给我,里面是有四个毡耳的。

　　这顶帽子便是一个抵御刑具的"铁盔"了。先生打起来只是震空价的响,头皮一点也不痛。我的五哥便和我争起这顶帽子来。有一天在进学堂的途中他给我抢去了,我便号啕痛哭起来。这使先生发觉了那个秘密,他以后打我的脑壳时,要揭去帽子再打了。

就这样又打得一头都是疱块,晚上又不能就起枕来。我们母亲这回也没有办法了。

像这样的刑罚我们叫做"笋子炒肉",先生骂我们的时候就说是"牛皮子在痒"——其实何尝是痒和搔痒的那样轻快的事体呢!

除这"笋子炒肉"的刑罚之外,我们还要受各种各样的刑罚:罚站,罚跪土地。

跪土地是跪在"大成至圣先师孔老二"的神位面前的。我们家塾里的土地是三合土,那真是硬得难受。单跪土地还不要紧,先生不高兴的时候还要把一条板凳来顶在你的头上,家里的板凳多半是楠木的,而且还有牙齿,那真是又重又痛。但这还不够的时候,先生还叫你顶水。在板凳的两端一头放一碗满满的水,这是要使你伸直大腿、伸直腰、伸直颈子,长跪着动也不准一动的。动了一下,水如戾了一珠,那可不得了,那又要惨受"笋子炒肉"的非刑了。

从前的做官的人就是这样打出来的,所以他们一做起官来便在百姓的头上报仇。他们的严刑峻法不消说是"青出于蓝"的了。当然,像我们这样超过了三十的人大都是受过这样的教育的,所以这种教育的应用我们也用不着太说远了,就在上海的所谓文明都市,就在我们自己的目前,不是还有铁锯分尸、钉板抓背、硫酸灌头、电流刺脑,各种各样新发明的花样吗?……

在家塾里所受过的非刑中,我自己觉得还有一种更残酷的便是"诗的刑罚"。这东西真把我苦够了。我在发蒙两三年之后,先生便要教我作对子。起初是两个字,渐渐做到五个字,又渐渐做到七个字以上。这已经是够受的刑罚。因为连说话都怕还不能说条畅的小孩子，那里会能了解什么虚实平仄，更那里能够了解什么音律对仗呢？但是做不出也还是要叫你做，做到后来，公然要做试帖诗①了。什么"赋得'山雨欲来风满楼'得'楼'字"，或是"赋得'漠漠水田飞白鹭'得'飞'字之类的诗题。你看，这是不是就和巫师画的神符一样呢？

  假使是教育得法的时候，这样不自然的工作也未尝不可以叫小孩子做出。因为在温室的栽培里，一切的草木都可以早期的开花。但我们所受的不仅不是温室教育，尽可以说是冰窖教育。就是应时也怕开不出花来，那里还能早期呢？那种痛苦，回想起来都还犹有余痛。每三天一回的诗课，早饭过后把应读的书读了，便对着课本子瞑坐。翻来覆去地把前面改了的旧课拚命地观摩，想在油渣里面再榨点油出来。用陈了的老套头什么"二月风光好"、"三月风光好"、"四月风光好"之类，差不多把周年十二月都用完了，就是小孩子的自己也觉得难乎为情。起初是无聊的枯坐，后来渐渐变成焦躁的熬煎了。做不出来是不准你出去玩耍的。由上午坐到下午，由下午又坐到黑，仍然做不出来，那就只好逼得流眼泪了。

  这就是所谓"诗刑"。这"诗刑"怕足足受了两三年的光景，这是怎样的一个有期徒刑呢？不过在为受这"诗刑"的准备上我也算得到过一点好处。

  我们家塾的规矩，白日是读经，晚来是读诗。读诗不消说就是为的是做诗的准备了。我们读的是《唐诗三百首》和《千家诗》。这些虽然是一样的不能全懂，但比较起什么《易经》、《书经》、《周礼》、《仪礼》，等等，总要算有天渊的悬隔了。只有这一点，可以

---

① 唐朝以来科举的诗，多以古人的诗句命题，前面加"赋得"二字。这种诗或五言七言，或八韵六韵，谓之"试帖"。

说是一日的家塾生活的安全瓣，但都还不能说是十分的安全。

关于读诗上有点奇怪的现象，比较易懂的《千家诗》给予我的铭感很浅，反而是比较高古的唐诗很给了我莫大的兴会。唐诗中我喜欢王维、孟浩然，喜欢李白、柳宗元，而不甚喜欢杜甫，更有点痛恨韩退之。韩退之的诗我不喜欢，文我也不喜欢，说到他的思想我更觉得浅薄。这或许是后来的感情也说不定。

五

庚子之变，资本帝国主义的狂涛冲破了封建的老大帝国的万里长城。在一两年前还视变法为罪大恶极的清廷，也不能不企图依照资本社会的模型来改造自己的国度了。

废八股而为策论，这是在变革过程中的一个最显著的事实。这是必然发生的社会意识的变化。这个变化不消说便直接地影响到我们家塾教育的方法上来了。从前是死读古书的，现在不能不注意些世界的大势了。从前是除圣贤书外无学问的，现在是不能不注重些科学的知识了。不消说我们是从试帖诗的刑具解放了下来。还有一件事情不能不感谢的，便是我还没有受过八股的刑具。什么破题、起讲、搭题、承题等等怪物的毒爪，看看便要加在我头上来的，我在几希一发之间公然免掉了。我是怎样地应该向着什么人道谢的呀！向着什么人呢？——向着帝国主义者罢。

帝国主义的恶浪不消说是早冲到了我们那样偏僻的乡间。譬如洋烟的上瘾、洋缎的使用，其他沾着"洋"字的日常用品实在已不计其数。不过使我们明白地认识了那种变革，就是我们小孩子也意识到了的，是无过于读"洋书"了。

真正的"洋书"不消说我们当时还没有读的资格。我们除圣经贤传之外，开始读了一部《地球韵言》，一部《史鉴节要》。这两部在当时是绝好的启蒙书籍，是用四言的韵语写成，对于我们当时的儿童真是无上的天启。

一直到癸卯年实行废科举而建学校的时候，这个变革才一直到达了它应该到达的地方。在那年的秋闱过后，不久就有高等学堂、东文学堂、武备学堂在省城里产生了出来。我的大哥进了东文，五哥进了武备。新学的书籍就由大哥的采集，像洪水一样，由成都流到我们家塾里来。

什么《启蒙画报》、《经国美谈》、《新小说》、《浙江潮》等书报差不多是源源不绝地寄来，这是我们课外的书籍。这些书籍里面，《启蒙画报》一种对于我尤有莫大的影响。这书好像是上海出版的，是什么人编辑的我已经忘记了。二十四开的书型，封面是红色中露出白色的梅花。文字异常浅显，每句之下空一字，绝对没有念不断句读的忧虑。每段记事都有插画，是一种简单的线画，我用纸摹着它画了许多下来，贴在我睡的床头墙壁上，有时候涂以各种颜色。

书中的记事最使我感着趣味的是拿破仑、毕士麦的简单的传记。小时候崇拜他们两个人真是可以说到了极点。我最表同情的是拿破仑的废后约塞芬，她在死的时候还取出拿破仑的相片来表示爱慕，那真是引出了我的眼泪。毕士麦没有拿破仑那样动人，但是我很高兴他爱狗。我家里也有三条大狗，我一出一入就呼着它们相随，自己也就像成了东方毕士麦一样。

还有一篇《猪仔记》。这是一篇小说体裁的文字，叙述外国人虐待中国工人。内容我现在不大记忆了，好像叙的是一位不学好的青年把家财荡尽了，被人骗去做了猪仔，卖到美国的什么地方去开垦。沿途不消说受了无数的辛酸,卖作农奴之后,在外国人的监工者的皮鞭之下流着血汗做很艰苦的工作,所得的工钱有限,而且那有限的工钱大概依然是要被地主剥削去的。地主有种种恶毒的制度、圈套来束缚工人。譬如让他们赌钱吃烟,使他们永远是穷到一钱不名,做终身的奴隶。这位青年做了多年的苦工,受了无限的虐待,已经弄得来三分不像人,四分不像鬼了,自己深深的在痛悔前非。有一天农场里来了一位中国留学生来视察。这位留学生原来就是那猪仔的老同学,两人无心相遇。学生虽已不认识猪仔,猪仔却还认得学生。到这儿学生才把他赎回了中国。

内容大概是这样。这里虽然充分地包含着劝善惩恶、唤醒民族性的意思,但从那所叙述的是工人生活,对于榨取阶级的黑幕也有多少暴露的一点上看来,它可以说是中国无产文艺的鼻祖。

这文章从资料的性质上看大约是留美学生做的罢?处理材料的态度也很像受了一些美国作家 Jack London① 的影响,但可惜我现在记不起作者的姓名,但那书中也好像是没有姓名的。同样性质的文章我在中国的近代的文学里很少看见。中国年年也有不少的留学生渡美,美国留学生中也有一些文学青年,中国工人的生活好像全不值他们一顾的样子。中国先年到法国去勤工俭学的人也不少,但没有看见过有一篇描写工场生活的文章。

这部《启蒙画报》的编述,我到现在还深深地记念着它。近来中国也出了一些儿童杂志一类的刊物,但我总觉得太无趣味了,一点也引不起读者的精神。或者我现在已经不是儿童,在儿童们看来或许又有别样一种意见罢。以儿童为对象的刊物很重要而且很不容

---

① 杰克·伦敦(1876—1916),美国著名的进步作家。

易办好，可惜中国人太不留意了。

除开这些书报之外，还有各种上海出版的蒙学教科书，如格致、地理、地质、东西洋史、脩身、国文等等，差不多现在中学堂所有的科目都有。我们家塾里便用这些来做课本。有一部《笔算数学》，是什么教会学堂出版的东西，我们沈先生他自己自修了一遍，便拿来教我们。我们从加减乘除一直也就学到开方了。那书所用的亚剌伯数字都是楷书，我们运算时也用那正工正楷的亚剌伯数字来运算，现在想起来真觉得好笑。

家塾的壁上挂的四大幅合成的一面《东亚舆地全图》，红黄青绿的各种彩色真使我们的观感焕然一新。我们到这时才真正地把蒙发了的一样。

促成这样的变革的自然是时代的力量，世界的潮流，但我们那种偏僻的乡陬，在周围邻近乃至县府城中都还不十分注意的时候，我们独能开风气之先，很早的便改革了过来，这儿却不能不说是人力了。我们沈先生的锐意变法，这是他卓识过人的地方。像他那样忠于职守，能够离开我见，专以儿童为本位的人，我半生之中所见绝少。当然他起初也打过我们，而且很严峻地打过我们，但那也并不是出于他的恶意。因为打就是当时的教育，不是他要打我们，是当时的社会要他打我们的。但他能以尖锐的角度转变过来，他以后便再没有用刑具来打过我们了。在当时我们读古书也比较有条理了，一面读《左氏春秋》，一面就读《东莱博议》。两者的文章都比较好懂，而且也能互相发明。这真是给予了我很大的启发。我的好议论的脾气，好做翻案文章的脾气，或者就是从这儿养成的罢？我以后也好像又聪明了一些，先生隐隐地在把我当成得意门生看待。

助成了我们家塾革命的还有一个重大的人物，那就是我们的大哥，郭橙坞。他是十三岁便进了学的人，天资当然是很不弱的。不过他几次秋闱都没有及第，在最后一科失败之后，他突然成为了启蒙运动的急先锋。成都是一省的都会，接受外来的影响自然较早；他在成都所接受的影响直接传达到我们乡里来。放足会是他首先提倡的，我们家里人在乡中解放得最早，就是五十多岁的我们的母亲，那时候也把脚解放了。女子素来是不读书的，我们的妹子和侄女也都跟着沈先生读起书来。这些不消说都是他的主张。乡里的蒙学堂也是由他提倡的，我们虽然没有直接参加，但间接地受了很大的影响。

蒙学堂的先生姓刘，是嘉定人。他是成都新开办的师范养成所的第一批学生。他也是很热心，很能忠于职守的一个人。由他的一来，我们乡里人才知道有"洋操"了。我们的沈先生只有这一点他没有采办，但他叫我们去参加了刘先生的"洋操"。那时候的"洋操"真是有趣，在操"洋操"的时候差不多一街的人都要围集拢来参观。

那时候叫立正并不叫立正，是叫"奇奥次克"，叫向右转是"米拟母克米拟"，向左转是"西他里母克西他里"，走起脚步来的时候便"西，呼，米，西，呼，米"的叫着。大家都莫名其妙，只觉有趣，又觉得好笑。这些很奇怪的口令在当时的人自然觉得是真正的洋货了，但可不知道它们究竟是那一洋。这个秘密在现在的我当然是解决了的，这全部都是日本的口令，所谓"西呼米西呼米"者就是我们的"一二三一二三"而已。成都才办学的当时，请来的日本教习特别多（其中连日本的皮匠师傅都聘请来了），聘金特别的贵，就像这样骗小孩子的体操都用日本教习来教，连那样基本的口令都没有翻译成中文，可见当时办学人的外行，也可见中国人的办事草率了。但尽管那样，我们倒是感觉着很浓厚的趣味的。

大哥那时候已经考上了东文学堂，在那儿学习一年便要送往东洋去留学，所以他只有在年暑假才能够回家。东文学堂的教习不消说重要的都是东洋人。在甲辰年的暑假，大哥跟着两位东洋教习去游峨眉山回来，他邀着那两位东洋人绕道到了我们家里。东洋人的名字一个叫服部操，我叫他是"佛菩萨"；一个叫河田喜八郎，我叫他是"河田稀耙烂"。他们说的话我不懂，我说的话他们当然也不懂。他们在我们家塾里住了三天，那时候沈先生告假回去了，我为好奇心所驱遣，时常爱跑去找着那两位东洋人说话；我也学了一些"瓦塔苦西"、"阿那打"、"阿里加朵"、"萨约那罗"。①

使我惊异的是这两位东洋人非常的吝啬。他们有一个宾铁罐子，大概装过饼干的，上面有些油画，我欢喜它。有一天我们同他们一同往韩王庙去钓鱼，我就想把那罐子拿去装鱼。大哥便教了我一句日本话，意思就是说：我想要拿这个罐子去装鱼，好不好？我把罐子拿去向那两位东洋人照样的说了那一句话。不知道是我学舌学得太不像，还是我大哥仅学了半年的日本话还没有升堂，那样的一句话完全没有打响。我简直莫名其妙又把罐子给他们放还原处去了。

但是要说他们完全没有听懂我所学说的那句话吧，好像也不见得。晚上回来了，在灯下吃了晚饭。我大哥在陪着他们谈话，我也坐在那儿旁听。他们有时候又说到了我身上来，我以我的直觉晓得他们说的是我刚才学舌的那回事。我看他们的一个，就是那"佛

---

① 日语"我"、"你"、"谢谢"、"再会"的音译。

菩萨",指着茶碗说"Chawan"(查汪),指着椅子说"Isu"(以死),除此以外,便加拉加拉的,我就弄不清楚了。后来大哥回到父亲房里的时候,他谈起这件事情。他说,那东洋人的意思是说他教我说那样长的一句话不大好,教小孩子学日本话最好取那发音相近的来教;就譬如茶碗和椅子之类云云。这样我自然可以懂了。但我们大哥说,他也佩服那两位东洋人,一个空的罐子就把给小孩子做玩具也并不破费的,但他们却吝啬着没有给我。他很失悔教我去说了那一句话。

东洋人吝啬不仅这一点。他们在我们家里住了好几天,我们也很有礼貌的款待了他们。他们回到成都以后,隔了好久给我们送了四本日俄战争的画报来。这使我们父亲也佩服着他们的慷慨了。

不过东洋人的一来也为我们乡下开通了不少的风气,最显著的是我们父亲从那时候起便开始吃生鸡蛋了。这在以前是连做梦也没有想到的。

放年假的时候,大哥也回来了。他那时候已经毕了业,在明年的正月里便要出洋留学了。由他的宣传号召,同县中跟他同去有十几个人。他的意思很想要我同去,但父母不肯。为这件事情也很争执了一回,但总没有成功。我自己后来时常在这样作想:假使当时是跟着我大哥同出了东洋,我一生的路径当然又不同,或者已经是成了一位纯粹的科学家罢?未曾实现过的事体,当然是徒费想像,但至少我这以后的生活是应该采取了另外一条路径的。

就在那第二年的正月元旦,我那时和我的父母是同寝室的,我很早的便起来了。父亲和母亲都还在"挖窖"①。大哥也起的很早,

---

① 我们乡里的习惯元旦是要迟起的,俗间叫做"挖窖",就是挖金窖的意思。

他走进房来了，便坐在我的床沿上和我两个谈话。

——"八弟，"他问我，"你是喜欢留在家里，还是喜欢出东洋？"

我说："我当然想跟着你去。"

——"你去想学什么呢？"

我却答应不出来：因为我当时实在不知道应该学什么，我也不知道究竟有什么好学。他代我答应道：

——"还是学实业的好，学实事罢。实业学好了可以富国强兵。"

其实实业的概念是怎样，我当时是很模糊；就是我们大哥恐怕也是人云亦云罢。不过富国强兵这几个字是很响亮的，那时候讲富国强兵，就等于现在说打倒帝国主义一样。我当时记起了我们沙湾蒙学堂门口的门联也是"储材兴学、富国强兵"八个字。

话头无心之间又转到放脚问题来了。大哥又问我是喜欢大脚还是喜欢小脚。

我说："我自然喜欢大脚了。"

他满高兴的不免提高了一段声音来说："好的，你很文明。大脚是文明，小脚是野蛮。"

——"混账东西！"

突然一声怒骂从父亲的床上爆发了出来。

——"你这东西才文明啦，你把你的祖先八代都骂成蛮子去了！"

这真是晴天里一声霹雳。大哥是出乎意外的，我也是出乎意外的。我看见那快满三十岁的大哥哭了起来。

父亲并不是怎样顽固的父亲，但是时代终究是两个时代。单是对于"野蛮"两个字的解释,轻重之间便有天渊的悬殊。

除父母和沈先生之外,大哥是影响我最深的一个人,我在这儿还要费几行文字来叙述。大哥年青时分性格也很浪漫的。他喜欢做诗,刻图章,讲究写字,也学过画画。他有一部《海上名人画稿》和一部《芥子园画谱》,这是我小时候当成《儿童画报》一样翻阅过的。

《海上名人画稿》是工笔画。那里面有一幅《公孙大娘舞剑器图》,这和我在唐诗上读过的《公孙大娘舞剑器行》相印证,使我非常爱好。又有一幅《美人图》,是在一簇芭蕉之中画着半堵圆窗,一位美人掩着半边立在那圆窗里面。书是连史纸石印的,当然没有着色,但那题的诗句却是"万绿丛中一点红,动人春色不须多"。这真真是富于暗示的题句了。这红的一点不消说我可以想得到是那美人嘴上的樱桃。

大哥写的是一手苏字,他有不少的苏字帖,这也是使我和书法接近了的机会。我们在家塾里写的是董其昌的《灵飞经》,还有那俗不可耐的什么王状元的《文昌帝君阴骘文》。《灵飞经》还可以忍耐,但总是一种正工正楷的书法,令人感觉着非常的拘束。但一和苏字接触起来,那种放漫的精神就和从工笔画移眼到南画一样了。

苏字在当时是很流行的,有多少名人大师都是写的苏字。这个倾向好像一直到现在都还支配着。这本来是很小的一个问题,但在这儿也表示着一个社会的变革。封建制度逐渐崩溃,一般人的生活已不能像古代那样的幽闲,生存竞争的巨浪也渐渐险恶起来了。所以一切的生活过程便必然地要趋向于简易化,敏捷化。苏字的不用中锋,连真带草,正合于这种的生活方式,所以它也就肩担了流行的命运。

大哥的诗、书、画，不客气地说一句话，好像没有一样可以成家。他后来到日本也学的不是实业，结果是为时流所动学了法政回来。去年我脱险回武汉的时候，他自重庆写信慰问我，言"安知非暗中有鬼神扶持"？我只好惊叹时代的进行真如电火一样迅速了！

六

在我十岁前后，和外界的社会起了剧烈的变化一样，我身体的内部也起了剧烈的变化。

我自己到现在都还在惊异：我不知道我为什么会有那样早期的性的觉醒。

那最初的征候怕是在七八岁的时候罢？那时候我们的家塾还在三伯父家的屋后。三伯家和我们同居，他的家在街面上，和我们相隔有两三家门面，但在后边是由一院空地相联系着的，在这空地上我们另外新建着的一座学堂还没有完工。

三伯父的后院里面有一个花园，四周是有几笼竹林。峨眉山的山脉横亘在墙外。

有一天上午，读书读厌了，我借口向先生说要去小解——这是我们当时的唯一的偷懒手段。在家塾里读书是没有休息时间的，笔直笼统地要坐到把书读完，不是先生的大小便和自己的大小便，是没有松一口气的机会的。所以大小便便是我们的解放者，我们自然要尽量地来麻烦它们了。先生骂我们有一句口头话，便是"懒牛懒马屎尿多"。但是骂尽管是骂，多也未见得真多，而懒总尽管是要懒的。只要松得一口气，那时候真是达观，便是"呼我为牛便为牛,呼我为马便为马"了。

先生允许了出去小解,但并不往厕所里去,却走到园子里来。

时候是暮春天气,天日是很晴明的。一走到园门口来,看见我们的一位堂嫂背着手站在一笼竹林下面。她在那儿瞭望。她穿着一件洗白了的葱白竹布衫子。带着乳糜色的空中,轻松的竹尾不断地在那儿动摇。堂嫂的两只手掌带着粉棠花的颜色。我在这时突然起了一种美的念头,我很想去扪触那位嫂子的那粉红的柔嫩的手。但奇怪的是我这个念头也不敢走去实现。

这位堂嫂是和我们同居的,我们三哥(大伯父的长子)那时也在家塾里读书,三嫂当然也是感着春闺的寂寞,希望在这儿和三哥邂逅的罢?但她那知道我那时那样的一个孩子也起了一个怪异的念头。

我立在园门前踌躇了一下,我也没有惊动她,便又转回家塾里去了。

这个回忆我始终觉得是我的性觉醒的最初的征兆。

但到后来实际泛滥到几乎不可收拾的,是在我十一岁的时候。

那时候我们已经移徙到新的家塾里了,家塾的教程也施行了新法。先生虽然没有教我们的体操,但是听随我们自己学习的。

家塾和峨眉山相对,仅隔着一道篱栅。在篱栅的左端有一道石门,石门外边便是一带的田畴了。

校园中在石门的旁近有一株很大的桑树,那虽然并不是庭园性质的树木,但因它很高很大,家里人爱惜着没有斫伐它。

我们就在那石门和桑树之间安上一根坚硬的竹木,这便成为我们的铁杠了。倚在桑树上又竖了一根竹木,以备我们学习猿升式的攀援。

就是那竖的一根竹木坏了事。

猿升式的运动是以两手和两脚夹着竹竿攀援上去，巧而有力的人便只用两手，我们最初学习当然是两手两脚的。竹木过粗，攀援的时候很费力气。攀上了顶了，总不免要用两脚把竹竿紧紧地夹着，以防坠落，以便在上面多休息一下。

有一次我就因为在那上面休息得过久，竟很怪异地感觉着一种不可言喻的快感。快感过后，异常的感着疲倦，便和熟了的一个苹果一样滑落下来。

就这样发觉了这种怪味之后，我便要时常来贪享这种快乐了。把竹竿当成了自己的爱人。

但是竹竿过高过大，未免太吃力了；后来在三伯父的园中又发现了一株还未十分长成的枇杷树，在一人高的地方有两枝对称的横枝，刚好可以托手。枇杷树虽还稚嫩，但因木质坚实，也尽足以支持我一身的重量。于是乎这枇杷树又夺去了那竹竿的爱宠了。

就在这样的时候不凑巧的又发现了几种奇书。

自从大哥出了东洋，我在他的书橱里面发现了一部《西厢》，一部《西湖佳话》，还有一部《花月痕》。

《西厢》是木板的小本，有些不甚鲜明的木板画。关于《西厢》的知识在各种机会看旧戏的时候，耳濡目染地一定得过了一些，但和真正的原书相接触的，这要算是第一次了。自己也晓得是小孩子不应该看的禁书，便白天托头痛把帐子放下了来偷看。那时候大约是暑天，因为先生已经回去了。

词调是不甚懂得的，但科白却容易看懂。因此，蛛丝马迹地也把前后线索可以看得明白。什么"莺莺不语科"，"红娘云小姐，去来，去来"，"莺莺行且止科"等等，很葱茏的暗示，真真是够受挑发了。到了那时候，指头儿自然又忙碌起来，于是在不知不觉之间又达到了它的第三段的进展。从此以后差不多就病入膏肓了。连《西湖佳话》那样的书也含着了挑发性，《花月痕》那样的书，也含着了挑发性了。《断桥情迹》的幻影，苏小小的幻影，秋痕的幻影，弄得人似醉如痴了。

我偷看《西厢》，后来被我们大嫂发觉了，她去告诉了我母亲。我母亲把我责备了一场。但是责备有什么裨益呢？已经开了闸的水总得要流泻到它的内外平静了的一天。这种生理上的变动实在是无可如何的，能够的时候最好是使它少受刺激性的东西。儿童的读物当然也是一个很重大的问题，回想起来，我们发蒙当时天天所读的什么"窈窕淑女、君子好逑"的圣经贤传，对于我的或和我同年代的一般人的性的早熟，怕要负很重大的责任罢？

淫书倒不必一定限于小说，就是从前发蒙用的《三字经》也可以说是一本淫书。譬如说：

蔡文姬，能辨琴。谢道韫，能咏吟。
彼女子，且聪敏。尔男子，当自儆。

像这样好像是含着勉励的教训话，其实正是促进儿童早意识到性的差别。又如那些天经地义的圣人的典礼，什么"男女七岁不同席"，"叔嫂不通问，长幼不比肩"之类，这比红娘、莺莺的"去来，去来"，所含的暗示不还要厉害吗？近来听说还有些大人先生们在提倡读经，愚而可悯的礼教大人们哟！你们为你们自己的儿女打算一下罢！

黑　猫

一

　　一九一二年，这便是中华民国的元年。

　　这一年在我有两重的纪念：第一，不消说就是我们的中国说是革了一次命；第二呢，是我自己结过一次婚。

　　我自己的那一场结婚的插话，现在要把它追述出来。这也是那过渡时期的一场社会悲剧，但这悲剧的主人公，严格地说时却不是我。

　　我自己本来在十岁以前就订了婚。女家和我家并非亲眷，性质上完全是媒妁婚姻。但这场婚姻在未实现之前便已终结了，因为对方的女士在我十四岁还在小学里读书的时候她便死了。

　　由这女士的一死，我便成为了一位"寡人"。但我自己在心中却隐隐感到高兴。在当时我已经读过一些新旧小说，旧小说中的风流，新小说中的情爱，那是大有诱惑性的。那样的机会自然是水底月，镜中天，但在自己的心里不能否认总含有万一的希望。因此，我自从十四岁以后便不愿从速订婚。我的父母在这点上也很能体贴我。自小学而本府中学而晋省读书，在这期中每有婚事的提说，父母都征求过我的同意。我自己都以"不忙"二字推却了。起初的三两年，先后来提婚的有四五十处，就中当然也有门当户对的，也有在我还是高攀的。同府同县的门当户对的人家，除掉了四五十家也就不会再有多少了。因而以后的三两年便不免"青鸾信渺"了。

一个人是经不得好几个三两年的，在辛亥革命的那一年我已经满了十九岁。那年的暑假我回家，母亲向我提起一件往事。

我们乡里有一家姓陈的，出身很有问题，因为煮酒和开药店，相当赚了钱，乡里人都把他当成暴发户。那家有两个儿子在高小时和我同过学，高小毕业之后又同过中学，暴发户渐渐变成书香人家了。当年的高小毕业生资格是"秀才"。一家出了两位"秀才"，那做父亲的当然很高兴，他自己便摆起了一副"老太爷"的架子，他并要求别人尊称他为"老太爷"。因此，乡里人便愈见恨他。

他有一位四姑娘。我们居处同街，在小时当然是见过的。不知道是有脑病还是前额骨患蓄脓症，平时在鼻下总爱挂两条碧龙。因此，我们小时候便叫她是"流碧姑"。

谁知那位姓陈的老乡竟看上了我，他要把他的"流碧姑"仙子来许配于我。

我们母亲对我说："真是把娘气坏了，我的儿子就再没人要，就做一辈子的鳏夫子，也说不到他名下来；那姑娘你是晓得的呢。"母亲说着便把两个指头放在鼻下，我也禁不住发起笑来。"加以来说话的又是对门那位烂鼻子杨婆——（那是杨三和尚的继母，梅毒到了第三期，鼻子已经没有了，母亲平时异常恨她。）——真把娘气得说不出话来。"

提婚已经是二三月间的事了，母亲说着都好像还有遗恨。

我说："这正是英雄识英雄，惺惺识惺惺，鼻子识鼻子呢。"

说得母亲也苦笑起来了。

在母亲的遗恨化成苦笑以后，第三段变化便转成了轻微的感伤。

母亲说:"你太选严格了。你看这两三年已经全无消息,你不怕成为一个鳏夫子吗?"

"我怕甚么呢?"我说,"就当一辈子的鳏夫子也不要紧。"

我母亲说:"你父亲多病,娘也老了。你的兄弟妹子又渐渐要长大成人……"

我有一个弟弟和两个妹子,弟弟和大的一个妹子都已经订了婚。母亲的意思我很明白,她是想把我们弟妹的婚事及早完结,以了却一段心事。但我这位"寡人"却阻挡了弟妹的佳期。因此我说:"早婚本来是不很好的,但弟妹的婚事也可以不消等我。"

这便是暑期中母亲和我的一段对话。

暑假过后回到成都,那时正是保路同志会正在风起云涌的时候。在铁路公司方面却在准备着办移交。我们那位在铁路公司做科员的三哥,就因为要制造种种表册,公务很忙,我每星期至少要到他那儿去帮助他一次。

是十月中旬的一个礼拜日,成都是在罢市期中,时候是在下午。天气是很阴晦的。我坐在三哥的办公室里,三哥拿了一封家信给我看。信上说,母亲已经给我订了婚。女家是苏溪场的张家,和远房的一位叔母是亲戚,是叔母亲自做媒。因为门当户对,叔母又亲自去看过人,说女子人品好,在读书,又是天足;所以用不着再得到我的同意便把婚事定了。

这真是有点突然。母亲是那样爱惜我的,为甚么忍了四五年,在这一次却突然改变了方针?自己自然是出乎意外,但要说是绝望罢,却也没有到那样的程度。诚如母亲所说,远房的那位叔母是可以相信得过的人。她素来寡言笑,并不是专门做媒的那种人。叔母是知道我的，我的性趣，我们家里的习惯，她当然明了。女家又是她的亲眷，那姑娘是她的表妹，她为这场亲事还特地去看过人，那女子的性趣，女家的习惯，她当然也是明了的。据她说，她的表妹如到我家来，决不会弱于我家任何一位姑嫂，也决不会使我灰心。她是那样有信用的人，处事又那样周到，在母亲当然是可以不必再征求我的同意了。母亲怕我又和往常一样，一个不即不离的"不忙"便把这段天作之合的姻缘推掉。母亲自然也是出于爱惜我，她怕我便真的成为鳏夫子，永远得不到一位女人来做配偶。母亲的心，我能够体谅。

说到我自己呢？人是一个善于适应环境的动物。他总会有种种的幻想来安慰自己。在未订婚之前他有他的梦想。梦想的是几时当如米兰的王子在飓风中的荒岛上遇着一位绝世的王姬；又当如撒喀逊劫后的英雄在决斗场中得着花王的眷爱。这样高级的称心的姻缘就算得不到，或当出以偶然，如在山谷中遇着一株幽兰，原野中遇着一株百合，那也可以娱心适意。现在呢，婚事已经定了。怎么办呢？拒绝罢，叔母是那样可以相信的人。她不是说过那苏溪场的姑娘人品好，在读书，又是天足吗？你还要苛求甚么？她说不定就是深谷中的一朵幽兰，或者是旷原里的一枝百合。母亲的信中还说：叔母认为姑娘的人品和三嫂不相上下。三嫂是家中最美的人，禁不住想到了年幼时在竹林下想去扪触三嫂手掌的那桩心事。是的，她或许就是理想中的人物，他们可以共同缔造出一座未来的美好花园。

就这样要说是绝望说不上绝望，要说是称心也说不上称心。心机像突然取去了称盘座的天秤，两个称盘只是空空地动摇。动摇了一会之后自然又归于平静了。

二

年假回到乡里，回到峨眉山下大渡河畔的沙湾。沙湾有一种特殊的风气，便是家家的春联都要竞争编撰长句。街上将近有一二百户人家，而能够撰春联的却没几个人，所以结果这一二百户的春联，大概便由这几个人包办。在包办的工作中，我们家里的弟兄总是要占一两位的，在胞兄、堂兄们出了远门之后，我便继承他们的下手了。

这种工作在当时是很愉快的。别人把你请去编写春联，当成上宾一样看待，要留着你吃午饭，预享着乡里人过年用的腊味。

那一年是革了命的一年，在平常用惯了的"莺啼燕语"之外，又平添了无数的新的材料。我当年怕总共编了二三十副长联。我所最得意的有两副是：

　　桃花春水遍天涯，寄语武陵人，于今可改秦衣服。
　　铁马金戈回地轴，吟诗锦城客，此后休嗟蜀道难。

　　故国同春色归来，直欲砚池溟渤笔昆仑，裁天样大旗横书汉字。
　　民权如海潮暴发，何难郡县欧非城美澳，把地球员幅竟入版图。

这就是我们当时一些少年人的心理。——我现在把这陈腐的两副对联写出，并不是想拿它们来寿世。要用旧式的有火候的眼光来说，它们当然也还没有寿世的资格。我把它们写在这儿，就只想借来作为表示那种心理的工具。那时的少年人大都是一些国家主义者，他们有极浓重的民族感情，极葱茏的富国强兵的祈愿，而又有极幼稚的自我陶醉。他们以为只要把头上的豚尾一剪，把那原始的黄色大龙旗一换，把非汉族的清政府一推倒，中国便立地可以成为"醒狮"，便把英、美、德、法、意、奥、日、俄等当时的所谓"八大强"，当成几个汤团，一口吞下。

命是革了。各省是怎样的情形，我不甚知道，请单说四川。四川自从十一月二十五日宣布独立，在成都不久便起了兵变。兵变不仅限于成都，在四川省内凡是有营防驻扎的地方，四处都响应了。嘉定城是有营防驻扎的，当然也免不了遭受一次大劫。在我回家经过嘉定城时，是十二月的尾上，兵变后已经半个月了。不怕已到旧历年关，市面都还没有复原。

兵变的结果是快枪流散在民间。在所谓良民方面买来作卫身用的自然也有，但大多流落在土匪手里。四川的土匪自经保路同志会的成立，已经由秘密的集团成为公开的队伍；在宣布独立以后，更由萑苻余孽一变而为丰沛功臣。领导者既无真正的革命人材，现在又得到了快枪到手，四川的安宁，从此便不可再问了。

在嘉定兵变过后，快枪散到我们沙湾的也将近有一百来往枝，都是所谓五子后膛；有的是步枪，有的是马枪，听说都是从变兵手中买来的。买的时候起初是二三十元一枝，后来又卖到百元。以后大约枪也完了，人也没有再买了。在年假回家时，我们远房的一位么叔——就是那替我做媒的叔母的丈夫——他是讲江湖的人，是在执掌我们沙湾的码头。他向我说，想把场上的快枪通统集中起来组织一个保卫团，一方面可以保卫地方，一方面也可以预防地方上的青年拿着快枪更在别处去为非作歹。我便极力地怂恿他；不久这个计划也就实现了。

保卫团的团部设在我们福建人的会馆天后宫。团长是旧有的团正，一位姓黎的武秀才；军师是旧有的保正，一位姓詹的文秀才；么叔便做了参谋。我们一些在省城或府城里读书的人便都做了文牍。场上的青年，不问有枪无枪，愿意加入的都做了团员。每天提兵操练，出告示，出招兵买马的檄文。檄文是我做的手笔，是四六体，倒亨不亨，我现在也想不起来了。

保卫团一成立有好几十枝快枪，有一二百名团员，这在乡中当然是一个强大的势力。因此邻近各乡遇着有匪难的时候便都来投报我们，我们也每每带领大兵去捉拿土匪，甚至于每每就地正法了。

这种旁若无人的态度自然惹起了反感，主要就是我们村中的一部分土著。那为首的杨家，凡事都要和我们客籍人为难。我们组织了一个保卫团，他们便组织了一个保安团。枪枝没有我们多，但也有几枝。为首的叫杨朗生。这人并不是土匪，平常总爱仗恃杨家的势力侮辱客籍，久为人所侧目。他组织了保安团。显然和我们对立。我们预想到早迟免不了会有冲突的。当时也有不少的流言，说他要暗杀我们团体里的人，特别是么叔。但保卫团的人多，他也不敢轻易下手。

有一天吃中饭时候，杨朗生提着他的队伍气势汹汹地由下场走往上场。不一会他的队伍由上场又零零碎碎地搬运了一些人家的家具下来，杨朗生在后面押着。在走过我家门口时，他朝天放了几枪。

他是往上场去抢了人回来。被抢的人也是他们姓杨的人，那是一位孤儿和寡母。因为那孤儿加入了保卫团，于是杨家便给予他一个严重的宗法上的制裁，叫他倾家破产。那寡母哭着到保卫团里来告，同时她的意思是叫她的儿子不要回家，怕有生命的危险。被抢时适逢其会她的儿子是在团里的。团里的人听着便再也不能忍耐了，顿时决议应战，便由么叔带领了二三十位团员向下场保安团的团部火神庙进攻。攻进火神庙时杨朗生已经走了，把被抢劫了的物品通同夺了转来，接着更进行第二段的应付。

杨朗生的家是在下场，离我们的家不远。有人说看见他偷走回去了。大家都认为一不做二不休，已经破了脸，这个祸根不除，将来有无穷的后患。于是当晚又去围攻他的住家。场上本有两尊大牛耳铁炮，是蓝大顺、李短鞑"造反"时铸的。那是捍卫过乡梓的古物，但从好些年辰以来早已成为装饰品了。大家又把它们拿来活用。

两尊大炮架在杨朗生家的大门口。开炮时，一炮打响了，一炮倒灌出来，把半肚子的火药喷在两位年青的炮手身上。时候是在夜半，可怜那两位炮手就像乘着火云的哪吒，浑身都燃烧起来。两人都没有经验。如果当时倒在地上打滚，就受伤或许也不至于丢命。但他们只拚命地叫着乱跑，愈跑，火便愈猛烈地燃烧。当时大家都在专心捉拿杨朗生，还有几位攻打前门的人看见两位团员受伤也没有办法。后来他们同跳进一个"备而不用"的水缸里去，火算是熄灭了，然而人是要半熟了。

打进了杨朗生的家里，搜查的结果空无一人。大家愈见愤怒，牺牲了两位团员反收到了这样的一个滑稽的结果。

杨朗生的父亲的老家是在场外的，在峨眉山的余势中，是一座四围有砖墙的孤独的大院子。那家的大门差不多和我们家塾的后门正对，相隔不上五分钟的路程。杨朗生既不住在他街上的家，那必然是藏在他这老家里了。

第二天规模更大地围攻他这座老家。一二百名团员总动员,远远向那院子包围。昨晚打响了的那尊古式大炮又抬去正对着大门安放了。这次有了经验,点大炮的人不直接站在炮旁,是用火绳来做引线的。布置就绪了,只等大炮一响便一齐进攻。

在这边大炮未响时,院子里先放出了几声快枪。大家愈见踊跃起来,知道是杨朗生藏在家里的证据。大炮的威力究竟不错。轰的一声,那院子的木门便是一个大窟窿。于是大家蜂拥而上,一阵的乱石便把大门打破了。打进了一排快枪之后,大家当心着涌进院子里去。

这是自有天地以来的一个奇景,在那峨眉山下、大渡河边,一个小小的乡村中会有后膛五子连珠和牛耳大炮的明火接仗!场上的人和乡里的人都忘记了当前的危险,簇拥起来观看热闹。还有乡里的农民平时受尽了杨家的剥削的,也都拿着梭标、牛角叉之类的武器前来助战了。

杨朗生躲藏着了。一个院子并没有多么大,从正午搜到午后两点钟光景,终竟在一处的地板下面把他搜索了出来。农民们欢天喜地,当场要求,提到大渡河边枪毙。由峨眉山麓押解到大渡河边,中间要横过街面,曲折着走去可有一里路以上。在这一里路长的途中,看热闹的真是人山人海。

杨朗生的个子很高,在一般人中他真要高出一个头地。此时他已面无人色,剪了的头发乱蓬蓬地披着。左额上因为受了一刺刀伤,有血在流。他的头是埋着的。因为人高,大家都容易看见。谁也不觉得他可怜,不少的人还在指着骂他。

大渡河边上有一株槐树,在四面渺茫的沙原石碛中单独的有这一株槐树。杨朗生被绑在槐树上面,在嘈杂的人声中,怒吼的水声中,对着他尖锐地响了七枪。

三

反正以后土匪日见猖獗,乡里有钱的人渐渐感觉到生活的不安了。大多数的人都不知道甚么叫"反正",甚么叫"共和"。一省的总督变成都督,一国的皇帝要变成"大总统",毕竟是破天荒的怪事。大家都以为天下决不会太平下去,至少总还要大乱四五年,要乱到有"真命天子"出现。

老人们既预感着有方来的大难,在未雨绸缪中所必须完结的一段心事,便是成年儿女的婚嫁。特别是有女的父母,他们的期待尤其急迫。怕的是大乱到来,就如像中国旧式小说所爱描写的那样,女子的贞操很难保全。

在我年假回家之后,苏溪的张家便有信来,希望在一两月内便行婚礼。这次我在家中,父母是征求了我的同意的。我的一生如果有应该要忏悔的事,这要算是最重大的一件。我始终诅咒我这项机会主义的误人。我反正是订了婚的,我自己不曾挂过独身主义的招牌,早迟免不了的一关便是结婚。她不是人品很好,又在读书吗?她处的是乡僻地方,就说读书当然也只是一些旧学。但只要她真正聪明,旧学也有些根底,新的东西是很容易学习的。我可以向父母要求,把她带到成都去读书。我也可以把我所知道的教她,虽然说不上是有爱情的结合,我们的爱情不是可以慢慢发生的吗?——是的,这点便是我的机会主义。成都人有句俗话:"隔着麻布口袋买猫子,交订要白的,拿回家去才是黑的。"万一是黑的你怎么样?

难道把它杀掉不成？所以机会主义的必然结果便是随遇而安，得过且过。

我赞成了结婚。结婚的日期我已经不记忆了，好像是阴历正月十五前后。那时的清廷还没有倒。虽然已经是民国元年，但我的结婚仪式一切都依照旧式。只有我自己的衣服很简单，一顶便帽和长袍马褂。

结婚的仪式别处是怎样我不清楚。我们四川人结婚一般是要费两天工夫的。头一天是男家打发花轿到女家去迎亲。这一天是女家忙，男家除在白天接接客，晚来有花宵要放烟花火炮之外，比较清闲。第二天是新娘到门，结婚的最高潮便在那夫妻的交拜。不消说这一天的男家是十分烦杂的，遇着客多时，还要闹你一个穿夜。

苏溪离嘉定城有二十里路，离我家有五六十里路。时在春初，新嫁娘第二天上午要赶到沙湾，在头一天晚上必须走点夜路。路途不清静，事实上的红叶——我们幺叔，便特别从保卫团里派遣了二十个人，背着五子后膛护送花轿前去迎亲。原始时代有所谓掳掠结婚，我想那打花轿去接人大约就是那种婚姻的孑遗，而我这一次更有"武装同志"帮忙，我真好像是那一族的酋长了。

本来是杂乱时候的草率结婚，除掉自己的家族和街坊邻里之外，没有什么来客。头一天我很清闲。晚上闹花宵也没有甚么可以记述。花炮、蛇须箭，放了不少。烟火树也有两株。

晚上我在母亲的房里，父亲在外边照应。母亲在替我收拾一些换洗衣裳。我在前一直是睡在和母亲的房间相联的一座厢房里的，我的换洗衣裳都放在母亲房里的衣柜里面。

母亲说："你这些衣裳明天就该拿过你自己的房里去了，我替你收拾好。"

"妈，你没收拾，我看我是不拿过去。"

"你不拿过去？那怎么行？娘已经管了你二十年，你现在已经有人服侍了。"

母亲的声音不知怎的，听来总觉得有几分伤感。是的，古人说过："人少则慕父母，知好色则慕少艾，有妻子则慕妻子。"更拿俗话来说："结婚以前是娘的儿，结婚以后是婆娘的儿。"做母亲的人临到自己的儿子要结婚了，一方面自然觉得她尽了哺养的责任，乐得儿子已经抚养成人，但同时在事实上她的儿子就如羽毛丰满了的雏燕，是要离开她了。这却认真是无可挽回的一种悲剧。

我沉默着了，母亲也沉默着了。默坐了一会我打了几个呵欠，母亲叫我到厢房里去睡。母亲说："你早些去睡罢，明天你还要劳顿一天，说不定晚上都不能睡觉。"

我迟疑了一会，母亲又催促了我几番，我也就起身进厢房里去了。

厢房里有两尊床，一尊是我兄弟睡的。南面有一堵方格纸窗，窗下有一张方桌，桌上堆着一些我们平时喜欢看的书。那时候我喜欢读的书是《庄子》、《楚辞》、《文选》、《史记》、严几道译的《天演论》《群学肆言》。我特别喜欢《庄子》。我喜欢他的文章，觉得是古今无两。

窗子的西边一堵粉壁上挂着一张死了的五嫂的画像，那是五嫂死后五哥在成都找人用铅笔画的，在前本挂在他自己的房里。但不久五哥便续了弦，新五嫂怕看见死人，五哥便把她取来挂在这厢房里了。画像相当朦胧，总带着十分凄凉的情调。

我进厢房去，在昏黄的菜油灯光中，又望到那张画像。五嫂的样子依然十分凄凉，眉目颦蹙得更加厉害。

我把衣裳脱了，顺手从案上拿了一本《庄子》来，倒睡在床上。翻开《齐物论》来读。——

南郭子綦隐几而坐，仰天而嘘，嗒焉似丧其偶。
颜成子游立侍乎前，曰何居乎？形固可使如槁木而心固可使如死灰乎？今之隐几者非昔之隐几者也。……

泛泛地读了一阵，心境不定，又把书抛开了。

突然想起了五嫂生前说过的一句话。那是两年半前的暑假，在一个月夜，就在这厢房的南窗外对我说的。"你凡事都想出人一头地，凡事都不肯输给别人，是不是呢？"

无端地有点凄凉，我是感觉到好像失掉了鼓舞的力量。

眼泪不知不觉地渗进了眼里。

四

第二天上午，结婚仪式渐渐在达到高潮。每来一次客，厅里的吹鼓手便呜迭哇呜迭哇地吹打一遍，雇用的一两名水烟师就像鹦哥一样，死命地高叫："有客来了，装烟倒茶！"人愈来得多，那原始的音乐、原始的宣传便愈见频繁。四围的人声和呼吸凑成了"热闹"。

第二进的敞厅上是供着家神的。厅前一直到临街的几重门户把门扇门框都卸下了。在神龛面前平摆着两张方桌，系上一条长桌帷。上面放着一对高大的红烛。这桌面是预备来陈设礼品的。台桌前面在地上敷着红毡，下面掩着两个蒲团。十一点钟左右，有先行的跑回来飞报，说花轿只离家四五里路了。一切情形自然更形活动，我的表演也就开始起来。一位伯母，她引导着我在那红毡的沿边上，从左踏去一步一步地踏它一周。这是什么意思我到现在也都不能理解。

左旋右转地敷衍了一会，在不很远的下场口轰撞统的三声铁铳。大家都齐号叫"到了！到了"，一家的男客女客都从四处迸射了出来，把礼堂、礼堂下边的天井、天井上边的两厢，和第一进的中堂，两边两岸都塞满了。邻近四街的人男女老幼也都簇拥了来，聚集在大门前，有的更涌进了第一进的中堂，达到天井沿边。

轰撞统——更凶猛的又是三声铁铳。两队吹鼓手，迎亲回来的和坐镇的，一齐都在鸣迭哇东匡地吹打。鞭炮声、叫声，轰隆隆震天价响闹。

花轿临门了。在进门之前乡里人有一种习惯，要由一人（有时这人就是新郎）提着鞭炮在花轿周围环绕三遍。——这或许也是古时掳掠结婚时，把女子抢来后，男子的示威或自鸣得意罢。但在乡里人是说，为了避邪。因为新娘是别家人，怕有别家的邪神邪鬼附在她的身边。

花轿抬进了前堂，放在礼堂下的阶沿边上了。在这儿要行一次拜轿的手续，是要由男家的一个小辈，有时是新郎自己，向着轿门拜三拜。拜了之后，新娘才肯出轿来。在新娘方面对于拜轿是要预备拜轿钱的，在她出轿之前要先把拜轿钱抛出。——这一种习惯乡下人没有别的解释。我想，怕又是母权时代的孑遗，男子要向女子低头，女子要给男子以给养。

花轿是用重重的装饰帷幕围得水泄不通，拜轿之后，轿门才打开。轿里怕要闷得半死的新人被伴娘伴母几拖几扯，才扯起了身来。我看见了有一只脚先下轿门——"啊，糟糕！"我自己在心里叫了一声，因为那只下了轿门的尊脚才是一朵三寸金莲！

新娘的一身是通红的凤冠霞帔，脸上在几层盖头之上更罩上一层红的盖头。那新娘的眼睛不消说是完全被蒙着的，她的一切行动便要全靠着伴娘和傧相。新娘和新郎并立在神桌面前，由一对证婚人把桌上一对大红烛点燃。有人在赞礼。新郎和新娘转身过来先拜天地，回头又转身过去再拜祖宗，接着是两人相对作一夫妻交拜。这一交拜过后夫妇之道便算成立了。这自然是生殖器崇拜时代神前结婚的遗习。古时的所谓神就是生殖器，所谓神前结婚就是在神前交媾。交媾过后自然男的便成为女的的人，女的便成为男的的人。但其后人文进化，多费手续，由交媾变相而为交拜。于是乎枉矣冤哉，说那样一下两人便成了夫妇！

交拜过后是入洞房。这入洞房的一幕很有趣。分明是在白天，新郎一只手要掌着一盏烛，一只手是牵着新娘头上盖着的一张黑色的纱帕。不消说新郎是在前面走，蒙头盖脑的新娘是由伴娘和傧相及其他的人簇拥着跟在后面。这个情景令人怎样也不能不想到掳掠结婚时代的复活。那蒙头盖脑的新娘被新郎牵着的，不正是才出异族得来的女俘虏吗？结婚的寝室叫作"洞"房，进"洞"房时白天都要点烛，那不还表示着一个穴居野处的风习吗？

洞房的设备那又是一个时代。一切的大小器具都是女家运来的东西。这不消说又是母权时代的局部再现。

新郎和新妇进了洞口，并坐在一座牙床上，要吃"交杯酒"。——是由第三者端两杯酒来，让新娘和新郎各饮一杯，但只各饮一半，余下的又由第三者交换到两人手中，让两人各各饮下。这种仪式或者也怕就是接吻的转化罢？喝了交杯酒之后，新郎和新娘才第一次对面。对面的仪式是由新郎把新娘头上的脸帕揭开——事实上是已由伴娘揭下了好几层，只剩着一张黑色的纱帕了。我被人指导着去把纱帕揭开。——"活啦，糟糕！"我在心中又是一声喊叫。我没有看见甚么，只看见一对露天的猩猩鼻孔！

真是俗语说得好，"隔着口袋买猫儿，交订要白的，拿回家来才是黑的。"

以后的情形我不甚记忆了，只记得有一人把那新娘头上的黑巾揭下来揣在了我的怀中，我便走出洞房。——这或者怕就是刚才牵着走的那张黑巾，女奚奴归顺了，系囚用的绳索当然要由男子来收藏了。

像这样，全部旧式婚礼都是原始时代的孑遗。在一天半日之中，人类的子孙把他们的祖妣要经过几千年或者几万年的野合时代、母权时代、寇婚时代，交错地再演出来。这些古习并不是说因为它们原始，因为它们蒙昧，便可厚非，所可厚非的是再演出的这些古习仅存其残骸，遗却了它的精髓。野合时代的结婚、母权时代的结婚，是双方合意的。就是掳掠结婚，在女子自然是不公平，但当时的社会已成男性中心，至少也还有男性的片面的选择。能够占有俘虏中最美貌的女子的人，必然是战胜者中的孔武有力的男子。所以结果还是美人良士成为配偶。但到婚姻只能由"父母之命，媒妁之言"以后，男女双方便都是"隔着口袋买猫儿"了。一错铸成，终身没改。男女双方的一切才能精力便因系在命运的枷锁之下长此活埋。中国人的民族性日趋偷懒，日趋虚伪，日趋苟贱贪顽，日趋阴贼险狠，难道这种婚姻制度不正是一个主因吗？

我总之是结了婚了。以后还拜了父母宾客，磕了无数的三跪九叩，稽首顿首。我昏昏蒙蒙地也就到了晚间。我说我头痛，倒在我照常睡惯了的厢房里的床上睡着。别人要去闹房我也不管，我只是死闷地睡着。

聪明的母亲是明白的。尽管父亲在担心着,要来看看我的舌苔,审审我的热候,怕我又得了甚么急症;然而母亲是明白的,她三番两次地走来,坐在我的床边。母亲对我说:

"八儿,你这样使不得。你要晓得,娘是费了一番苦心。你么婶的话,我是信以为真的。谁晓得她看错了人呢?"

母亲暗暗地也在埋怨么婶。她说么婶看错了人,这是忠厚的原情话,或许也怕是真实罢。

"脚是早迟可以放的,从明天起就可以叫她放脚。品貌虽然不如意一点,但你一个男子不能在这些上就要灰心。你看你的大嫂怎样?你的前五嫂和新五嫂怎样?不还是一些平常的面貌吗?你大哥、五哥也不见说闲话。诸葛武侯不是故意娶了一位丑陋的妻子吗?你男子汉大丈夫是不能够在这些上面灰心的。品貌就不如意一点,只要性情好,只要资质高,娘一面教她些礼节,你自己不也一面可以教她些诗书吗?"

我始终沉默着。

母亲最后又责备说我不孝。她说到父亲为我经营治婚的费用和一切的准备是怎样地操心,单这两三天的奔走应酬又是怎样忙碌。安排这样,又安排那样。事情妥当了,刚好松得一口气,我又来做过场,使他苦闷。我这不是做儿子的行为,也不是做人的行为。

是的,母亲的责备对我那时的麻木是顶门一针!我自己已经陷入了命运的网罗,我何苦要把这种无聊的苦楚,还要移加到已经勋劳了一世的二老身上?这不能怪别人,这悲剧也只是我一个人在演。于是我又挣持起来。母亲怕我明天不去回门,我也答应去。我母亲也才放了心,她大约以为我是有意效法诸葛孔明了。

五

别处的风气是怎样我不知道,在我们乡下结婚之后的第二天或者第三天是要"回门"的。所谓"回门"就是新郎跟着新娘回到女家去,在那儿应酬一天。女家在那一天是特别热闹的,就如男家迎接到新娘的那一天一样。

很高兴大家的闹房。自己自暴自弃地喝得一个大醉,第二天清早头昏眼花地要陪新娘和昨天新娘家里来的人一同坐船到苏溪。苏溪不在大渡河边,船到水口场,在那儿登岸再西走,还要走十来里路。水口场、苏溪、嘉定城:恰好构成一个等边三角形。苏溪本是手工业有名的地方,嘉定的大绸出产在这儿。这儿又因为是苏东坡到过的地方,所以才有苏溪的名号。据乡土学者的诠索,苏溪是应该写成"苏稽"的。

我本来是有些晕船的人,又有宿醉,一上船被河风一吹,我便呕吐了起来。新娘在这时已经就在执行她的妇道了。她听说我在呕吐,便打发她的伴娘来问我,送了一些蔻仁来。好意我当然接受了。新娘是吃水烟的人,回头她又把她的水烟袋送到我的轿里来,这就不能不婉谢了。

船动身得太迟,到中午过后才赶到了苏溪。女家在场外,是张家一姓聚成了一个村落。在一处古老的松树林中我下了轿,由一个石阶上被人引进了一家院子。院外是一面的砖墙,进门去便是一个很大的四合天井。我被引到靠下墙的一间客厅。客厅当中一个圆桌,左右两排茶几坐椅,正中的壁上贴着一幅钟馗的画像。起初是把我插在这儿,不一会又来一位有一脸麻子、一脸烟屎的人,有五十上下的年纪——这后来我才晓得便是新娘的父亲，——又把我引进左手的耳房。这儿一进门也是一张大圆桌，靠侧壁也是一排茶几坐椅。是一间长条耳房，左手壁底有两尊卧床相对，中间夹着一道小小的窗眼，是嵌在院墙上的。窗下一个小台桌，上面放着几管旧式的前膛枪。铺上有四位人在对靠着抽大烟。右手靠天井的一面是三堵方格窗，都是向内推开着的。下部三分之一的地段有一带耳窗。窗下有一张长书案，案左靠壁一个书橱，也有一些书籍。

那位丈人把我引到靠壁的一只坐椅上坐下。他替我倒了一碗茶，回头便进内堂里去了。我便一人坐在那儿，在两尊床上抽大烟的也没有人起身来管我，我也没有打招呼。窗外有不少的人簇拥着偷看。

窗外天井中的吹鼓手在不断地吹奏，也同样地听着些水烟师在招呼客人。

闷坐了好一会，里面的准备好像已经停当了，便有人来招呼我进去。穿过天井走向对面的内堂。天井中的吹鼓手大吹大擂起来。内堂内外都拥挤满了男人女人的头，都带着一双如饥似渴的眼睛在等着看我。我自己觉得好像在唱猴戏。但我这匹猴子所见世面究竟太小，我被人看得有点惊惶，头也不敢抬，眼睛也不敢邪视。内堂里面的布置和家里差不多，拜客的仪式也相仿佛。究竟拜了多少久，磕了多少头，我弄不清楚。

好容易拜完了，又退回到对面的耳房。圆桌撤去了，摆着了两座方桌，桌上已陈设着酒席。接着有不少的男客进来，每来一个人和我招呼一下便走到桌上坐下了，想和我谈一两句话的人一个都没有。外观上像学生的也没有一个。我自己怀着一腔的闷气，但也正乐得没人来和我谈话。我所希望的是早点开饭，开饭过后或者能够优待我,引我到一个偏僻的房间。我并不是肚子饿,我是想倒在一个可以睡的地方去安放我这一个不容易支持的身子。等到上灯的时候饭才开了,那四位烟鬼起来和我同席,也彼此都没有打招呼。我胡乱地吃了一些,又去闷坐起来。别的人猜拳赌酒地闹了好一夜。

席散后又摆上圆桌,这次拥挤了不少的人进来在圆桌上开起"红宝"来了。——所谓"红宝",在乡里人又称为"四门滩",有甚么青龙、白虎一类的名目。铺上抽大烟的人又在腾云驾雾,桌上赌红宝的人真是如冈如陵。我一个人恰好像流落在一个沙漠里的乞儿一样。我闷坐得不耐烦,便大着胆子走出耳房,耳房外的客厅中也同样挤着一大堆人在赌红宝。——"啊啊!糟糕!"我自己心里禁不住又这样叹息了一声。

我依然折回耳房来。这次那书架上的一些书又钻进我眼里来了,我起了一个好奇心,想去检查一下那是些甚么书。除掉一些旧戏本、旧小说如《天雨花》之类,以及八股时代的参考书之外,却寻着了一部古版的《文选》。这好像在千里之外遇着了故人。我禁不住把灰尘蒙紧了的书从架上取了下来。我想这家人大约也是所谓旧家,看那院子的结构很古,房屋很低,而在书架上又有这部《文选》。可怜的这部《文选》,却被博徒和烟鬼抛撒在尘垢中,有谁来过问呢?

我把江淹的《恨赋》翻来读了几行,窗外又突然听出一片嗤嗤的女人的笑声。但昭明太子总算解救了我的苦境,他怎会料到,他的《文选》会在这样的情景之下陪我半夜呢?

主人家里没有钟,我自己也没有表。夜半过后怕已经有好一会了。那始终靠在床上抽大烟的人大约已经把瘾过足了,有两位起来伸了懒腰。有一位喊道:"喂,该没事情了?我们想赶回城里去啦。"

他们又抓着了一位赌钱的说:"你们那一位走进去请一位主人来,说我们要回城里去。"

回头我那位丈人公才走了出来。那四位烟鬼已经揩好了他们的前膛枪,准备要动身了。他们一看见丈人公出来,便一同打拱。

"哦,张大爷,今天打搅了,我们想不会再有甚么事情了。我们要赶回城里去。"

彼此谦套了几句,那烟鬼们也就走了。我很怀疑,那是几位县城里的"差班",怎么会到这儿来当成上宾看待?丈人公送走了差班,又进来把赌博的人叫散了。他来招呼我,要我到一尊床上去靠。我倦得已经没法,管不得甚么干净不干净,便依着他的劝诱,走去靠在一边的烟盘子上。这回是他睡着抽吸起来了。他自然也和我客气了一番,也向我问了一些省里的情形,他连连地在叹息,说反正过后世道愈见乱了。

我这时候冒着胆子问了他一句:"刚才走了的四位是甚么客人?"

果不出我的所料之外,他说:"那是城里的差人呢。"

——"是亲眷吗?"我又问。

——"哦,"他惊愕着回答,"不是的。是我们请他们来的。"

——"请他们来的?为甚么呢?"

——"唉,"他一面开着烟,一面慢慢说,"前天多蒙姑爷家里费心(他称我是姑爷),派了二十只后膛枪的队伍来接我大女儿。我大女儿的福分真然不小。不过这近处的一些'二五'①,一看见

---

① 大约是土匪的别名。

了眼便红起来,在外边放出谣言说要来抢枪。我想万一今天姑爷来,遭到了这样的事,那可不是小事。所以昨夜才连晚派人进城去请了四名差班来保护。幸好今天姑爷来没有带队伍,今天看来,不会再出事情了。"

主人这样的关心,不消说我也感谢。我想那四位烟鬼一定使他破了不少的费。别的且不说,便单是大烟来说,恐怕也饱吃了一二十两罢!不过我也在想:万一真有"二五"要来抢枪,我倒不知道那四管枪,抵得着甚么事?

主人还和我谈了不少的话,好像谈过当年的收成,又好像谈到过大烟的涨价,更好像谈过一些真命人主的待望。……我起初还在勉强支持,后来我实在支持不住,各自睡熟了。他把瘾过足了是几时我不知道。他把我摇醒了,叫我起来把衣服脱了打横睡。我模糊地起来,看见对床的帐子下了,帐内有好几种鼾声在作战。圆桌上也摊睡着了好几个人。等主人走了,我刚好睡下之后,圆桌上睡着的人一连走来了三个,那是来宾或用人,我分别不清楚。他们一来,便一同倒在我睡着的床上。我以后便再也不能睡了。我索性又起来穿好衣裳,摊开昭明太子的《文选》,读到天亮。

六

我的结婚受难记在这儿便可以结束了。但在第二天回家,才知道乡里又发生了一件意外的事。

就在我去回门的那一天,城里也有一队差人到了沙湾。他们带来两件知府的公事:一件是命令把保卫团解散,另一件是传票,传保卫团团长黎武秀才、军师詹文秀才,还有我们么叔,进城去过堂。

原来是打死杨朗生那件事情发作了。杨朗生的父亲杨敬臣，在他是杀子之仇不能不报，他在城里告了状。府县的知事那时都还是旧人，知府姓李，是云南人，和城内一家姓李的豪绅认了同宗，而这豪绅李家恰好和杨家是有亲谊的。就由这样的因缘，那知府便准了状子，保卫团的人事实上便成了罪人。大家很愤慨，尤其是我们年青人。有人坚决主张，倒不如率性带着八九十只快枪上省去成军，八九十枝快枪包管可以成立一营的。么叔很有赞成的意思，但无奈那名目上的首领黎团长詹军师却一致反对，他们认为事情并不那样严重。城里我们也有熟人，而且我们还有最后的一个靠背，便是我们的大哥在成都当交通部长。所以他们说，文有文干，武有武干，这一次要进城去文干一下了。

文干是怎样的呢？一方面自然是托人疏通，另一方面也来讲究法律。法律是死的，人是活的，人可以制造一个事实来遵照法律。于是乎我们因公愤和众怒打死了一个万恶地主，而在法律的要求之下，便不能不变形为杨朗生的保安团和我们的保卫团冲突，不免互有死伤，保安团方面死的是杨朗生，我们这边也死了两个（就是那点大炮误烧死了的两个）。这样一添改，就如像一首自然诗添改成了一首试帖诗一样，表面是很循规蹈矩的，然而诗却到那儿去了呢？

方略是决定文干了，大家依然怕有甚么差池，所有保卫团的重要分子都自愿随着三位首领下城。假使府官不讲理时，大家便要一齐请求连坐。

包了三只大船靠在大渡河边，就在我结婚后的第五天上，一同准备下城。其中有一只是我们家里自己包的，因为我们的大嫂也要上省，我和我的一位兄弟便担负着护送的责任。

母亲是不愿意我们这样快便离家的，但我的借口是一方面不能不跟着保卫团的朋友们进城，另一方面是省城的学校也快要开学了。由于我的坚持，所以大嫂们的动身也提前了一步。

母亲大约是看见我默默寡欢，她也很明白我急于要离家的心事。当我们清早上船时，母亲戴着一顶红风帽，携着我们一位小妹子为我们送行。走出场口之后河风很大。母亲拄着一根五哥由东洋带回来的手杖。河风阵阵吹来，每每使她不能不伫立，或微微后退几步。我便倒退着在母亲面前走，希望可以挡挡风头。母亲是把口掩闭着的，沿途都没有说话。由家离河岸大约有半里路的光景，走到河岸时各船都已经上好，早在等着我们去开船了。母亲已来不及上船，只立在河边上向大嫂吩咐了一些，回头船也就开了。母亲最后在岸上呼唤我：

——"八儿，你要听娘的话。娘已经老了，你不要又跑到外洋去罢！"

船上的大嫂听着哭了起来，我也禁不住眼泪潸潸的。我只是说：请母亲莫担心，请母亲回去。船开后，母亲立在岸上总是不动，一直等到船远远地转了一个湾，我们才看不见了。

大嫂在船上还哭了好一会。她也带着眼泪劝我说："八弟，你当真不要到远方去好呢。"——一个男子在女性的眼中看来，好像是多生了一对翅膀，只要一想到远方，一翅顺风便可以飞去。其实在我心里反在为这件事情焦愁。我就想到远方，却怎么能去呢？不过母亲的悲伤我是始终受着感动的。那时我在船上做过几首诗，有一首我到现在都还记得：

> 阿母心悲切，送儿直上舟。
> 泪枯惟刮眼，滩转未回头。
> 流水深深恨，云山叠叠愁。
> 难忘江畔语：休作异邦游！

　　下船之后在城里耽搁了两天，保卫团的事情果如詹大军师所料，用文干的方法来了结了。剩下的责任是护送大嫂上省。在那两天之中大嫂向城里的亲戚处都去辞了行，同时上省的走法也决定了。由嘉定上省陆路只要三天半，自然很快，但大家认为路上不清净，走陆路不好照料，恐怕会发生意外。于是便决计走水路。走水路是由府河溯航，要费十天半月，谁也不能预定。水小船多，有时遇着过滩，狭窄的水津只能容下一只船，那时便要轮班，几十百只船挨一挨二地轮班过去。像那样，过得一滩要费你一天半日，或三天两天都说不定。愈朝上走，这种滩口愈多。但好处是同在一只船上易于照料，而且每晚落宿处都有无数的邻舟，这于防范匪患上是要方便些。结果是走了水路。

　　女性的虚荣心，在我看来，似乎是要强些的。大嫂在城里做了一对灯笼，一边写着"四川军政府"，一边写着"交通部长郭"。白日夜晚她都要打在船头。我很反对她，说这样反遭人注目，但总不能把她说服。在她的意思，认为这是一种护符。每天在船上都是悬心吊胆地过日子，特别是在晚间，在那时以为是可以保险的邻舟却好像是一只一只的贼船，使你怎么也不能放心。上水船大概都是一些货船，搭载客人的很少，护送家眷的更是没有。那些船上的水手一个二个都好像是《水浒传》上的阮小二、阮小七。有一天晚上，船到了彭山，在夜空中突然听见了几声枪，大家都有点不寒而栗。

隔不一会有两只县正堂的灯笼打到岸上，来人是几名差役。他们拿了一张县正堂的片子送上船来，我到船头去应话。他们问明了是护送家眷的船，便又各自走了。回头那几位差人又来传达那县正堂的话，他说地方不清静，官家的势力薄弱，希望我们不要点灯，怕的匪人以为是解送银杠的船，失了事他不能担戴。这回却把大嫂也骇着了，她不能不把她的灯笼顿时收拾了起来。

在路上足足担心了十三天，倒还好，船到了成都。在这时另一悲剧又发生了。

大哥回到成都已经一年了，起初的半年是住在皇城里的一处公家的地方，"反正"后因为皇城要改成军政府，他便搬进了青石桥街的一座大公馆里。我们在成都虽然同住了一年，除掉礼拜日去看他一次和他每礼拜到分设中学的甲班来讲课一次之外，他的私人生活我是不大清楚的。

大嫂的上省，他本来早就要求过，但家里的二老不允许。足足隔了一年，他做了部长了，在这一次又才达到了目的。

原来在那青石桥街的公馆里，我们大哥才已经有了一位新的爱人。那是很美貌的一位下江女子，一般人称为李五太太。听说是从前某一位道台的遗妾，那公馆本来是她赁居着的地方。

大嫂动身的时候，叫我们不要去通知。她存心要使大哥于无意之间得到她的到来，可以加倍地使他感受着喜悦。她一来便落到青石桥街的公馆里，在大哥方面是不曾早作准备的。这自然就免不了的有一场遭遇战了。

开始便是上下房之争，大嫂要争住上房，而那位本来住着上房的李五太太却不轻容易屈服。这使我们的大哥自然为难不少了。但我们大哥到底是一位大政治家，在我们下一个礼拜日去看他的时候,老大嫂已经好好住在上房,而那位新大嫂移居在下边的耳房里去了。

那位新大嫂的李五太太,是很会拉弦子的。以后凡遇着礼拜日去时,每每听见大哥的音声在和着新大嫂的胡琴低吟浅唱。唱的多半是川戏的《唐明皇惊梦》,是那"贤妃子比从前花容稍减"的一节,或者便是《赵太祖斩红袍》,唱那"孤王酒醉在桃花宫"。我们路过耳房窗外时便要先叫一声"大哥",接着他出来便跟我们同到上房去。那时大嫂总是在床上闷睡着的,大哥不怕我们在面前,也要去抱着她亲吻。

最使我吃惊的,是我们大哥不知道几时公然吃起了鸦片烟来。这项,他也没有向我们回避的气色。一等大嫂起了床,他便把烟家具来摆在床上。我有一次也实在忍耐不住了,问过他一句:"为什么要抽大烟呢?"他答应我说:"你那里晓得!成都的官场抽大烟当于在吸'三炮台'①!"

是的,中国说是反了正,我自己默默地也就无话可说了。

七

反正后,成都的学界也焕然改观。最可注意的是一座成都城有四五十座私立法政学校!三月速成,六月速成,愈快的班数,学生也愈见多。那时候真可以说是做官欲的洪水时代!中小学堂的学生都受了这种潮流的影响,因而父子同学的佳话,甚至祖孙同学的美谈都有出现的。

---

① 一种纸烟的牌名。

分设中学是被裁撤了，剩下的两班人归并进成都府中学。

那时候所有稍微出色一点的旧教员大都去做官去了。留下的一些残渣剩滓，那真是犯不着要再费笔墨来形容。当时凡是诚实一点的学生学无可学，事无可做，大都迷失了方向。据我所知道的，比较好的学生有两条路，一个是进存古学堂，一个是入南门外的华西大学。因为前者还可以学些旧学，后者至少可以学几句英文。

说到我自己呢，我是经过了重重失望的人，我差不多是甚么希望也没有了。我有一个唯一的希望便是离开四川。然而连零用钱都不能不仰给于父兄的人，你怎么离开呢？在这时是我最危险的时候。我拚命地喝大曲酒、打麻将牌，连夜连晚地沉醉，连夜连晚地穷赌。那时的学校是不住堂的，上课也很自由。我有一次连打过三天三夜的麻将牌，打到后来几乎连坐都坐不稳了。不打牌不吃酒的时候便是看京戏（革命的结果把京戏输入了四川），学做成都的所谓"犇神"①，总是要坐在戏场中的第一排，对于自己所捧的旦角怪声叫好。比这些稍微正气一点的便是学做歪诗；不是用杜工部《秋兴八首》的原韵拟出一些感时愤俗的律诗，便是学学吾家景纯做几首游仙或者拟古。现在回想起来真觉得有点肉麻。然而在那时候的青少年，你要他的肉不麻，那就只好叫他自杀了。

那种自暴自弃的肉麻生活，我在成都足足过了一年半的光景。大哥也很不满意我，他有时间接向人说，我年纪青青的便沾染着一肚皮臭名士的怪脾胃。他的批评是正确的，但也和我的批评他一样，彼此虽然晓得了彼此的坏处，而彼此都不曾推察到致坏的理由。

---

① 不良少年。

大哥做的是交通部长，所当管辖的自然要包含铁路上的事情。我们大家应该都还记得：四川的反正，乃至中国的反正，是起源于争路！那么一反正过后，照理第一步所当积极进行的，不就是修路的事吗？然而反正过后，四川的铁路学堂因为没钱经营已经停办，川路公司也无形解体了。我在当时还不曾弄清楚除开清政府和旧时封建社会之外还有一个大怪物，使你中国的铁路乃至其他的产业都无法经营，使那经营铁路和其他产业的人都不能不腐化。我只以为这是我们大哥耽溺于腐化的生活而遗误了国家的大业。我们的脑筋实在单纯，竟不曾深入地想一想，就是大哥所吸的那鸦片烟，本来是从那儿来的？

二月尾上袁世凯做了大总统之后，各省军政府改部为司。不久又缩小范围，除民政、财政、司法、教育四司存留之外，交通司也被裁撤了。在这时有所谓征讨西藏的问题发生。

西藏在英人的觊觎之下，在清朝末年早就有脱离羁绊的危险。前有赵尔丰的武力坐镇，毕竟也并没有甚么根本的措施。反正的结果屠户的赵尔丰遭了屠杀，他留在川边的残部因而更勾结藏人作乱，时时有内侵的形势。

当时天下的豪杰差不多都以自请征讨西藏为荣，而终竟担负了这个荣誉的是四川的大都督尹昌衡将军。

尹昌衡大将军，那位自称为"好色的英雄"，就因为好色的结果，弄得来在成都的声名一败涂地。同时省内本是有两个军政府存在的，重庆的一个是民党在主持。这两个军政府，也就和我们的两位大嫂一样，时常争持不下。正在那西藏问题紧急的时候，重庆方面更有以武力来袭取成都的形势，成都的民党在准备内应。在这时，那进退维谷的尹昌衡才利用了征讨西藏的名目，作以退为进的应付。

这个策略在尹将军是收到了一时的大成功。他博得名震海内，俨然像是诸葛武侯复活——这自然是指"七月渡炉"的一节。民党分子震于他的美名，便不好过分露出争权夺利的锋芒了。于是，尹昌衡便把都督的位置暂托胡景伊代理，而成、渝的和平合并也就成立在胡景伊的手中。

尹昌衡出师西征的一天，那在四川恐怕是自开辟以来的第一个盛大节日。誓师的地方是南门外的武侯祠，满城的官绅商学各界都出城送行，特别是学生，听说是有好几万人（我自己实在罪过，当时并没有去送我们这一位爱国将军）。在武侯祠附近都站立着女学生，等尹将军一到，便一齐成了散花天女，满天满地都散着通草花。

这个光景大可以说是千秋盛事了。不过要晓得，那花有一半是尹将军自己命人办的！还有一半呢？还有一半是商会的义捐。成都的商会有那样的爱国至诚吗？你假如要这样去称赞他们，那商家一定会笑你。他们会告诉你说："先生，你太年青了，我们玩不出那样的花样。你要晓得自反正以来，成都城里平空地添了几十万军人，而这些军人们都使用钞票，小店主们实在吃不消。如今尹都督要带领大兵去西征，这是何等的功德，所以要备点香花来送神。"

是的，成都实在就为军队和钞票苦得要命。那时的带兵官还没有甚么地盘观念，他们都想住在那锦绣的"小巴黎"，不想移到地方上去驻扎。怎样使兵队分驻也是当时大家所焦头烂额的问题。尹都督西征一举的确是附带着解决了一项困难。然而商家的打算也依然错了。他们没有想到兵是可以增加的，旧的去了，新的会源源不绝而来。四川在反正时有十四五万大兵的，后来不是增加到了四五十万吗?

在尹昌衡西征以后,不久大哥便失了业。他也就步了尹昌衡的后尘前往打箭炉。大哥这一去也解决了两位大嫂的一场纷争。像打箭炉那样偏僻的地方,加以又在军事期间,两位女将军不消说是不能同去的。旧大嫂很不弱,她决心坐镇成都,新大嫂的李五太太便被送回嘉定城去别营菟裘。但随后这位新人不知道又跟着那一个先生走往那儿去了。

我要再来谈谈尹昌衡去后的后事。

尹昌衡所寄托的那位胡景伊,是四川最初派遣的日本留学生,是由日本的士官学校毕业。他人以前有怎样的功德我不知道,但在他代理四川都督以后,他真可以称为四川的小袁世凯。他人矮胖和袁世凯相仿佛,就是行事的手腕也很有一种奸雄的本色。他接事以后便雷厉风行地施行高压政策,在短时期间把四川的军民财政等权几乎全都弄到了自己手里。他的高压政策,可以把杀死朱山一事作为一斑。

朱山自从保路同志会在铁路公司开成立会的那一天,他一拳打破了一个茶碗以来,由川东的争路游说员一变而为铁路督办大臣端方的幕僚。在端方死后,他不知几时又回到了成都。那时正是胡景伊压迫舆论最厉害的时候。他是写了一封给友人的信,发了几句牢骚。有"方今武夫专横,非我辈所能容喙"等语。这信不知怎的又落在了当局者的手里。当局者就以这样一点小小的事情把他枪毙了。

朱山临刑时有别妻、别女、别友等几首诗,在当时很脍炙人口。我记得他那别友(大约是刘申叔罢?)的一首是:

去年谈笑曾分手,地狱天堂两自由。

惟有人间留不得,一分颦笑见恩仇。

在武夫专横之下,人的生命便寄系在一分颦笑之间。诗情的确是很哀婉的。

胡景伊一方面高压民众,一方面尽力效忠于袁世凯,于是乎袁世凯一道命令下来便实授他为四川都督,而把尹昌衡任命为一个没有多大实权的川边经略使。这在胡景伊自然是踌躇满志,而在尹昌衡则会义愤填膺了。

尹昌衡的出征西藏本是一管花枪,那本是他卖名缓冲的政策。他的私心是等到相当的机会还是要"复辟"的,而胡景伊却巧妙地夺取了他的江山。冒失将军一得到这个消息,便带领着大兵又由川边回来,要和胡景伊争夺都督。

是秋凉的时候,住在成都的人谁都有点人人自危。胡景伊虽然没有多少兵马,但实权在他手里,大家以为他一定会背城借一,这一回的成都真又要遭一次浩劫了。然而等尹昌衡到达省城的时候,胡景伊才单人独马到武侯祠去迎接他。尹昌衡也就翻然改变了过来,命他的军士离城十里扎营,只他自己进城住了几天,又退回打箭炉去。

这一幕简直像在演戏。尹昌衡表演得那样出奇的单纯,胡景伊表演得那样出奇的老狯!幕后一定还有些什么经纬的,我不知道当时的内幕是怎样。但我知道他们两人后来都一样地失了脚。我们试问:他们在煊赫的时候,对于革命,对于民国,对于四川,对于四川的人,究竟有了甚么贡献?

菩提树下

一

　　我的女人最喜欢养鸡。她的目的并不在研究遗传，并不想有甚居积，充其量只是想给孩子们多吃几个鸡蛋罢了。

　　因此之故她总是爱养母鸡。每逢母鸡要生蛋的时候，她真是欢喜极了，她要多把些粮食给它，又要替它做窝。有时候一时要做两三个窝。

　　鸡蛋节省着吃，吃到后来母鸡要孵卵的时候，那是她更操心的时候了。孵卵的母鸡每隔一天要飞出窝来摄取一次饮食，她要先替它预备好；又要时常留心着不使母鸡在窝里下粪，因为这样容易使孵卵腐败。还有被孵抱着的鸡卵她也要常常把微温的盐水去试验，在水上可以浮起的便是腐败了的，她便要取出，沉下去的便仍使母鸡孵抱。像这样足足要操心三个礼拜，等到鸡卵里面可以听出啾啾的叫声了，那时候她有两三天是快乐得不能安定的。

　　我们养鸡养过五六年，鸡雏也不知道孵化过好几次了。但是孵化了的鸡雏不是被猫鼠衔去，便是吃米过多得脚气病死了。自己孵化出的鸡雏从不曾长大过一次。

　　我们又是四处飘流的人，遇着要远徙他方的时候，我们的鸡不能带着同走。在那时我们的鸡不是送人，便是卖给鸡贩子去了。自己养过的鸡怎么也不忍屠杀。所以我们养鸡养了五六年，自己所养的鸡从不曾吃过一次。

所养的鸡也并不多,至多不过四五只;我们除把些残菜剩饭给它们外,平常只听它们去自行渔食罢了。

二

养了五六年的鸡,关于鸡的心理,我也留下了不少的幽凉的记忆。鸡的生活中我觉得很有和人相类似的爱的生活存在。

假如有一群鸡在园子里放着的时候,请把一些食物向鸡群里洒去罢。这鸡群里面假使有一只雄鸡,你可以看出它定要咯咯地呼唤起来,让母鸡去摄取那食物,它自己是决不肯先吃的。这样本是一个很平常的现象,但这个很平常的现象不就有点像欧洲中世纪的游吟诗人(Troubadour)的崇拜女性吗?

有一次我们养过三只牝鸡,两只雄鸡。这两只雄鸡中只有一只得势,把那三只母鸡都占有了。那不得势的一只,真是孤苦得可怜。得势的一只雄鸡不消说要欺负它,便连那些娥皇女英们也不把它看在眼里。它有时性的冲动发作了,偷觑着自己的情敌不在,便想方设计地去诱惑它们。分明是没有食物的,它也要咯咯地叫,或者去替它们梳理羽毛,但它们总不理睬它。它弄得焦急了,竟有用起暴力来,在那时它们一面遁逃,一面戛着惊呼求救的声音,呼唤它们的大舜皇帝。等到大舜皇帝一来,那位背时的先生又拖着尾巴跑了。

——啊,你这幸福的大舜皇帝!你这过于高傲了的唐璜(Don Juan)!你占领着一群女性,使同类多添一位旷夫。

那回是我抱了不平,我把得势的一只雄鸡卖了。剩下的一位旷夫和三位贞淑的怨女起初还不甚相投,但不久也就成了和睦的夫

1918年夏，作者(后左二)毕业于日本冈山第六高等学校

1918 至 1923 年，作者（右二）就读于日本九州大学医学部，和留日同学夏禹鼎（右一）等人合影

妇了。

还有一件更显著的事情，要算是牝鸡们的母爱。牝鸡孵化了鸡雏的时候，平常是那么驯善的家禽，立地要变成一些鸷鸟。它们保护着自己的幼儿是一刻也不肯懈怠的。两只眼睛如像燃着的两团烈火。颈子时常要竖着向四方倾听。全身的神经好像紧张得要断裂的一样。这样加紧的防御。有时还要变为攻击。不怕你便不怀敌意走近它们，它们也要裹出一种怪的叫声，飞来啄你。摄取饮食的时候，它们自己也决不肯先吃，只是咯咯地唤着鸡雏。假如有别的同类要来分争，不管是雄是雌，它们一样地总要毫不容情地扑啄。睡眠或者下雨的时候，要把自己的鸡雏抱在自己的胸胁下，可怜胸脯上的羽毛要抱到一根也没有存在的程度。像这样的生活，要继续两三个月之久。在这时期之内，它们的性的生活是完全消灭了的。

三

啊，今年的成绩真好，我们现在有两只母鸡，十六只鸡雏了。

我的女人在二月底从上海渡到福冈来的时候，便养了两匹母鸡：一匹是黄的，一匹是如像鹰隼一样。

我们住在这博多湾上的房子，后园是很宽大的。园子正中有一株高大的菩提树。四月初间我来的时候还没抽芽，树身是赤裸着的，我们不知道它的名字。我们猜它是栗树，又猜它是柿子树。但不久渐渐转青了，不是栗树，也不是柿树。我们问邻近的人，说是菩提树。

在这菩提树成荫的时候，我们的母鸡各个孵化了九只鸡雏。这鸡雏们真是可爱，有葱黄的，有黑的，有淡黑的，有白的，有如鹁鹑一样驳杂的，全身的茸毛如像绒团，一双黑眼如像墨晶，啾啾的叫声真的比山泉的响声还要清脆。

啊，今年的成绩真好，我们本有十八只鸡雏，除有一只被猫儿衔去，一只病死了外，剩着的这十六只都平安地长大了起来。现在已经是六月尾上了，鸡雏们的羽毛渐渐长出，也可以辨别雌雄了。我们的这十六只鸡雏想来总不会被猫儿衔去，不会病死了罢？鸡雏吃白米过多时，会得白米病，和人的脚气病一样，好端端地便要死去，但我们现在吃的是麦饭，我们的鸡雏们总不会再得白米病了罢。

——"啊，今年的成绩真好。"

我的女人把吃剩着的晚饭，在菩提树下撒给鸡群吃的时候，她笑着向我这样说。

鸡雏啾啾地在她脚下争食，互相挤拥，互相践踏，互相剥啄着。

芭 蕉 花

这是我五六岁时的事情了。我现在想起了我的母亲，突然记起了这段故事。

我的母亲六十六年前是生在贵州省黄平州的。我的外祖父杜琢璋公是当时黄平州的州官。到任不久，便遇到苗民起事，致使城池失守，外祖父手刃了四岁的四姨，在公堂上自尽了。外祖母和六岁的三姨跳进州署的池子里殉了节，所用的男工女婢也大都殉难了。我们的母亲那时才满一岁，刘奶妈把我们的母亲背着已经跳进了池子，但又逃了出来。在途中遇着过两次匪难，第一次被劫去了金银首饰，第二次被劫去了身上的衣服。忠义的刘奶妈在农人家里讨了些稻草来遮身，仍然背着母亲逃难。逃到后来遇着赴援的官军才得了解救。最初流到贵州省城，其次又流到云南省城，倚人庐下，受了种种的虐待，但是忠义的刘奶妈始终是保护着我们的母亲。直到母亲满了四岁，大舅赴黄平收尸，便道往云南，才把母亲和刘奶妈带回了四川。

母亲在幼年时分是遭受过这样不幸的人。

母亲在十五岁的时候到了我们家里来，我们现存的兄弟姊妹共有八人，听说还死了一兄二姐。那时候我们的家道寒微，一切炊洗洒扫要和妯娌分担，母亲又多子息，更受了不少的累赘。

白日里家务奔忙，到晚来背着弟弟在菜油灯下洗尿布的光景，我在小时还亲眼见过，我至今也还记得。

母亲因为这样过于劳苦的原故，身子是异常衰弱的，每年交秋的时候总要晕倒一回,在旧时称为"晕病",但在现在想来,这怕是在产褥中,因为摄养不良的关系所生出的子宫病罢。

晕病发了的时候,母亲倒睡在床上,终日只是呻吟呕吐,饭不消说是不能吃的,有时候连茶也几乎不能进口。像这样要经过两个礼拜的光景,又才渐渐回复起来,完全是害了一场大病一样。

芭蕉花的故事是和这晕病关连着的。

在我们四川的乡下,相传这芭蕉花是治晕病的良药。母亲发了病时,我们便要四处托人去购买芭蕉花。但这芭蕉花是不容易购买的。因为芭蕉在我们四川很不容易开花,开了花时乡里人都视为祥瑞,不肯轻易摘卖。好容易买得了一朵芭蕉花了,在我们小的时候,要管两只肥鸡的价钱呢。

芭蕉花买来了,但是花瓣是没有用的,可用的只是瓣里的蕉子。蕉子在已经形成了果实的时候也是没有用的,中用的只是蕉子几乎还是雌蕊的阶段。一朵花上实在是采不出许多的这样的蕉子来。

这样的蕉子是一点也不好吃的,我们吃过香蕉的人,如以为吃那蕉子怕会和吃香蕉一样,那是大错而特错了。有一回母亲吃蕉子的时候,在床边上挟过一箸给我,简直是涩得不能入口。

芭蕉花的故事便是和我母亲的晕病关连着的。

我们四川人大约是外省人居多,在张献忠剿了四川以后——四川人有句话说:"张献忠剿四川,杀得鸡犬不留"——在清初时期好像有过一个很大的移民运动。外省籍的四川人各有各的会馆,便是极小的乡镇也都是有的。

我们的祖宗原是福建的人,在汀州府的宁化县,听说还有我们的同族住在那里。我们的祖宗正是在清初时分入了四川的,卜居在峨眉山下一个小小的村里。我们福建人的会馆是天后宫，供的是一位女神叫做"天后圣母"。这天后宫在我们村里也有一座。

那是我五六岁时候的事了。我们的母亲又发了晕病。我同我的二哥，他比我要大四岁，同到天后宫去。那天后宫离我们家里不过半里路光景，里面有一座散馆，是福建人子弟读书的地方。我们去的时候散馆已经放了假，大概是中秋前后了。我们隔着窗看见散馆园内的一簇芭蕉，其中有一株刚好开着一朵大黄花，就像尖瓣的莲花一样。我们是欢喜极了。那时候我们家里正在找芭蕉花，但在四处都找不出。我们商量着便翻过窗去摘取那朵芭蕉花。窗子也不过三四尺高的光景，但我那时还不能翻过，是我二哥擎我过去的。我们两人好容易把花苞摘了下来，二哥怕人看见，把来藏在衣袂下同路回去。回到家里了，二哥叫我把花苞拿去献给母亲。我捧着跑到母亲的床前，母亲问我是从什么地方拿来的，我便直说是在天后宫掏来的。我母亲听了便大大地生气，她立地叫我们跪在床前，只是连连叹气地说："啊，娘生下了你们这样不争气的孩子，为娘的倒不如病死的好了！"我们都哭了，但我也不知为什么事情要哭。不一会父亲晓得了，他又把我们拉去跪在大堂上的祖宗面前打了我们一阵。我挨掌心是这一回才开始的，我至今也还记得。

我们一面挨打，一面伤心。但我不知道为什么该讨我父亲、母亲的气。母亲病了要吃芭蕉花，在别处园子里掏了一朵回来，为什么就犯了这样大的过错呢？

芭蕉花没有用，抱去奉还了天后圣母，大约是在圣母的神座前干掉了罢？

这样的一段故事，我现在一想到母亲，无端地便涌上了心来。我现在离家已十二三年，值此新秋，又是风雨飘摇的深夜，天涯羁客不胜落寞的情怀,思念着母亲,我一阵阵鼻酸眼胀。

啊,母亲,我慈爱的母亲哟!你儿子已经到了中年,在海外已自娶妻生子了。幼年时摘取芭蕉花的故事,为什么使我父亲、母亲那样的伤心,我现在是早已知道了。但是,我正因为知道了,竟失掉了我摘取芭蕉花的自信和勇气。这难道是进步吗?

铁 盔

——"曾先生是 F 家里的良师。"

F 家里人是这样说，F 村上的人也是这样说。

曾先生在 F 未出世以前十一年便到了他的家里，在 F 五岁发蒙的时候，在他家里已经教出了不少的"顶子"了。

F 有次对我说过一段逸事，是他才发蒙时候的事情。

——"曾先生爱打人，尤爱打我们的脑袋。他的刑具是从篱栅上抽下来的斑竹。他一发作起来，便把那斑竹打在我们的头上，打一下，断一节。我们又不敢大声哭，哭大声了，他愈打得厉害。

"小小的脑袋打出一头的包块。晚上回家痛得不能着枕，只是嘤嘤啜泣。

"我们的母亲知道了，母亲最可怜我，大约因为我年纪还小的原故，母亲便替我寻出了一顶硬壳帽子来。那帽子怕是我们的父亲或者祖父的年青时候戴旧了的。帽子既是硬壳做成，里面还有四个毡耳。

"这顶硬壳帽子便成了我的'铁盔'了。先生打起人来只是打得空响，脑袋一点也不痛。

"这个秘密在第三天上被我五哥知道了。他当时也不过才八九岁光景，他和我便要争戴这顶'铁盔'。在家里时母亲不许他，进家塾时他在路上便替我夺去了，我竟伤心地哭了起来。弄到后来这个秘密连先生也知道了。

"我们的曾先生终不愧是贤明的人，他以后打我们的头脑不再隔着帽子打了。他要先把我们的帽子揭下,然后再打。

"小小的脑袋又被先生打出一头的包块,晚上睡觉,痛得不能着床,又只是嘤嘤啜泣。

"母亲也无法可想了,只是安慰我们说:'乖儿,乖儿,以后好生听先生的话,不再挨打便好了。……'

"我们的头脑便是这样打出来了的。在我们几位哥哥的头上,包块虽然变成了'顶子',而在我自己不幸的是在十二岁的时候便开办了中学,我便和'顶子'永远绝缘了。"

F 的话便是这样。

但是 F 家里的人到现在也还在这样说,F 村上的人到现在也还在这样说:

——"曾先生是 F 家里的良师!"

鸡 雏

　　七年前的春假，同学 C 君要回国的前一晚上，他提着一只大网篮来，送了我们四匹鸡雏。

　　鸡雏是孵化后还不上一个月的，羽毛已渐渐长出了，都是纯黑的。四只中有一只很弱。C 君对我们说：

　　——"这只很弱的怕会死，其余的三只是不妨事的。"

　　我们很感谢 C 君。那时候决心要好好保存着他的鸡雏，就如像我们保存着对他的记忆一样。

　　嗳，离了娘的鸡雏，真是十分可怜。它们还不十分知道辨别食物呢。因为没有母鸡的呼唤，不怕就把食物喂养它们，它们也不大肯进食。最可怜的是黄昏要来的时候，它们想睡了，但因为没有娘的抱护，便很凄切地只是一齐叫起来。听着它们那啾啾的声音，就好像在茫茫旷野之中听见迷路孤儿啼哭着的一样哀惨。啊，它们是在黑暗之前战栗着，是在恐怖之前战栗着。无边的黑暗之中，闪着几点渺小的生命的光，这是多么危险！

　　鸡雏养了四天，大约是 C 君回到了上海的时候了。很弱的一只忽然不见了。我们想，这怕是 C 君的预言中了罢？但我们四处寻觅它的尸骸，却始终寻不出。啊，消灭了。无边的黑暗之中消灭了一点微弱的光。

　　又到第六天上来，怕是 C 君回到他绍兴的故乡的时候了。午后，我们在楼上突然听见鸡雏的异样的叫声。急忙赶下楼来看时，看见只有两只鸡雏张皇飞遁着,还有一只又不见了。但我们仔细找寻时,这只鸡雏却才窒塞在厨房门前的鼠穴口上,颈管是咬断了的。我们到这时才知道老鼠会吃鸡雏,前回的一只不消说也是被老鼠衔去的了。一股凶恶的杀气弥漫了我们小小的住居,我们的脆弱的灵魂隐隐受着震撼。

啊,消灭了,消灭了。无边的黑暗之中又消灭了一点微弱的光。

叹息了一阵,但也无法去起死回生。我们只好把剩下的两只鸡雏藏好在大网篮里,在上面还蒙上一张包单。我们以为这样总可以安全了,嗳,事变真出乎意外。当我们正在缓缓上楼,刚好走到楼门口的时候,又听着鸡雏的哀叫声了。一匹尺长的老鼠从网篮中跳了出来,鸡雏又被它咬死了一匹。啊,这令人战栗的凶气!这令人战栗的杀机!我们都惊愕得不能说话了。在我们小小的住居之中,一匹老鼠便制造出了一个恐怖时代!

啊,齿还齿,目还目,这场冤仇不能不报!

我们商量着,当下便去买了一只捕鼠的铁笼,还买了些"不要猫"的毒药。一只鸡腿被撕下来挂在铁笼的钩上了。我们把铁笼放在鼠穴旁边,把剩下的一只鸡雏随身带上楼去。

拨当!发机的一声惊人的响声!

哈哈!一只尺长的大鼠关在铁笼里面了,眼睛黑得亮晶晶地可怕,身上的毛色已经泛黄,好像鼬鼠一样。你这仓惶的罪囚!你这恐怖时代的张本人!毕竟也有登上断头台的时候!

啊,我那时的高兴,真是形容不出,离鸡雏之死不上两个钟头呢。

我把铁笼提到海边上去。海水是很平静的，团团的夕阳好像月光一样稳定在玫瑰色的薄霞里面。

我把罪囚浸在海里了，看它在水里苦闷。我心中的报仇欲满足到了高潮，我忍不住抿口而笑。真的，啊，真的！我们对于恶徒有什么慈悲的必要呢？那么可怜无告的孤儿，它杀了一只又杀一只，杀气的疯狂使人也生出了战栗。我们对于这样的恶徒有什么慈悲的必要呢？

老鼠死了，我把它抛到海心去了。恶徒的报应哟！我掉身回去，夕阳好像贺了我一杯喜酒，海水好像在替我奏着凯歌。

回到家来，女人已在厨中准备晚餐了。剩下的一只鸡雏只是啾啾地在她脚下盘绕。一只鹑形的母鸡，已经在厨里的一只角落上睡着了。

——"真对不住C君呢。"我的女人幽幽地对我这样说。

——"但也没法，这是超出乎力量以上的事情。"我说着走到井水旁边去洗起我的手。

——"真的呢，那第二次真使我惊骇了，我们这屋子里就是现在也还充满着杀气。"

——"我把那东西沉在海里的时候可真是高兴了。我的力量增加了百倍，我好像屠杀了一条毒龙。我起先看着它在水里苦闷，闷死了，我把它投到海心里去了。啊，老鼠这东西真可恶，要打坏地基，要偷吃米粮，要传播病菌，还要偷杀我们的鸡雏！……"

饭吃过后，我的女人在屋角的碗橱旁边做米团。

——"毒药放进去了吗？"

她低着声说："不要大声，说穿了不灵。"

我看见她从橱中取出几粒绿幽幽的黄磷来放在米团的心里。那种吸血的凄光,令我也抖擞了一下。啊,凶暴的鼠辈哟,你们也要知道人的威力了!

第二天清晨,我下楼打开后面窗户的时候,看见那只鹆形的母鸡——死在后庭里面了。

——"哦呀,这是怎么的!你昨晚上做的米团放在什么地方的呀?"

我的女人听见了我的叫声,赶着跑下了楼来。她也呆呆地看着死在庭里的母鸡。

——"呀!"她惊呼着说,"厨房门还关得上好的,它怎么钻出来了呢?米团我是放在这廊沿下面的。"她说着俯身向廊下去看,我也俯下去了。廊下没有米团,却还横着一只死鼠。

——"它究竟是怎么钻出来的呢?"我的女人还在惊讶着说。

我抬头望着厨房里的一堵面着后庭的窗子,窗子是开着的。

啊,谁个知道那堵导引光明的窗口,才是引到幽冥的死路呢!

我一手提着一只死鼠,一手提着一只死鸡,踏着晓露又向海边走去。路旁的野草是很青翠的,一滴滴的露珠在草叶上闪着霓虹的光彩,在我脚下零散。

海水退了潮了。砂岸恢复了人类未生以前的平莹,昨晚的一场屠杀没有留下一些儿踪影。

我把死鼠和死鸡迭次投下海里去了。

鸡身浮在水上。我想,这是很危险的事,万一邻近的渔人拾去吃了的时候呢!……

四月初间的海水冷得透人肌骨,但是在水里久了也不觉得了。我在水里凫着,想把死鸡的尸首拿回岸来。但我向前凫去,死鸡也随着波动迭向海心推移。死神好像在和我捉弄的一样。我凫了一个大湾，绕到死鸡前面去，又才把它送回了岸来。上岸后，我冷得发抖，全身都起着鸡皮皱了。

我把那匹死鸡埋在砂岸上了。舐岸的海声好像奏着葬歌，蒙在雾里的夕阳好像穿着丧服。

剩下的一只鸡雏太可怜了，终日只是啾啾地哀叫。

人在楼上的时候，它啾啾地寻上楼来。

人下楼去的时候，它又啾啾地从楼上跳下。

老鼠虽不敢再猖獗了，但是谁能保证不又有猫来把它衔去呢？不久之间春假已经过了。有一天晚上我从学校回家，唯一的一只鸡雏又不见了！啊，连这一只也不能保存了吗？待我问我的女人时，她才说："它叫得太可怜了，一出门去又觉得危险；没有法子，只得把它送了人，送给有鸡雏的邻家去了。"

心里觉得很对不住 C 君，但我也认为：这样的施舍要算是最好的办法了。

致宗白华

白华先生：

　　我的诗真是你所最爱读的么？我的诗真是可以认作你的诗的么？我真欢喜到了极点了！只是你说：你有许多诗稿无形中打消了。我又很替我可惜起来，因为我想你的诗一定也是我所最爱读的诗，你的诗一定也是可以认作我的诗的。我想凡是艺术家对于他自己所产生出来的东西，一定是如像慈母之爱抚其赤子的一般，会要加以十分的爱惜。你却何以那样地冷酷，那样地暴殄，或者你是取的独乐主义，不肯披露出来安慰我们的吗？我想我们的诗只要是我们心中的诗意诗境底纯真的表现，命泉中流出来的 Strain，心琴上弹出来的 Melody，生底颤动，灵底喊叫；那便是真诗，好诗，便是我们人类底欢乐底源泉，陶醉底美酿，慰安底天国。我每逢遇着这样的诗，无论是新体的或旧体的，今人的或古人的，我国的或外国的，我总恨不得连书带纸地把他吞了下去，我总恨不得连筋带骨地把他融了下去。我想你的诗一定是我们心中的诗境诗意底纯真的表现，一定是能使我融筋化骨的真诗，好诗；你何苦要那样地暴殄，要使他无形中消灭了去呢？你说："我们心中不可无诗意诗境，却不必定要做诗。"这个自然是不错的。只是我看你不免还有沾滞的地方。怎么说呢？我想诗这样东西似乎不是可以"做"得出来的。我想你的诗一定也不会是"做"了出来的。Shelley 有句话说得好，他说：A man can-not say：I will compose poetry. Goethe 也说过：他每逢诗兴来了的时候，便跑到书桌旁边，将就斜横着的纸，连摆正他的时候也没有，急忙从头至尾地矗立着便写下去。我看歌德这些经验正是雪莱那句话底实证了。诗不是"做"出来的，只是"写"出来的。我想诗人底心境譬如一湾清澄的海水，没有风的时候，便静止着如像一张明镜，宇宙万汇底印象都涵映着在里面；一有风的时候，便要翻波涌浪起来，宇宙万汇底印象都活动着在里面。这风便是所谓直觉，灵感（Inspiration），这起了的波浪便是高张着的情调。这活动着的印象便是徂徕着的想象。这些东西，我想来便是诗底本体，只要把他写了出来的时候，他就体相兼备。大波大浪的洪涛便成为"雄浑"的诗，便成为屈子底离骚，蔡文姬底胡笳十八拍，李杜底歌行，但丁 Dante 底《神曲》，弥尔顿 Milton 底《乐园》，歌德底《浮士德》；小波小浪的涟漪便成为"冲淡"的诗，便成为周代底国风，王维底绝诗，日本古诗人西行上人与芭蕉翁底歌句，泰戈尔底《新月》。这种诗底波澜，有他自然的周期，振幅（Rhythm），不容你写诗的人有一毫的造作，一刹那的犹豫，硬如歌德所说连摆正纸位的时间也都不许你有。说到此处，我想诗这样东西倒可以用个方式来表示他了：

诗＝（直觉＋情调＋想象）＋（适当的文字）
　　　　Inhalt　　　　　　　Form

照这样看来，诗底内涵便生出人底问题与艺底问题来。Inhalt 便是人底问题，Form 便是艺底问题。归根结底我还是佩服你教我的两句话。你教我：一方面多与自然和哲理接近，以养成完满高尚的诗人人格；一方面多研究古昔天才诗中的自然音节，自然形式，以完满"诗底构造"。白华兄！你这两句话我真是铭肝刻骨的呢！

你有这样好的见解，所以我相信你的诗一定是好诗，真诗。我很希望你以后"写"出了诗的时候，你千万不要再把他打消，也该发表出来安慰我们下子呀！

可是，白华兄！我到底是个什么样的"人"，你恐怕还未十分知道呢。你说我有 lyrical 的天才，我自己却是不得而知。可是我自己底人格，确是太坏透了。我觉得比 Goldsmith 还堕落，比 Heine 还懊恼，比 Baudelair 还颓废。我读你那"诗人人格"一句话的时候，我早已潜潜地流了些眼泪。我从前也做过些旧诗，我且写两三首在下面，请你看看。

寻　死（四年前旧作）

出门寻死去，孤月流中天。寒风冷我魂，孽恨摧吾肝。茫茫何所之，一步再三叹。画虎今不成，刍狗天地间。偷生实所苦，决死复何难。痴心念家国，忍复就人寰。归来入门首，吾爱泪汍澜。

夜　哭（三年前旧作）

忆昔七年前，七妹年犹小。兄妹共思家，妹兄同哭倒。今我天之涯，泪落无分晓。魂散魄空存，苦身死未早。有国等于零，日见干戈扰。有家归未得，亲病年已老。有爱早摧残，已成无巢鸟。有子才一龄，鞠育伤怀抱。有生不足乐，常望早死好。万恨摧肺肝，泪流达宵晓。悠悠我心忧，万死终难了。

春　寒（去年作）

凄凄春日寒，中情惨不欢。隐忧难可名，对儿强破颜。儿病依怀抱，咿咿未能谈。妻容如败草，浣衣井之阑。蕴泪望长空，愁云正漫漫。欲飞无羽翼，欲死身如瘫。我误汝等耳，心如万箭穿。

白华兄！像这样的诗，恐怕你未必爱读；像这样的诗恐怕未必可以认作你的诗呢！"寻死"一首，除曾慕韩兄外，没有第三个人看过。慕韩兄他知道我。咳！我不忍再扯些破铜烂铁来，扰乱你的心曲了！

我前几天才在朋友处借了《少年中国》底第一二两期来读，我有几句感怀是：

> 我读《少年中国》的时候，
> 我看见我同学底少年们，
> 一个个如明星在天。
> 我独陷没在这 Stryx 的 amoeba，
> 只有些无意识的蠕动。
> 咳！我禁不着我泪湖里的波涛汹涌！

慕韩、润屿、时珍、太玄，都是我从前的同学。我对着他们真是自惭形秽，真是连 amoeba 也不如了！咳！总之，白华兄！我不是个"人"，我是坏了的人，我是不配你"敬服"的人，我现在很想能如 Phoenix 一般，采集些香木来，把我现有的形骸烧毁了去，唱着哀哀切切的挽歌把他烧毁了去，从那冷净了的灰里再生出个"我"来！可是我怕终竟是个幻想罢了！

田寿昌兄正是在《少年中国》里会识着的。他早那样地崇拜 Whitman，要他才配做"我国新文化中的真诗人"呢！福冈离东京很远，要坐三天的火车，所以我不能去拜访他；可是我今后当同他笔谈，把你所告诉我的话一一传达给他。

我常想天才底发展有两种 Typus：一种是直线形的发展，一种是球形的发展。直线形的发展是将他一种特殊的天才为原点，深益求深，精益求精，向着一个方向渐渐展延，展到他可以展及的地方为止：如像纯粹的哲学家，纯粹的科学家，纯粹的教育家，艺术家，文学家……都归此类。球形的发展是将他所具有的一切的天才，同时向四方八面，立体地发展了去。这类的人我只找到两个：一个便是我国底孔子，一个便是德国底歌德。

孔子这位大天才要说他是政治家，他也有他的"大同"底主义；要说他是哲学家，他也有他 Pantheism 底思想；要说他是教育家，他也有他的"有教无类"，"因材施教"底 Kinetisch 的教育原则；要说他是科学家，他本是个博物学者，数理底通人；要说他是艺术家，他本是精通音乐的；要说他是文学家，他也有他简切精透的文学。便单就他文学上的功绩而言，孔子底存在，是断难推倒的：他删《诗书》，笔削《春秋》，使我国古代底文化有个系统的存在；我看他这种事业，非是有绝伦的精力，审美的情操，艺术批评底妙腕，那是不能企冀得到的。我常希望我们中国再生出个纂集"国风"的人物——或者由多数的人物组织成一个机关——把我国各省各道县各村底民风，俗谣，采集拢来，采其精粹的编集成一部"新国风"；我想定可为"民众艺术底宣传""新文化建设底运动"之一助。我想我们要宣传民众艺术，要建设新文化，不先以国民情调为基点，只图介绍些外人言论，或发表些小己底玄思，终竟是凿枘不相容的。话太扯远了，我再回头来说孔子。我想孔子那样的人是最不容易了解的。从赞美他方面的人说来，他是"其大则天"；从轻视他方面的人说来，他是"博学而无所成名"。我看两个评语都是对的，只看我们自己的立脚点是怎么样；可是定要说孔子是个

"宗教家","大教祖",定要说孔子是个"中国底罪魁","盗丘",那就未免太厚诬古人而欺示来者。

歌德这位大天才也是到了"博学而无所成名"底地位。他是解剖学底大家(解剖学中有些东西是他发现的),他是理论物理学底研究者(他有色素底研究,曾同牛顿辩论过来),绘画音乐无所不通,他有他 Konkursordnung(破产法条例)底意见,他有政治家和外交家底本能和经验,Lavater 与 Knebel 都称赞他是个英雄,便是盖世的伟人拿破仑一世也激赏他是 Voilaun homme,他有他的哲学,有他的伦理,有他的教育学,他是德国文化上的大支柱,他是近代文艺的先河……他这个人确也是最不容易了解的。他同时是 Faust, Gott, Uebermensch;他同时又是 Mephistopheles, Teufel, Hund。所以 Wieland 说:Goethe wuerde darum verkannt, weil so wenige faehig seien, sich einen Begriff von einem solchen Menschen zu machen。我看他这句话也可以应用到孔子身上的。Wieland 又说,Goethe 是一个"Menschlichste aller Menschen"。他这名称似乎可以译成"人中的至人",可是他的概念终竟还是不易把捉的。可是他比我国底"大诚至圣先师"等等徽号觉得更妥当着实些。歌德是个"人",孔子也不过是个"人"。孔子对于南子是要见的,"淫奔之诗"他是不删弃的,我恐怕他还是爱读的!我看他是主张自由恋爱(人情之所不能已者,圣人不禁)实行自由离婚(孔氏三世出其妻)的人!我看孔子同歌德他们真可是算是"人中的至人"了。他们的灵肉两方都发展到了完满的地位。孔子底力量"能拓国门之关",他决不是在破纸堆里寻生活的 Buecherwurm,决不是以收人余唾为能事的臭痰盂!

我想诗人与哲学家底共通点是在同以宇宙全体为对象,以透视万事万物底核心为天职；只是诗人底利器只有纯粹的直观，哲学家底利器更多一种精密的推理。诗人是感情底宠儿，哲学家是理智底干家子。诗人是"美"底化身，哲学家是"真"底具体。（这些话自然是要望你指正的了！）可是我想哲学中的 Pantheism 确是以理智为父以感情为母的宁馨儿。不满足那 upholsterer 所镶逗出的死的宇宙观的哲学家，他自然会要趋向到 Pantheism 去，他自会要把宇宙全体从新看作个有生命有活动性的有机体。无论什么人，都是有理智的动物。无论什么人，都有他自己的宇宙观和人生观。诗人虽是感情底宠儿，他也有他的理智，也有他的宇宙观和人生观的。那么，自然如你所说的："诗人底宇宙观以 Pantheism 为最适宜"的了。（你这"宇宙观"当中自然是包括着"人生观"说的了。）所以你要做的"德国诗人歌德底人生观与宇宙观"我真是以先睹为快的呢！歌德虽说不是个单纯的诗人，可是包围着他全人格的那个 Strahlenkranz 中，诗人底光彩是要占一最大部分的了。歌德底宇宙观和人生观我虽不曾加以精密的分析，具体的研究，可是我想他确是个 Pantheist。他是最崇拜 Spinoza 的。他早年（二十四岁）的时候，无意之中，寻出了 Spinoza 底书来读了——书名他虽不曾说出来，想来自然是 Spinoza 底 *Ethica cum geometricum* 了——他大大地欢喜；他说他再不曾感受过那种精神上的慰安和明快。这段事实叙述在他自叙传 *Dichtung und Wahrheit* 底第四部第十六卷中。此书可惜弟处没有，不能把歌德自身的话写出来，真是抱歉。斯宾诺莎的 *Ethik*，我记得好像是 Hoffding 底 "近代哲学史" 底评语，说他是一部艺术的作品，是一部 Drama。我看他这句话正道着 "诗人底宇宙观以 Pantheism 为最适宜" 底反面。斯宾诺莎时 Pantheist，是不用说的。歌德受了斯宾诺莎底感化，也是一种既明的事实。所以你意想中的歌德，和我意想中的歌德是相吻合的。只是我对于歌德底作品，许未曾加以详细的研究，精密的分析；有你的研究论文快要出现，可不令我快活欲死么？我想歌德底著作，我们宜尽量地多多地介绍，研究，因为他处的时代——"胁迫时代"——同我们的时代很相近！我们应该受他的教训的地方很多呢！

要我做"说明诗人与 Pantheism 底关系"的诗，白华兄！我实在是不敢献丑了。我看这类的诗，泰戈尔英译的 *A hundred poems of Kabir* 中，首首皆是，尽可以尽量地引用。我最近复把李太白诗集来读，把他"日出入行"一首用新体款式写了出来是：

日出东方隈，
似从地底来，
历天又复入西海；
六龙所舍安在哉？
其行终古不休息，
人非元气，安能与之久徘徊？

草不谢荣于春风。
木不怨落于秋天。
谁挥鞭策驱四运？
万物与歇皆自然！

羲和！羲和！
汝奚汩没于荒淫之波？
鲁阳何德：驻景挥戈？

逆道违天，矫诬实多！

吾将囊括大块，

浩然与溟涬同科！

这样地写出来，他简直成了一首绝妙的新体诗。你看他这诗颇含些科学的精神：他虽不知地球绕日，他却想象到地是圆的；他不相信神话传说，他只皈依自然。我尤爱他最后一句，你看是不是"我与天地并生，与万物为一""Substantia sive deus, deus sive natura"呢(本体即神，神即万汇)？

《学灯》栏是我最爱读的。我近来几乎要与他相依为命了。我国新文化运动底出版物，除了《学灯》而外我一种也没有，我没有多钱来买。

我们现在正在组织一个"医学同志会"，想把我国底不合理的旧医学(至少有一大部分是不合学理的)，迷信旧观念，积病旧社会来打破，推翻，解放，改造；发行一种"医海潮"底杂志，把新医学底精神来阐明，宣传，公开，普及；以达我们救济全人类社会的目的，以营文化运动底一项"分功"。可惜我们的同志很少，资本也没有，我们的经营一时还未能具体的表现；若是表现了的时候，那我更不能多做专门以外的文字了。

总之我是最爱《学灯》的人，我要努力，我要把全身底血液来做"医海潮"里面的水，我要把全身底脂肪组织来做"学灯"里面的油。

我不再写了。请了，请了！再谈罢！

郭沫若。1920年1月18日

卖 书

我平生受苦了文学的纠缠，我想丢掉它也不知道有过多少次了。小的时候便喜欢读《楚辞》、《庄子》、《史记》、《唐诗》，但在一九一三年出省的时候，我便全盘把它们丢了。一九一四年正月我初到日本来的时候，只带着一部《文选》。这是一九一三年的年底在北京琉璃厂的旧书店里买的。走的时候本来也想丢掉它，是我大哥劝我，没有把它丢掉。但我在日本的起初一两年，它被丢在我的箱里，没有取出来过。

在日本住久了，文学趣味不知不觉之间又抬起头来。我在高等学校快要毕业的时候，又收集了不少的中外的文学书籍了。

那是一九一八年的初夏，我从冈山的第六高等学校毕了业，以后是要进医科大学了。我决心要专精于医学，文学书籍又不能不和它们断缘了。

我下了决心，又先后把我贫弱的藏书送给了友人。当我要离开冈山的前一天，剩着《庾子山集》和《陶渊明集》两书还在我的手里。这两部书我实在是不忍丢掉，但又不能不丢掉。这两部书和科学精神实在是不相投合的。那时候我因为手里没有多少钱，便想把这两位诗人拿去拍卖。我想起日本人是比较尊重汉籍的，这两部书或者可以卖得一些钱。

那是晚上，天在下雨。我打起一把雨伞走上冈山市去。走到一家书店里我去问了一声。我说："我有几本中国书……"

话还没有说完，坐店的一位年青的日本人，在怀里操着两只手,粗暴地反问着我:"你有几本中国书?怎么样?"

我说:"想让给你。"

——"哼,"他从鼻孔里哼了一声,又把下颚向店外指了一下,"你去看看招牌罢,我不是买旧书的人!"说着把头掉开了。

我碰了这样一个大钉子,很失悔。这位书贾太不把人当钱了!我就偶尔把招牌认错,也犯不着以这样侮慢的态度来对待我!我抱着书仍旧回到寓所去。路从冈山图书馆经过的时候,我突然对于它生出了惜别意来。这儿是使我认识了斯宾诺沙、太戈尔、伽比儿、歌德、海涅、尼采诸人的地方。我的青年时代的一部分是埋葬在这儿的。我便想把我肘下挟着的两部书寄付在这儿。我一下了决心,便把书抱进馆去。那时因为下雨,馆里看书的一个人也没有。我向一位馆员交涉,说我愿意寄付两部书。馆员说馆长回家去了,叫我明天再来。我觉得这是再好也没有的,便把书交给了馆员,说明天再来,便各自走了。

啊,我平生没有遇着过这样快心的事。我把书寄付了之后,觉得心里非常恬静,非常轻松。雨伞上滴落着的雨声都带着音乐的谐调,赤足上蹴触着的行潦也觉得爽腻。啊,那爽腻的感觉!我想就是耶稣脚上受着玛格达伦用香油涂抹时的感觉,也不过这样罢?——这样的感觉,到现在好像也还留在脚上,但已经隔了六年了。

把书寄付后的第二天,我便离去了冈山。我在那天不消说没有往图书馆去。六年来,我乘火车虽然前前后后地也经过冈山五六次,但都没有机会下车。在冈山三年间的生活回忆时常在我脑中苏活着;但恐怕永没有重到那儿的希望了?

啊,那儿有我和芳坞同过学的学校,那儿有我和晓芙同住过的小屋,那儿有我时常去登临的操山,那儿有我时常去划船的旭川,那儿有我每天清早上学、每晚放学必然通过的清丽的后乐园,那儿有过一位最后送我上火车的处女,这些都是使我永远不能忘怀的地方。但我现在最初想到的是我那《庾子山集》和《陶渊明集》的两部书呀!我那两部书不知道是否安然寄放在图书馆里?无名氏的寄付,未经馆长的过目,不知道是否遭了登录?看那样书籍的人,我怕近代的日本人中少有罢?即使遭了登录,想来也一定被置诸高阁,或者是被蠹鱼蛀食了。啊,但是哟,我的庾子山!我的陶渊明!我的旧友们哟!你们不要埋怨我的抛撒!你们也不要埋怨知音的寥落!我虽然把你们抛撒了,但我到了现在也还在镂心刻骨地思念着你们。你们即使不遇知音,但假如在图书馆中健在,也比落在贪婪的书贾手中经过一道铜臭的烙印的,总要幸福得多罢?

啊,我的庾子山!我的陶渊明!旧友们哟!现在已是夜深,也是正在下雨的时候,我寄居在这儿的山中,也和你们冷藏在图书馆里的一样。但我想起六年前和你们别离的那个幸福的晚上,我觉得我也算不曾虚度此生了。

你们的生命是比我长久的,我的骨化成灰、肉化成泥时,我的神魂也借着你们永在。

痛

十天前在胸部右侧生了一个小疖子，没有十分介意。谁期它一天一天地长大，在五天前竟大到了我自己的一掌都不能含盖的地步了。随便买了点伊邪曲尔软膏来涂敷了半天，痛即相当，更有些作寒作冷。没有办法，只好在第二天清早破点费，跑到近处的外科医生去，请他诊治。

医生说，是恶性的痈。

我希望他替我开刀，但他要再看一下情形才能定。他用太阳灯来照了十几分钟，取了我二圆六十钱。教我要好生静养，切不可按压，如再膨胀下去，会有生命之虞。静养得周到时，三礼拜工夫便可望治好。

我自己也学过医，医生所说的话我自然是明白的。这不用说更增长了我的忧郁。为着一个小疖子而丢命，当然谁也不会心甘。为着一个小疖子要费三个礼拜的静养和治疗，这也使我不得不感受精神上的头痛。

算好，邻家的一位铝器工场的工头有一架太阳灯，我的夫人便去向他借了来。

自己用紫外光线来照射，一天照它两次，每次照它二三十分钟。余下的时间除掉勉强起来吃三顿淡饭之外，便只静静地瘫睡在床上。范增疽发背的故事，总是执拗地要在大脑皮质上盘旋。还有一个更执拗的想念是：我们中国人的白血球大约已经变得来只晓得吃自己的赤血球，不会再抵抗外来的细菌了。不然，我这个疖子，否，这个痛，何以总是不化脓？

脓——这在我们有医学经验的人，都知道是一大群阵亡勇士的遗骸。我们的白血球是我们的"身体"这座共和国的国防战士。凡有外敌侵入，它们便去吞食它，待吞食过多时卒至于丢命，于是便成为脓。我们不要厌恶这脓吧，我们了解得这脓的意义的人，是应该以对待阵亡将士的庄严感来对待它的。

我这个痛不见化脓，难道我们中国人的白血球，真正是已经变到不能抵抗外敌了么？

自己的脸色，一天一天地苍白下去，这一定是白血球在拚命吃自己的赤血球，我想。

为着一个小疖子，说不定便有丢命之虞，这使自己有时竟感伤得要泠泠落泪。

——妈的，我努力一辈子，就这样便要死了吗？而且是死在不愿意在这儿做泥土的地方！……

今天清早起了床，觉得痛觉减轻了。吃了早饭后，自己无心地伸手向患处去摸了一下，却摸着了一指的温润。伸出看时，才是脓浆。这一快乐真是不小：我虽然是中国人，我自己的白血球依然还有抵抗外敌的本领！原来我的痛已经出了脓，浸透了所护着的药棉和药布。自己过分地高兴了起来，便索性把衣裳脱了，把患处的药布药棉也通统剥掉了。取了一面镜子来，自己照视。

痛先生的尊容——一个附在自己胸侧的剥了皮的红番茄，实在不大中看。顶上有几个穴孔充满着淡黄色的软体，又像是脓，又像是脂肪。自己便索性用一只手来把硬结的一隅按了一下。一按，从一个穴孔中有灰黄色的脓厚液体冒出。这才是真正的脓了。我为这庄严的光景又感伤得快要流眼泪。你们究竟不错,一大群的阵亡勇士哟!你们和外来的强敌抗战了足足十日,强敌的威势减衰了下来,你们的牺牲当然也不会小。一面感慨,一面用指头尽力地罩压,真真是滔滔不尽地源源而来。真是快活,真是快活,这样快活是我这十年来所曾未有。

自己打着赤膊,坐在草席上,一手承着镜子,一手按着痈,按了有半个钟头的光景,蘸着脓汁的药棉积满了一个大碗。假使没有邮差送了一些邮件来,我的按压仍然是不会中辍的。

邮件也都顺手拉来看了,其中有一件是《东方文艺》的第二期。我把封皮破开,把杂志的内容也流水地翻阅了一下,觉得内容是相当充实,编者在搜集上确是费了不小的苦心。但可惜印刷的技术太差,编辑的经验也不充分,这却使内容大大减色。

编制一种刊物等于在做一种艺术品,印刷是不可不讲究的。即使印刷差得一点,编辑者的经验如充分,也多少可以补救。内容的配置,排比,权衡,不用说要费一番苦心;就是一个标题的宽窄,一条直线的粗细,都要你费一些神经的歆动。要有一个整个的谐调,一个风格,然后那个刊物才是一个活体。内容就平常得一点,就如家常便饭而弄得洁白宜人,谁都会高兴动箸。但如桌椅既不清净,碗盏又不洁白,筷子上爬着苍蝇,酱油里混些猪毛,大碗小盘,热吃冷吃,狼藉在一桌,不怕就是山珍海味,都是不容易动人食兴的。编辑者除尽力拉稿选稿之外,对于编辑技术是应该加倍地用点功夫。这倒不是专为《东方文艺》而言,我觉得国内有好些刊物,说到编辑技术上都不能及格。新出的刊物以《译文》、《作家》两种的编辑法为最好。在日本出的《杂文》、《质文》也还可观。但

《质文》第五期是在上海编辑，将来的成绩如何就不敢保险了。

把《东方文艺》翻着，最后却翻到了目录前、封面后的广告面来，又看见了那《新钟创作丛刊》的预约广告。那广告在三个月前早就看过的，里面公然有一种是我的《历史小品集》，而且定价"四角半"。我最初看见时委实吃了不小的一惊。我不知道几时写了那样多"历史小品"竟能成"四角半"的"集"。

"历史小品"究竟是什么？是指的我近年所写的《孔夫子吃饭》、《孟夫子出妻》之流吗？但发表了的共总只有三篇，"品"则有之，那里便会"集"得起来呢？

"集"不起来的事情，那登预约的人后来似乎也明白了，记得不久在一本书后面所见到的同一"丛刊"的预约广告，"历史小品集"已经删去了"集"字而成为了"历史小品"。

其实就"品"也"品"不起来的。真好！我一翻到《东方文艺》上的《新钟创作丛刊》预约广告来，那儿不是已经又把"品"字也删掉了吗？

  历史小 郭沫若 四角半

循着这一字递减例，这预约广告再登三回，我相信会是

  历史 郭沫若 四角半
  历   郭沫若 四角半
      郭沫若 四角半

九九归元,"郭沫若"的价值弄来弄去只值得"四角半"。

好的,有"四角半"存在新钟书局,再隔十年,我要叫我的孩子们向他们用复利算去讨账。

这些都是后事,暂且不提,却说这"历史小"三个字确是一个天启。

真的,"历史"实在是"小"!大凡守旧派都把历史看得大。譬如我们的一些遗老遗少,动不动就爱说"我们中国自炎、黄以来有五千年的历史"。炎、黄有没有,且不必说,区区"五千年"究竟算得什么!请拿来和人类的历史比较一下吧,和地球的历史比较一下吧,和太阳系统的历史比较一下吧,和银河系宇宙的历史比较一下吧。……"五千年",抵不上和大富豪卡尔疑比较起来的我身上的五个铜板。

其实只要是历史,都已经是有限的。尽管就是银河系宇宙的历史,和无限的将来比较起来,总还是"小"。

"历史小"——的确,这是一个名言,一个天启。

中国虽然有五千年的历史,那五千年中所积蓄的智慧,实在抵不上最近的五十年。譬如白血球吃细菌的这个事实,我们中国的古人晓得吗?又譬如"历史小"这句名言,我们中国的旧人能理解吗?

总之,"历史"真正是"小"。准此以推,有了"历史"的人也一样是"小"。

古代的大人物,其实大不了好多,连我们现代的小孩子所有的知识,他们都没有。

愈有"历史"者,人愈"小"。

愈有将来者,人愈大。

古代的人小于近代的人。

年老的人小于年青的人。

这些是由"历史小"这个公式所可导诱出来的公式。

我读过艾芜的《南行记》，这是一部满有将来的书。我最喜欢《松岭上》那篇中的一句名言："同情和助力是应该放在年青的一代人身上的"。这句话深切地打动了我，使我始终不能忘记。这和"历史小"这个理论恰恰相为表里。

真的，年青的朋友们哟，我们要晓得"历史"实在"小"。

把年老的人当在偶像而崇拜，决不是有志气的青年人所当为的事。

我今年已经四十五岁了，虽不能算得一个老头子，也可算得半个老头子。自己的山顶怕早已爬过了的，即使还没有爬过，再爬也爬不了好高。

孔夫子还聪明，他知道说："后生可畏。"

老实讲，我自己是恨我已经不能再做"可畏"的"后生"了。

我希望比我年青的人都要使得我生畏。

在"历史小"三字中感到了天启，把溃痛的快乐抛弃了，立刻跑进自己的工作室里来，提着一枝十年相随的钢笔在这原稿纸上横冲直闯地写，一写便写了将近四千字。然而写到这里，仍然感觉痛的内部在一扯一扯的痛。

我这时又把痛部摸了一下，刚才压消了的肿，不知几时又恢复了转来。

外敌的势力是还没有衰弱的，我的英勇的白血球们又拥集到前线在作战了。

医生是警戒过我"切不可按压"的,我贪一时的快乐按压了半个钟头,又为一时的心血来潮而弓起背来写了这篇半天文章。妈的,该不真"有生命之虞"吧?

然而——

"朝闻道,"孔子曰,"夕死可矣。"

我清早闻得"历史小"之道,即使今天晚上死就死于痛,我也是值得的!

值得多少呢?

定价——

  "四角半"。

预约——

  倒贴邮票二分奉送。

一九三六年六月二日负痛草

路畔的蔷薇

清晨往松林里去散步，我在林荫路畔发现了一束被人遗弃了的蔷薇。蔷薇的花色还是鲜艳的，一朵紫红，一朵嫩红，一朵是病黄的象牙色中带着几分血晕。

我把蔷薇拾在手里了。

青翠的叶上已经凝集着细密的露珠，这显然是昨夜被人遗弃了的。

这是可怜的少女受了薄幸的男子的欺绐？还是不幸的青年受了轻狂的妇人的玩弄呢？

昨晚上甜蜜的私语，今朝的冷清的露珠……

我把蔷薇拿到家里来了，我想找个花瓶来供养它。

花瓶我没有，我在一只墙角上寻着了一个断了颈子的盛酒的土瓶。

——蔷薇哟，我虽然不能供养你以春酒，但我要供养你以清洁的流泉，清洁的素心。你在这破土瓶中虽然不免要凄凄寂寂地飘零，但比遗弃在路旁被人践踏了的好罢？

夕 暮

　　我携着三个孩子在屋后草场中嬉戏着的时候,夕阳正烧着海上的天壁,眉痕的新月已经出现在鲜红的云缝里了。

　　草场中牧放着的几条黄牛,不时曳着悠长的鸣声,好像在叫它们的主人快来牵它们回去。

　　我们的两匹母鸡和几只鸡雏,先先后后地从邻寺的墓地里跑回来了。

　　立在厨房门内的孩子们的母亲向门外的沙地上撒了一握米粒出来。

　　母鸡们咯咯咯地叫起来了,鸡雏们也啁啁地争食起来了。

　　——"今年的成绩真好呢,竟养大了十只。"

　　欢愉的音波,在金色的暮霭中游泳。

水 墨 画

天空一片灰暗，没有丝毫的日光。

海水的蓝色浓得惊人，舐岸的微波吐出群鱼喋喁的声韵。

这是暴风雨欲来时的先兆。

海中的岛屿和乌木的雕刻一样静凝着了。

我携着中食的饭匣向沙岸上走来，在一只泊系着的渔舟里面坐着。

一种淡白无味的凄凉的情趣——我把饭匣打开，又闭上了。

回头望见松原里的一座孤寂的火葬场。红砖砌成的高耸的烟囱口上，冒出了一笔灰白色的飘忽的轻烟……

山 茶 花

昨晚从山上回来，采了几串茨实、几簇秋楂、几枝蓓蕾着的山茶。

我把它们投插在一个铁壶里面，挂在壁间。

鲜红的楂子和嫩黄的茨实衬着浓碧的山茶叶——这是怎么也不能描画出的一种风味。

黑色的铁壶更和苔衣深厚的岩骨一样了。

今早刚从熟睡里醒来时，小小的一室中漾着一种清香的不知名的花气。

这是从什么地方吹来的呀？——

原来铁壶中投插着的山茶，竟开了四朵白色的鲜花！

啊，清秋活在我壶里了！

文藝季刊

第一卷第一號

創造者（詩）……………………	郭沫若
棠棣之花（戲劇）…………………	郭沫若
她悵望着祖國的人野（小說）……	張資平
咖啡店之一夜（戲劇）……………	田　漢
茫茫夜（小說）……………………	郁達夫
上帝的女兒們（小說）……………	張資平
一個流浪人的新年（小說）………	成仿吾
少年維特之煩惱序引………………	郭沫若
藝文私見…………………………	郁達夫
淮蘭特著杜蓮格來序文……………	達夫譯
海外歸鴻（三封信）………………	郭沫若

1922年5月1日出版的《创造》季刊第一卷第一号

1933年间,作者偕安娜及子女与日本京华堂主人小原荣次郎摄于千叶县市川市

墓

昨朝我一人在松林里徘徊，在一株老松树下戏筑了一座砂丘。

我说，这便是我自己的坟墓了。

我便拣了一块白石来写上了我自己的名字，把来做了墓碑。

我在墓的两旁还移种了两株稚松把它伴守。

我今朝回想起来，又一人走来凭吊。

但我已经走遍了这莽莽的松原，我的坟墓究竟往那儿去了呢？

啊，死了的我昨日的尸骸哟，哭墓的是你自己的灵魂，我的坟墓究竟往那儿去了呢？

白　发

　　许久储蓄在心里的诗料,今晨在理发店里又浮上了心来了。——

　　你年青的,年青的,远隔河山的姑娘哟,你的名姓我不曾知道,你恕我只能这样叫你了。

　　那回是春天的晚上罢?你替我剪了发,替我刮了面,替我盥洗了,又替我涂了香膏。

　　你最后替我分头的时候,我在镜中看见你替我拔去了一根白发。

　　啊,你年青的,年青的,远隔河山的姑娘哟,飘泊者自从那回离开你后又飘泊了三年,但是你的慧心替我把青春留住了。

1925 年 10 月 20 日

梦与现实

上

昨晚月光一样的太阳照在兆丰公园的园地上。一切的树木都在赞美自己的幽闲。白的蝴蝶、黄的蝴蝶,在麝香豌豆的花丛中翻飞,把麝香豌豆的蝶形花当作了自己的姊妹。你看它们飞去和花唇亲吻,好像在催促着说:

"姐姐妹妹们,飞罢,飞罢,莫尽站在枝头,我们一同飞罢。阳光是这么和暖的,空气是这么芬芳的。"

但是花们只是在枝上摇头。

在这个背景之中,我坐在一株桑树脚下读太戈尔的英文诗。

读到了他一首诗,说他清晨走入花园,一位盲目的女郎赠了他一只花圈。

我觉悟到他这是一个象征,这盲目的女郎便是自然的美。

我一悟到了这样的时候,我眼前的蝴蝶都变成了翩翩的女郎,争把麝香豌豆的花茎作成花圈,向我身上投掷。

我埋没在花园的坟垒里了。——

我这只是一场残缺不全的梦境,但是,是多么适意的梦境呢!

下

今晨一早起来,我打算到静安寺前的广场去散步。

我在民厚南里的东总弄,面着福煦路的门口,却看见了一位女丐。她身上只穿着一件破烂的单衣,衣背上几个破孔露出一团团带紫色的肉体。她低着头踞在墙下把一件小儿的棉衣和一件大人的单衣,卷成一条长带。

一个四岁光景的女儿踞在她的旁边,戏弄着乌黑的帆布背囊。女丐把衣裳卷好了一次,好像不如意的光景,打开来从新再卷。

衣裳卷好了,她把来围在腰间了。她伸手去摸布囊的时候,小女儿从囊中取出一条布带来,如像漆黑了的一条革带。

她把布囊套在颈上的时候,小女儿把布带投在路心去了。

她叫她把布带给她,小女儿总不肯,故意跑到一边去向她憨笑。

她到这时候才抬起头来,啊,她才是一位——瞎子。

她空望着她女儿笑处,黄肿的脸上也隐隐露出了一脉的笑痕。

有两三个孩子也走来站在我的旁边,小女儿却拿她的竹竿来驱逐。

四岁的小女儿,是她瞎眼妈妈的唯一的保护者了。

她嬉顽了一会,把布带给了她瞎眼的妈妈,她妈妈用来把她背在背上。瞎眼女丐手扶着墙起来,一手拿着竹竿,得得得地点着,向福煦路上走去了。

我一面跟随着她们,一面想:

唉!人到了这步田地也还是要生活下去!那围在腰间的两件破衣,不是她们母女两人留在晚间用来御寒的棉被吗?

人到了这步田地也还是要生活下去!人生的悲剧何必向莎士比亚的杰作里去寻找,何必向川湘等处的战地去寻找,何必向大震后的日本东京去寻找呢?

得得得的竹竿点路声……是走向墓地去的进行曲吗?

马道旁的树木,叶已脱完,落叶在朔风中飘散。

啊啊,人到了这步田地也还是要生活下去!……

我跟随她们走到了静安寺前面,我不忍再跟随她们了。在我身上只寻出了两个铜元,这便成了我献给她们的最菲薄的敬礼。

1923 年冬,在上海

寄生树与细草

寄生树站在一株古木的高枝上，在空气中洋洋得意。它倨傲地俯瞰着下面的细草说道：

"你们可怜的小草儿，你看我的位置是多么高，你们是多么矮小！"

细草们没有回答。

寄生树又自言自语地唱道：

"啊哈哟，我是大自然中的天骄。有大树做我庇护，有大树供我养料。我是神不亏而精不劳，高瞻乎宇宙，君临乎小草，披靡乎浮云，挹友乎百鸟。啊哈哟，我是大自然中的天骄。"

一场雷雨，把大树劈倒了。寄生树和古木的高枝倒折在草上。细草儿们为它哀哭了一场。

寄生树渐渐枯死了。每逢下雨的时候，细草们便追悼它，为它哀哭。

寄生树被老樵夫捡拾在大箩筐里，卖到瓦窑里去烧了。每逢下雨的时候，细草们还在追悼它，为它哀哭。

1924 年，在上海

昧　爽

"他们真是残忍的怪物，……真是喝着血液的怪物！……啊，我们是太怯懦了。……我们不知道什么原故，见了血总是害怕。……"

模模糊糊地有一种微弱的声音在我耳边诉说，我半意识地醒了转来。一个人睡着的一楼一底的后楼里，昏昏蒙蒙中并没有看见什么人影。我只觉得左边项上有些作痒，我微微搔了几下，已经起了好几个疙瘩了。话声又微弱地继续了起来：

"怪物们不知道流了我们多少血了。……他们看见我们就要屠杀。……前几天我几乎被一个小怪物刺死了，幸亏我逃得快，逃在一个悬崖下躲着，一点声息也不敢哼出来。……"

在这些声音里面，有两三种不同的音调可以辨别出。好像是女人的声气，但是室中除我而外，不说没有女人，连人的影子也没有。要说是邻居的谈话，声音很微弱，不应有如此清晰。我便冷飕飕地打了几阵寒噤。我虽是不信鬼的人，但这种先入的迷信观念总不免要浮上意识界来。我把十年来寒暑不曾离身的一床脱尽了毛的毛毡引来把头脑蒙着，但是说话的声音仍然间隔不断。

"我的姐姐是被他们刺死了，同时还死了几个幼儿。……他们真是残忍，一伤害起我们来便什么手段也不选择；无论火也好，水也好，毒药也好，兵器也好，打扑也好，用尽百般手段，只是想流我们的血。……啊，这仇是不能不报的！……"

我睡的床是一尊旧床，是从旧货铺里辗转买来的。这床的年龄至少怕有七八十岁了。在这床上，以前不知道睡过些什么样的人。难产死了的年少的母亲，服了堕胎药可怜与胎儿同归于尽的处子，被浪子骗了抑郁而死的少妇，……她们的呻吟声，她们黑灼灼的眼光，苍白而瘦削的面庞，随着那些话声便一一现到我眼里来。我好像浸在水里。不知道是什么时刻了，我希望是在做梦，但我伸手去悄悄摸我左项的疙瘩时，还依然隆起着。我用力掐了两下，自己也觉得疼痛。这怕不是梦了。啊啊，她们还在说！

"大用外腓，真体内充。返虚入浑，结健为雄。……"

我把《诗品》的《雄浑》一篇来当着符咒一样默念。我并不是相信这篇东西可以避邪，我是想把我的意识集中在别一个方向去，不使我的耳朵旁听。啊，但是，你们怎么不听命哟，我的耳朵！

"……但是我们是些无抵抗的人呀。……啊，我们是太怯弱了，我们见了血总是怕。……只有他们流我们的血的时候，没有我们流他们的血的时候。……我们这么爱和平的族类！……"

说话的声音似乎移到我脚一头的西北角去了。——说不定怕就是《聊斋》上常见的狐狸罢？楼下当当地打了四下钟，啊，救星！天是快要亮了。我大胆地把头伸出毛毡来，但仍然是一房空洞，一房昏暗。说话的声音仍然在西北角上幽咽，我又打了几下寒噤。我就好像变成了那位游历小人国的辜理法（Gulliver）一样，有许多纸人豆马在身上爬。上海这个地方真是无奇不有了。但我听见他们说是爱和平的族类，倒使我安了几分心。他们说的残忍的怪物我不知道是指什么。我的恐怖倒隐隐转移到这怪物身上来了。怪物！喝着血液的怪物！但是这类的东西太多了，我的联想的力量就好像浮在一个茫茫的大海里。我突然想到我们四川的"小神子"来。

据说小神子这样东西你看不见，但它一缠绕了你，它要做出许多险恶的事情来。分明是一甑饭,它立刻可以替你变成蛆。分明没有起火的原因,它立刻可以烧你的房子。这东西的气量非常褊小,你千万不能出语冲犯它。它也可以藏在空中说人话。

"……啊啊,我们是爱和平的族类呀……"

好混蛋!你们这些爱和平的族类,怎么扰乱了我一清早的和平呢?你们到底是什么?鬼?狐?小人国的小人?还是四川的小神子?我是不甘以弱者自居的,你们要揶揄人,尽管现出形来,不要在空中作怪!我出声骂了起来,只听西北角上微微起了一阵笑声。

我的惊惧变成了愤怒了。我把毛毡一脚蹬开,不料力太用大了,竟蹬出了一个大框。但是我已经起床来了。房中已经薄明,黑暗还在四角强项。我先看了床底,把怀中电灯一照,并没有发见什么。我又愤愤地把草席揭开了。啊,奇怪!我在床角上才发见了几员大大小小的赤金色的大腹便便的——臭虫!啊,就是这样的爱和平的族类么?怪不得我,我正是喝着血液的怪物!我等不及寻找什么家具,便用我的右手一一把它们扑杀了。啊,痛快!流了一大滩的血!其实是我自己的血!

天色还早,我便依然盖着毛毡睡了。

听着外边叫报的声音,一觉醒来的时候,已经是八点钟了。我疑心天将明时做的是一场梦,但我右手的中指和次指上居然带着了一些血,闻了一下居然还有几分余臭。啊,我的毛毡不知道怎么样了?……啐!可不是有这么一个大洞吗?十年相随的老友哟,可怜我忍不下一时的不平,竟连累了你受了这么一次蹂躏。请你恕我罢!

唉，没中用！眼泪快要流下来，我又把它喝转了去。——还是去买些针和线来，把我的旧友补好罢。……

1924年，在上海

孤山的梅花

一

"孤山的梅花这几天一定开得很好了,月也快圆了,你如果想到西湖去玩,最好在这几天去,我们也可借此得以一叙。

"我对于你正像在《残春》里从白羊君口中说出的'得见一面虽死亦愿'一样,正渴望得很呢。

"你如有回信请寄杭州某某女学校余猗筠小姐转,因为我没有一定的住处。

"你到杭州后可住钱塘门外昭庆寺前钱塘旅馆。那个旅馆只要三角钱一天(且可住二人或三人),又是临湖的。我到杭州后也住那里。我明日不动身,后日一定动身,由此至杭须一日半的路程,预计十三日我总可抵杭了。

"啊,你恐怕还不知道我这个人罢?但是,要这样才有趣呢!"

这是我在正月十四的晚上接着的一封信,信面写着"由新登三溪口寄",信里的署名是"余抱节"。这位余抱节的确我是"不知道"的。我接受未知的朋友们的来信本来不甚稀奇,但不曾有过像这封信一样这么"有趣"的。

这信里的文句写得十分柔和,并且字迹也是非常秀丽,我略略把信看了一遍之后,在我的脑识中自然而然地生出一个想像来,便是这"余抱节"的署名便是那位"猗筠小姐"的化名了。

——啊,这是一定的!你看她已经写明了住钱塘旅馆的,为什么叫我写信又要由学校转交呢?这明明是怕我不回她的信,或者是怕信到后被别人看见了,所以才故意化出一个男性的假名来。这真是她用意周到的地方了。

——啊,她这人真好!她知道我素来是赞美自然而且赞美女性的人,所以她要选着月圆花好的时候,叫我到西湖去和她相会。她并且还知道我很穷,她怕我住不起西湖的上等旅馆,竟把那么便宜而且又是临湖的旅馆也介绍了给我。啊,她替我想的真是无微不至了!

我捧着信便这么痴想了一遍,我的心中真是感觉得有点不可名状,心尖子微微有点跳。

——啊,在风尘中得遇一知己,已经是不容易的事情,何况这位知己还是一位年青的女性呀!

——不错,她一定是年青的,你看她自己不是写着"小姐"吗?小姐这个名词,我素来是不大高兴的,但经她这一写出来,我觉得怎么也很可爱的了。啊,这真是多么一个有雅趣的名词哟!这比什么"女士",用得滥到无以复加的"女士",真是雅致得不知道几千百倍了。

——但是她怎么会知道我现在的住所呢?……

这个问题把我难着了,我实在不知道她何以会知道我现在的住所。我从前很爱出风头的时候,我的住址是公开的,容易知道。但我这回回国来,我一点风头也不敢再出了,除极少数的几位朋友之外,没有人知道我现在住的地方,她却是从什么地方探听到的呢?或者是我的朋友之中有同时是她的相识的人告诉了她?或者是我最近在友人的报章杂志上发表过一两篇文章,她从那编辑先生的地方函询得到的?

我想了一阵得不出一个线索来，我也无心再在这个问题上琢磨了。

——不管她是从什么地方打听来的，她总是我的一位很关心的知己，而且是一位女性的知己呀！

——啊，这杭州我是一定要去的，我是一定要去的！

二

把去杭州的心事决定了，但也有不能不费踌躇的几件事。

第一，跟着我回国来的一妻三子，她们是连一句中国话也不懂的，家里没有人；我的女人在一二月之内也快要做第四次的母亲了。虽说到杭州，今天去，明天便可以回来，但谁能保得他们不就在这一两天之内生出什么意外呢？假使我是有什么不能不去的紧急事情，那还有话可说，但我只是去看花，去会一位女朋友的，我怎么对得起我的女人，更怎么对得起我的三个儿子呢？……

责任感终竟战胜了我的自由，我踌躇了。踌躇到月轮看看已经残缺，孤山的梅花也怕已经开谢了的时候，那已经是接信后的第四天了。那天午后，我已经决了心不去，我把猗筠小姐的来信，当成一个故事一样，向我的女人谈。啊，可怪的却是我的女人。她听我念出了那封信后，偏要叫我去。她说不要辜负人家的一片好心，去了也还可以写出一两篇文章来，这正是一举两得的事。啊，我的女人，你是过于把我信任了！我被她这一说，又动摇了起来。但我为缓和我的责任感起见，我要求把我大的两个孩子一同带去，一来可以使孩子们增些乐趣，二来也是我自己的一个保险的护符。我的女人也满心地赞成了。

我有这样的一位女人，难道还不感谢她吗？她竟能这样宽大地替我设想！好，杭州是准定去了。

我在那天下午便直接写了一封信去回答猗筠小姐，约定十九动身，并且说有两个大的孩子同路。我为什么要缓到十九，而且要说明有孩子同路呢？我是有一个不好的私心，我是希望她到车站上来接我，在稠人广众中，我的两个孩子恰好可以做她认识我的记号呢！

啊，我这个私心真是对不住我的女人，我是把她的爱情滥用了！但是我又有什么办法呢？已经滚下了山头的流泉，只好让它愈趋愈下了。

把去的方针和去的日期都决定了，但还有一件紧要的事，便是去的旅费。

我手里一共只剩着十五块钱了。我这一去至少要耽搁一两天，在良心上也不能不多留点费用在家里。我假如在这十五块钱中要拿出十块钱去花费，只剩下五块钱在家里，心里怎么也是过意不去的。我便决计到闸北去，向我的一位友人告贷。

三

出乎意外的是北火车站和宝山路一带，满眼都是皮帽兵！商家有许多是关着铺面的，街上的行人也带着十分恐慌的样子。

回国以来我从没有心肠看报，友人我也少有会面，竟不知道这些皮帽兵是从什么地方来的。

我在宝通路会见了我的朋友了，我先问他那些皮帽兵的由来，我才知道江浙这次又打了一次足球。的确是很像打了一次足球呢。

第一次的江浙战争是齐燮元从南京来打卢永祥,把卢永祥打败了,逼到日本的别府温泉去休养去了。这一次却又掉换了阵门,是卢永祥从南京来打齐燮元,把齐燮元打败了,也把他逼到日本的别府温泉去休养去了。他们的这两回球战算来是各自占了地利,还没有分出胜负。看来,他们的脚劲都好,都是很会跑的。等几时再来掉换过一次阵门接战,这未知鹿死谁手了。

皮帽军原来就是卢永祥从奉天领来的足球队员,听说什么张宗昌啦、张学良啦、吴光新啦,一些脚劲很好、很会跑的健将,都已经到了上海。

哦,原来如此。但这是事关天下国家的游戏,用不着我来多话;我是要往西湖去会女朋友的,那管得他们这些闲事呢?

我把我要往杭州的意思向友人说了,并且把那"余抱节"的信向他默诵了一遍。

我的朋友也和我的意见相同,他说那信一定是那猗筠小姐写的。但他的结论却和我相反,他却不赞成我去。他连连说"危险!危险"!

我说:"我要把两个大的孩子带去保险的呢。"

他说:"那更不行,这两天风声很不好,奉军和浙军说不定要开战,小孩子是无论如何不能带去的。万一你走后便打起仗来,连逃走都不好逃走呢!"

他坚决地反对着,我要向他借钱的事怎么也不好再说出口了。好,不借钱也不要紧,反正还有十五块钱,花了十块钱再说。这回的仗火我也不相信终会打成,就打成了带起孩子们逃难也是一种特别的经验。

钱,我没有借成。晚上回到家里,我不该把外边的风声对我女人说了一遍,孩子们,她竟不肯要我带去了。

——也好,不把孩子们带去,也可以少花几块钱,我来回坐三等,加上一天的食宿费,有五块钱也就够用了。

就这样费了不少的踌躇,等到十九的一天清早,我才赶到北站去乘早车。吓,真个是好事多磨呵!我到了北站,才知道好久便没有开往杭州的车了。要往杭州,要到南站去坐车。但我看见沪杭线上明明有一架车头,正呼呼呼地时时冒着烟正待要开发的光景。

——说没有车怎么又有车要开呢?

——那是陆军总长吴大人的专车呀!

——吴大人?那一位吴大人?

——吴光新,吴总长,你还不知道吗?

啊,我到这时候才晓得现在的陆军总长就是吴光新,我真是长了不少的见识。但是这些见识究竟又有什么用处呢?把我到杭州的佳期又阻止了。啊,我真想当一位陆军总长的马弁呀!即使我将来就无福做到督军,至少我在今天总可以早到杭州!

要往南站时间也来不及了,慢车不高兴坐,夜车听说又没有,没有办法又只好回到自己的窝里。

四

足足又等了一天,等到二十日的清早,天又下起雨来了。我睡在床上又在踌躇。到底还是去,还是不去呢?下雨我倒不怕,打仗我也不怕,不过万一那"余抱节"并不是猗筠小姐,这不是把满好的一个幻影自行打破了吗?他已经等了我一个礼拜了,我并没有直接回他一封信。我走去了,他又不在,岂不是也是一场没趣吗?

西湖并没有什么趣味，梅花到处都有，何必一定要去孤山？那猗筠小姐，我写封回信给她罢，把情况说清楚，她定能原谅我的。以后她如果要和我常常通信，那就好了。我何必一定要去见她？不错，神秘是怕见面的，神秘是怕见面的！

我这么想着，又决定不再去了。不过我这个决定总有点像悬崖上暂时静止着的危石，一受些儿风吹草动，便可以急转直下，一落千丈。当我正在踌躇的时候，我的女人又在催我了。她说我陷在家里一个钱的事也没有，诗也没有做，文章也没有写，倒不如去转换下心机的好。——这转换心机是她平常爱说的话，这一来又把我大大地打动了。一个同情于我的未知的女性，远远写了一封优美的信来，约我在月圆时分去看梅花。啊，单是这件事情自身不已经就是一首好诗么？的确，我是不能不去的，我不能辜负人家的好心。去了能够写些诗或者写篇小说，那是多么好！对，不能不去，去有好处，下雨时去更有好处，我一定要去！

"说时迟那时快"——这句旧小说的滥调恰好可以用在这儿。我经我女人一催，立地起来把衣服穿好了。唯一的一套洋装穿在身上，我自己恨我没有中国的冬天的衣裳，但也没有办法了。坐上黄包车，被车夫一拉拉到南站，恰好把早车赶上。我便买了一张三等票跨进车里去了。

啊，舒服！舒服！我是要往诗国里去旅行的，我是要去和诗的女神见面的呀！……

不过坐在三等车里，也不是什么好舒服的事情。一车都好像装的是病人，无论是男的女的，老的少的，我看他们的脸上没有一个有点健康的颜色。坐在我对面的便是一位患着黄疸病的病人，面孔全部好像飞了金的一样，连眼珠子也是黄的。旁边有一位骨瘦如柴的人和他谈话，替他介绍了一个医方。他说，到碗店里面去买江西稻草煅灰来吃是千灵万灵的，但要真正的江西稻草。说的人还说，从前他自己也害过黄疸病，就是吃江西稻草吃好了的。我很奇怪他这个医方，我也推想了一下这里面的玄妙，但总是就和读《易经》的一样，推想不出那里面的玄妙来。照我学过几年医学的知识说来，这黄胆的症候，或者是由于肝肿，或者是由于胆石，或者是由于外尔氏病（鼠咬病），或者是由于过食所引起的一种发炎性的黄疸。前面的两种不用外科手术是不会好的，外尔氏病的病源虫是一种螺旋菌，难道稻草的灰里有杀这种病菌的特效成分吗？不过像发炎性的黄疸，经过两三礼拜是自会好的，恐怕稻草先生是用到这种病症上占了便宜。

咳嗽的人真多。天气太冷了，三等客车里面又没有暖气管（恐怕头、二等车里也没有罢？我没有坐过，不知道），喀哄喀哄地，满车的人都在合凑着枝气管加达儿的赞美歌。在我斜对面，靠着对边窗角上的一位瘦骨嶙峋的人，眼睛黑的怕人，两颊上晕着两团玫瑰红，一眼看去便知道他是肺结核的第三期了。他也不住地呛咳，并且不住地把他的痰吐在地板上。啊，他老先生又算作了不少的功德了！至少是坐在他旁边、时而和他谈话的那位苍白面孔的妇人总该感谢他的：她再隔不久，她的两颊也不消涂胭脂，也不消贴红纸，便会自然而然地开出两朵花来的呢！

啊，我真好像是坐在病院里一样的呀！病夫的中国，痨病的中国，这驾三等车便是缩小了的中国！

在病人堆里所想的几乎都是病的事情，病神快要把我的诗神赶走了。啊，谈何容易！她的信是带在我的衣包里呢！

"孤山的梅花这几天一定开得很好了，月也快圆了，你如果想到西湖去玩，最好在这几天去，……"

啊，好文章！好文章！这是多么柔和的韵调，多么美丽的字迹哟！这是一张绝好的避病符箓！学医的同志们一定会骂我堕入迷信了罢？但是笑骂由他们笑骂，这符箓的确是符箓。我一把她的信展开来，什么病魔都倒退了。我的思索不消说又集中到猗筠小姐的想像上来。

——她怕是寒假回家去又才出来的了。不知道她到底是那女学校的先生呢，还是学生？想来怕是学生的多罢？能够喜欢我的文章的人一定不是老人，不消说不会是老人，她不是已经写明是"小姐"了吗？在中国的社会里面也决不会有 Old Miss（不结婚的老小姐）的！并且我的文章也只能逛得小孩子。好，不要太自卑了！我的文章得了她这样的一位知己，也怕是可以不朽的呢！

——今天她一定是不在车站上的了，昨天一定冤枉了她空等了一天！我见了她的面时，不消说应该先道歉。但是，以后又再说什么呢？……我是先到她学校里去，还是直接到钱塘旅馆呢？怕她已经不在那儿了。不在那儿的时候又怎么办呢？……

五.

我的想像跟着火车的停顿而停顿了，已经是硖石。对面的月台上整列着两排军队，几个军乐手拿着喇叭在左手站住，几个军官拿着指挥刀在前面指挥。他们凝神聚气地在那里在等待着什么。——是要等上行火车开往上海的吗？上海方面难道已经开了火吗？我这场危险真是冒到火头上来了！身上只有两块多钱，家里只留下十块！啊，我真不该来。来了是落陷在陷阱里了！

心里不免有些着急,火车仍然停着。停了怕有二十分钟的光景,月台上的军人呈出活动的气象了。一位军官拔刀一挥,军乐齐奏,全队的军人都举枪行礼。不一会才从南方飞也似的来了一部专车,一驾车头拉着两乘头等车座,两乘里面都只稀疏地坐了三四个人,但看他还没有十分看明,又如像电光石火一样飞也似的过去了。我们的车跟着又才渐渐地动起来。月台上的军人已经看不见了,喇叭的声音还悠扬地在那里吹奏。

我的旁边有一位老人向我说:"怕又是那一位大人到上海去了。"

"一定是吴光新吴大人呢,他昨天到了杭州。"

"不错,一定是他,真好威风!"

老人说着好像很有几分愤慨的样子,但我却没有这样老稚了。我自己心里只是这样想:德国的废帝威廉三世真蠢,他在欧战剧烈的时候,时常在柏林坐街市电车,他老先生可惜没有及时享福呢。

硖石过后,雨也渐渐住了。车外的风物只呈着荒凉的景象,没有些儿生意。身子觉得有些疲倦,靠着车壁闭了一会眼睛。有时竟苦睡了一下,车一停又惊醒了。最后只好把带着的法国作家费立普(Charles Louis-Philippe)的短篇小说集来读了好几篇,一直读到了杭州。

六

杭州车站到了,我下了车。注意着月台上接客的人,但没有一个我认识的人,也没有一个来认识我的人。

坐了一乘黄包车,我却先上东坡路的一位友人的医院里去了。

车夫就好像拉着我在黄海上面走着的一样。雨落过后的杭州城，各街的街道都是橙红色的烂泥，真正是令人惊异。

在友人的医院里吃了一杯茶，听说今年天气很冷，孤山的梅花还没有开。但是我来，并不是为看梅花，我也不管它开也不开了。我只问明了到钱塘旅馆的车价告辞了出来。我自己主意是已经决定了。我先到旅馆去，假如遇不着她，然后再向学校打电话或者亲自去会她。

原来钱塘门却是挨进宝石山那一边的，从东坡路乘黄包车去也还要一角钱的车钱。我坐在车上当然又是想着，愈走愈觉得有些兴奋。……一到旅馆，遇着的果然是她呀！啊，那真是再幸福没有了！梅花既然还没有开，孤山是可以不必去的。……最初当然是要握手的。其次呢？……月亮出得很迟了，或者我们在夜半的时候，再往孤山去赏月，那比看梅花是更有趣味的。……假使她是能够弹四弦琴或者曼多琳，那是再好也没有。不消说我是要替她拿着琴去，请她在放鹤亭上对着月亮弹。她一定能够唱歌，不消说我也要请她唱。……但我自己又做什么呢？……我最好是朗吟我自己的诗罢。就是《残春》中的那一首也好，假使她能够记忆，她一定会跟着我朗诵的。啊，那时会是多么适意哟！……酒能稍喝一点也好，但她如不愿喝，我也不肯勉强。我想女子喝酒终怕不是好习气？……

钱塘旅馆也终竟到了，实在是很简陋的一层楼的构造。当街是一扇单门。推门进去，清静得好像一座庵堂。一边壁上挂着一道黑牌，上面客名共总只有两个人，但没有姓余的在里面。

看样子，这也不像是小姐能住的旅馆了。

我问是不是有位余抱节先生来住过，柜上回来说没有。柜上是有电话的,我便打电话到某某女学校去,也说并没有"余猗筠小姐"这个人。有趣,真是有趣。

孤山的梅花呢?还要等两三天才能开。这怎么办?

东坡路上的朋友也不好再去找他了。我折回车站,赶上了当天开往上海的晚车。

1925 年正月 30 日

1936年12月12日，在日本文学界旧友欢迎郁达夫聚会上的合影（前排右起：岛中雄作、郭沫若、郁达夫、林芙美子、村松梢夫；后排右起：竹内克己、村田孜郎、大宅壮一、横光利一）

1937年秋,与上海劳动妇女战地服务团在一起(居中着西服三人,从右至左为:郭沫若、田汉、夏衍)

杜 鹃

杜鹃,敝同乡的魂,在文学上所占的地位,恐怕任何鸟都比不上。

我们一提起杜鹃,心头眼底便好像有说不尽的诗意。

它本身不用说,已经是望帝的化身了。有时又被认为薄命的佳人,忧国的志士;声是满腹乡思,血是遍山踯躅;可怜,哀惋,纯洁,至诚……在人们的心目中成为了爱的象征。这爱的象征似乎已经成为了民族的感情。

而且,这种感情还超越了民族的范围,东方诸国大都受到了感染。例如日本,杜鹃在文学上所占的地位,并不亚于中国。

然而,这实在是名实不符的一个最大的例证。

杜鹃是一种灰黑色的鸟,毛羽并不美,它的习性专横而残忍。

杜鹃是不营巢的,也不孵卵哺雏。到了生殖季节,产卵在莺巢中,让莺替它孵卵哺雏。雏鹃比雏莺大,到将长成时,甚且比母莺还大。鹃雏孵化出来之后,每将莺雏挤出巢外,任它啼饥号寒而死,它自己独霸着母莺的哺育。莺受鹃欺而不自知,辛辛苦苦地哺育着比自己还大的鹃雏:真是一件令人不平、令人流泪的情景。

想到了这些实际,便觉得杜鹃这种鸟大可以作为欺世盗名者的标本了。然而,杜鹃不能任其咎。杜鹃就只是杜鹃,它并不曾要求人把它认为佳人、志士。

人的智慧和莺也相差不远,全凭主观意象而不顾实际,这样的例证多的是。

因此,过去和现在都有无数的人面杜鹃被人哺育着。将来会怎样呢?莺虽然不能解答这个问题,人是应该解答而且能够解答的。

1936年春

我是中国人

一

在东京桥区的警察局里，被拘留到第三天上来了。

清早，照例被放出牢房来盥洗之后，看守人却把我关进另一间牢房里去了。是在斜对过的一边，房间可有两倍大。一个人单独地关在这儿，于是便和秃松分离了。这给了我一个很大的精神上的突击。我顿然感觉着比初进拘留所时还要抑郁。

和秃松同住了一天两夜，他在无形之中成为了我的一个支柱。白天他鼓励我，要我吃，要我运动，务必要把精神振作起来，免得生病。晚上他又关心到我的睡眠，替我铺毯子，盖毯子，差不多是无微不至的。

他真是泰然得很，他自己就跟住在家里的一样。有他这样的泰然放在身边，已经就是一个慰藉，更何况他还那样的亲切，那样的善良。我对于他始终是怀着惊异的，怎么会有这样的人呢？然而竟公然有这样的人。

我憎恨着那个看守。那是像一株黄角树一样的壮汉，把我和秃松分开了。是出于他的任意的调度，还是出于有心的惩罚呢？同住在一道的时候，秃松是喜欢说话的，而我的耳朵又聋，因此时时受着看守的虎声虎气的干涉。大约就为了这，那株坏材便认真作起威福来了吧？不管怎样，这对于我的确是精神上的一个打击。

房间已经够大了，一个人被关着，却显得更大。但这儿却一点也不空洞。虽然四面是围墙，除我一个人而外什么也没有，但这儿是一点也不空洞的。那四围的墙壁上不是充满着人间的愤怒、抑郁、幽怨、号叫吗？那儿刻满着字画，有激越的革命口号，有思念家人的俳句，有向爱人诉苦的抒情诗，有被幽囚者的日历。那些先住者们不知道是用什么工具刻划上去的，刻得那么深，那么有力！

盘旋，盘旋，盘旋，顺着走过去，逆着走过来，我成了一只铁栏里的野兽，只是在牢房里兜圈子。偶尔也负嵎，在草席上胡坐一下，但镇静不了好一会，又只好起来盘旋着。……

上午十时左右，看守来开门了："喂，出来！"他向我吼了一声，我出了牢门。照例又在看守处把裤带、衣扣、钱包等交还了我。我明白我又要被放出去晾一下了；过了一会，依然会被关还原处的。

走出拘留所后，同样被一位武装警察，把我带着上楼，进了审问过我两次的那间会议室。这次却有四个人在等着我。那位袁世凯坐在长桌的一头，旁边坐着从市川押解我来的那条壮汉。另外，又添了两个人：一个有点像朝鲜人，我记得是他最初踏上了我市川寓里的居室的，他和壮汉同坐在一边；另一个是第一次见面，瘦削得跟猴子一样，他却隔离着坐在对面通侧室的门次。

依然是袁世凯的那一位主讯。问的还是前两次的那些话。他手里有着一张纪录，要我阅读一遍，又问我有没有错误。我阅读了，承认没有错误。他要我签个字在旁边，我签了。他又要我打一个指印，我也打了。于是他指着那位瘦猴子说：这位是司法主任，他要给你照几张相片，回头还有话给你说。

于是那司法主任按壁上的叫铃，又有武装警察进来了，他吩咐带我去照相。我起来走动着，四位也跟着我走。走到了楼下的一间光线很充足的房里，司法主任用一张白纸写上了我的名字，要拿来别在我的胸上。我拒绝了。我说：对不住，我并不是犯人。猴子脸痉挛了一下，准备发作，袁世凯却来缓颊：不要紧的，可以折衷办理，把这纸条贴在这椅背上，不要别在胸上。我想，这不还是一样吗？但你不让他照吧，他也有办法把你的名字写在胶片上的，我也就随他去了。照了正面，照了左右两侧面，又照了背面，一共四张。照得竟这样周到！这是什么意思呢？已经把我关着了，难道还怕我逃跑的吗？我在这样想着。

相照好了，又把我带上楼，又进了会议室。这次的袁世凯却和颜悦色地向我说起话来了：今天你可以回家了，但在走之前，司法主任要给你讲话。

这一突然的宣告，使我出乎意外，就这样便放我出去了吗？我心里明白，一定是安娜在外边的奔走收到了效果。但我心里却也没有感受着怎样的快活。照相的意思，我到这时候也才完全明了了。原来是想把我释放进更大范围的监视里去。

猴子开始说话了，俨乎其神的一个"训饬"的样子——这是我后来才知道，凡是被检束或拘留的人，在被释放的时候，要被司法主任严烈地"训饬"一顿。

他说：本来是打算更挫折你一下的，但念你有病——他插问我一句："你不是头痛吗？"我倒把这件事情忘了，起初被抓来时，的确是在头痛的，但关了两天两夜，头痛倒老早忘记了。——因此提前释放你。（好家伙，你完全把我当成罪犯！）但你要明白，日本警察是不好惹的。你在我国做一位客人，要做一位循规蹈矩的客人，我们会保护你和你的眷属。假如你有什么不轨的企图，我们随时可以剥夺你的自由，甚至你的生命！（好家伙，你有杀人的本领!)好,你是一个知识分子,一切事情你自己应该明白,多余的话,我也不必向你说了。

这样经了一番"训饬"之后,案件表示结束了。我便向袁世凯发问:我是不是就可以走?

——不,不要着急啦,还要请你吃中饭。袁世凯更加和颜悦色地说,他倒在窗下的一个沙发上去了。

其余的也跟着解除了精神上的武装,和我开始漫谈起来。

原来那位像朝鲜人的,懂得几句中国话,在外事课中要算是"支那通",为了奉命调查我的下落,他足足苦了半年。警视厅晓得我是到了日本,但不晓得我住在什么地方。他们也怀疑到吴诚就是我,因为那位到东京考查教育的吴诚,一从神户登陆之后,便失掉了去向。他们甚至打过电报到南昌大学去询问。支那通不胜惊异地说:"真是稀奇得很!那边回电报来说,有这位教授吴诚。"这自然是出乎意外的巧合,我当初用这个假名的时候,的确是随意捏造的。支那通提到了仿吾给我的那封长信来,那信果然被他们检查了去,他为翻译那封长信,弄得两晚上没有睡觉。我到这时又算弄明白了一件事,就是这家伙的中文程度太蹩脚,使我在拘留所里多住了一天一夜。

支那通从他的提包里面把信拿了出来,红笔蓝笔勾涂满纸,但有好些地方他依然不懂。他要我讲解,我给他讲解了。日本人对于中国的文言文是比较容易领会的,因为他们积了一千年的经验,有他们的一套办法,读破我们的文言文。但他们拿着白话文便感棘手,很平常的话,都要弄得不明其妙。那封信,支那通说:他们要留下来做参考,希望我送给他们。这分明是强盗的仁义,我也慷慨地答应了。我想,假使东京的警视厅没有被炸毁,那封信或许到今天,都还被保存在他们的档案里的吧?

端了两碗日本面来,是一种没有卤的粗条面,他们叫着"乌东",汉字是写成"馄饨"的。我草率地吃了,我道谢了他们。这次可该我走了。我问他们:是不是还要送我回市川?那位押解我来的壮汉说:"不了,你的地理不是很熟悉的吗?"我明白他的话里面是有意义的,但我没有再多说话,我动身走了。

那是阴郁的一天,走出了警局的大门,我看着一天的阴郁,而这阴郁差不多是透彻着我的内心的。我自己很明白,我只是从一间窄的牢房被移进宽的牢房,从一座小的监狱被移进大的监狱。但我背后却留下了一样东西,那便是在拘留所中和我同住了一天两夜的秃松。我没有办法去向他告别,我很感觉遗憾。他以后在拘留所里面不会再看见我,我相信他一定会替我高兴,他会以为我是得到"自由"了。他是泰然的,但我能泰然吗?可惜我的旁边失掉了这样的一个泰然,而且是永远失掉了!

站在这警察局的门外,踌躇了好一会,我看定确实也没有什么人跟我,我便踱过街去。

京华堂就在斜对面的街上,我踱进那店里,打算去打听小原荣次郎的情形。我在这儿又看见了鲁迅写的那首诗:

> 椒焚桂折佳人老,独托幽岩展素心。
> 岂惜芳心遗远者?故乡如醉有荆榛。

那是一幅小中堂,嵌在玻璃匣里面,静静地悬挂在账台旁边的壁上。小原老板娘出来了,态度很冷淡,而且有点不耐烦。我问小原,她说上半天才放出来,洗了澡,吃了中饭,在睡午觉。接着就开始了她的唠叨。但她使我弄明白了,原来火头就是小原。小原时常跑上海办货,因为有走私的嫌疑,受了警察的搜查,而在他那里,却发觉了他和我有往来,因此便受了两倍的嫌疑,而被拘留了。他被拘留了五天,要多我两天。这多了的两天是东京警视厅对我的暗访,和他们行文到市川警察局,正式会同拿捕,所费掉了的。在我被抓前两天的中午时分,有几个刑士样的人,曾在我住宅周围盘旋过,那一个疑团到这时也才冰释了。

老板娘很直率,她明白地说:"小原在埋怨你,要你以后不要再由我们这里兑款子了。"小原在北伐期中曾经到过广州,那时他替安娜们照过一些相片,老板娘也取了出来交给我。她说:"小原说的,打算给你们寄来,我现在就亲手交给你了。"我知道,他们是要乐得一个干净,免得将来再惹是生非的。我道了歉,并道了谢。但我揣想:恐怕老板娘还不知道我也被拘留了三天,我便告诉了她。她说:"是的,我知道的。小原看见了你,也听见局里面的人说。"

于是我就像一只落水鸡一样离开了京华堂。想到村松梢风也可能是受了连累的,便乘电车到骚人社去。果然,他那一间在楼上临街的编辑室,坐满了客人,都是来慰问他的。"骚人"另外显示了一个新的意义,便是骚攘不宁的人了。村松完全失掉了他那娓婉持重的常态,非常兴奋地在向着客人们诉说他的经过。

原来在我被抓的那一天傍晚,他的编辑所也被搜查了。村松当时不在家,他的太太便被抓去做了人质。第二天清早村松自行去投局,才把太太换了回来。他们更不幸的是被拘留在神田区的警察局,便是秃松所说的"最下等的地方"。一间牢房里拘留着二十来往个人,村松和他的太太,各个在那样的猪圈里挤着坐了一夜。村松是在午前释放出来的。

村松和他的夫人对于我的态度都忽然地陌生起来了，他们的怨恨似乎都集中到了我的身上，在座的客人都以异样的眼光看我。我感觉着我的周身时而在作寒作冷。这真是有趣，我是拿着中国钱到日本来过生活的，我犯了你日本什么呢？白白地关了我三天，受了无穷的侮辱，但谁也没有向我道过一声歉，仿佛我是罪有应得，而且我还自不知趣，跑来连累了别人。我知道，我是被眼前的人们视为瘟神了。

好吧，我就知趣一些！我匆匆地，差不多等于狼狈地，又从骚人社告辞了出来。我很想往品川去看看斋藤家的情形，但我再没有多余的勇气了。几天来的疲倦，一齐冲集了上来，脑子突然痛得像要炸裂。满街的日本人看来都像是刑士。我没有胆量去坐电车，我受不了那满电车的刑士的眼光。于是我在街头任意雇了一乘圆托，闭着眼睛便一直让它驶回了市川的寓所。

二

回到市川已经是傍晚时分了。家中的一切和往常一样，小的一个女孩子，照样的欢呼着跑来拥抱着我。因为她的母亲瞒着了她，她竟以为我是去旅行了回来，看见我没有带回些土产，倒表示了小小的失望。

安娜告诉我：我去东京后，以为当天晚上便可以回来的，没想到竟没有回来。第二天她才邀请横田兵左卫门同往东京，去访问那思想检事平田熏。据平田的表示也是没有问题的，很快就可以回家。她到品川去过，斋藤家算没有受波及，虽然有人去调查过，但没有拘留他们。市川的警察局很客气，他们对于东京警察的越俎代庖,抱着不平。横田家也是安然无恙的。

这些对于我当然是很大的安慰,我为表示我的歉意和谢意,便和安娜一道去访问横田。

横田还是那样豁落着一双眼睛,把手障在嘴前面说话,但他也好像有点从梦里醒来的样子。他抱歉而又似乎讽刺地说,他的翅膀太小了,掩护不了我这个"鸵鸟蛋"。——他是这样比譬我,在他或许是出于恭维,而在我却是感着了侮辱。然而他也尽了他的至善,倒是事实,我自然是感谢着他的。他又说:也好,一切都扯开了,以后不会再有问题了。

是的,也好,以后还会有什么问题呢?我的行动以后一直是受着了两重的监视:一重是刑士,一重是宪兵。但事实上还不仅止这两重,而是在这两重之外,还有重重的非刑士、非宪兵的日本人的眼睛,眼睛,眼睛!

周围的空气的确是变了,邻人们都闪着戒备而轻视的眼光。那对于我倒还比较简单,对于安娜是应该更复杂的了。那分明是在说:"你太不自爱,以一个日本女人,而嫁给支那人做老婆,而且是一个坏蛋!"

这是使人受不了的。因此我们便决定搬家,特别是安娜,搬家的心异常迫切。

当然我们也不能搬得太远,而且也不好搬出市川。就在真间区的北部有一带浅山,名叫真间山(Mamayama)。那山上有一座佛寺,有茂盛的松林,也有可供眺望的一座亭子。我是时常带着孩子们到那儿去散步的。从那亭子上可以俯瞰市川的市容,遥望江户川的上下游和彼岸的东京郊外。就在那山脚下不远处,在供奉着女神"手儿奈"(Tekona)的神社旁边,我们找着了一间新造不久的房子，从地位、大小、房金来说，都使我们相当满意。在我从东京回来，不出十天光景，我们便搬到这儿来了。

这是一座相当僻静的家。它有一间书房，一间正室，一间侧室，附有玄关间、厨房和浴室。背着真间山，坐北向南。屋前有一条甬道，东西横贯。东头是大门，西头是一区水井地带。以短短的栅栏隔出后门，和外面的一带小小的死巷相通。经过那死巷可以通往街道。那便是北通真间山、南通市川镇的大道了。大门倒是向田野开放着的，隔不两家便是田畴了。大门内有一片园地，只在篱栅边种了些樱花树和夹竹桃之类，地面空旷着，在等待着居住的人把它辟成花园或者菜圃。这园地在房屋的东头，可接受全面的阳光，小小的书斋便是面临着这片园地的。书斋在东南两面开窗，窗外有回栏可凭眺，的确是可以够得上称为小巧玲珑。小巧处呢？是在它只有四席半的容积。我特别喜欢这书斋，我的那套三部曲：《中国古代社会研究》、《甲骨文字研究》、《殷周青铜器铭文研究》，主要地就是在这儿写出的。

读过我《中国古代社会研究》的人，应该还记得那里面有一篇《周金中的社会史观》吧？那是就周代的金文来研究周代的社会的。在那文章后面有这样的一行标注："一九二九年十一月七日夜，一个人在斗室之中，心里纪念着一件事情。"所说的"斗室"便是这座书斋了。心里所纪念着的是什么事情呢？那是和"十一月七日"那个日子有关联的十月革命。在三年前，我在武昌筹备纪念这个日子，就在当天晚上，奉命往九江、南昌一带去做工作。那些情形是活鲜鲜地在我脑中显现着的。

读过我《甲骨文字研究》的人，应该还记得那里面有一篇《释支干》吧？那书是我用毛笔写出来石印的。在那《释支干》里面有一段的字迹特别写得粗大(第三十九页),那也是我坐在这斗室里面,发着高烧,所力疾写出的痕迹了。当时因为昼夜兼勤的研究,昼夜兼勤的写,不幸着了寒,便发出了高烧。文字愈写愈大,结果终竟不能支持,睡倒下去了。

像这些往事,就在目前回想起来,都还感觉着颇有回味。还有好些往事是和这书斋、和这家,是有关的,因而我至今还忆念着这座书斋和这座家。

但这座家也有一点相当大的缺陷。在家的正南面是一家有钱人家的后园,有一间很高的仓库,劈面地立在玄关前面。这样,在冬天便把太阳光完全挡着了,而在夏天呢又要挡着南风。这便使住居的人,冬不暖而夏不凉。这所意味的缺陷是怎样大,在有多数儿女的母亲是特别感受着的。

不过在我倒满不在乎。尽管冬不暖,总冷不过零度以下的西比利亚,夏不凉,也总热不过赤道地方,而在我却有宁愿住在西比利亚或赤道地方的苦境。

初到市川的时候,因为向警察和市政当局打过招呼,他们倒委实宽大,对我的戒备是很松泛的。自从东京警察拘留过我一次之后,他们却把我当成为"巨头"了,于是便特别增设了一位刑士来专门管我。我要到东京去他总是跟着我的。呆在家里的时候,隔不两天,他便要来拜访,扭着谈些不相干的话,消耗你半个钟头光景,他又各自走了。时间虽然只有半个钟头,但他留下的不愉快,至少可有你半天。

但这刑士的监视倒还比较容易忍受:因为他还比较讲礼。刑士来拜访的时候,总还走前门来,在玄关门口打着招呼。你理也好,不理也好,他是不敢上你的居室的。他的目的,只在看你的动静,看你是不是在家。只要这目的达到，在他便算尽了责任。有时有初来接任的刑士，恭敬的礼貌每每还要出乎你的意想之外。凡是在这新旧交替的时候，旧的刑士要把新的刑士带来见面，那新来者因为是才从乡下来，没有见过大世面，他听说我是"巨头"，自然就愈见要必恭必敬了。日本人的平常用语和称谓，尊卑之间是大有分别的。同样意义的话，说得愈长，用的字眼愈复杂，便愈显示对人的恭敬和自视的谦卑。称谓呢，同样的一个你字吧，便有好多种。对于有官阶的人，文官自简任以上，武官自少将以上，便一律称为"阁下"了。我因为在政治部做工作的时候，曾领受过中将衔，他们便以为我是真正的武官，照例也就以"阁下"称我。在我虽然感觉着难堪，而在他们也倒是习惯成自然的。

有一次横田告诉我：乡下的刑士对中央的要犯是特别尊敬的。因为怕出了岔子，他自己的饭碗要打破。他叫我不妨试一试：凡有刑士跟你的时候，你可以把你的提包交给他，他会给你提的。因为那样他可放心你不会跑，而你当然也就算是得到一位义务跟班了。我照着这话试过，果然没有遭到拒绝。

又有一次，有初来的刑士来拜访，谈话间他客客气气地问我：阁下，你的部下还有多少人啦？

他自然是视我如同国内的一班军阀，自己虽然亡命在外，而每每有残留部队在国内的。我和他开玩笑，便举出了四个指头。我的意思是说，我有四个儿女。（我当时是只有四个儿女的。）

——哦，那不得了啦！——刑士吃惊地说：四万人吗？那可要很大一笔数目来办给养啦！

我心里好笑，但也随他去吧，就让他把我看成为四万人的头领。

这刑士的监视委实是比较容易受的，但最难忍耐的就是日本宪兵。

市川是大东京东面的桥头堡垒，虽然是一个小市镇，但有一个师团在镇守着。师部就在真间山的背后，有很大的一个练兵场，步、骑、炮、工、交通、轻重各种兵种都有。时常看见他们在操练，或整日地用大炮起轰。因此，在市川也有一个宪兵营驻扎着。我初来的时候，和宪兵没有关系，没有去打招呼。住了半年，他们也不曾注意过我。但自从我被拘留过一次之后，他们也把我作为监视的对象了。

我们一搬到了这新居来，凑巧地也就添上了这新的监视。这新来者却异常横暴。那是一位宪兵中士，往常在街头可以偶尔看见的，他便成为了我的主顾。开头差不多天天来，全不打招呼，从那死巷里一直闯进后门，打从那甬道又一直走出前门。这是犯了家屋侵入罪的。在他们日本的国法上是不允许的事情，然而那闯入者却大摇大摆地行其所无事。在不知第几次了，是一天星期的上午，我正在走廊上坐着看报，那侵入者又来了，我忍耐不过，干涉了他。他索性从那甬道跨过短栅，跨上了正屋来。

——怎么样，——他咆哮着。我是奉命看管你的！

——岂有此理！你管不着我！——我也咆哮起来了：你犯了你们的国法！

——哼，你是支那人，我们的国法不是为"枪果老"（日本人对中国人的恶称）设的。你有胆量就回你的支那去，我却有胆量就在你支那境内也要横行，你把我怎么样？

我的脑袋子快要炸裂了。他确实是在中国境内也可以横行的人；而我自己呢，连祖国都不能见容，我能把他怎么样呢？

安娜来解围了。她端着茶,并还把预备给孩子们吃的糖点送来奉献,我各自退进我的斗室里去了。隔着纸窗,听见她在向那宪兵中士款待。

——我的先生近来神经受了激刺,容易兴奋,请你不要介意。接着又说:你来看我们是很欢迎的,刑士先生们也时常来,但请以后不要客气,从正门进来好了。

低首下心地说得很娓婉,但幸好也还有些骨子在那里面。那宪兵吞吞吐吐地回答了一些,也各自走了。听那脚步声,是还有余怒未泄,在向我示威。

经过这一次的咆哮,倒也有些收获。那位中士后来不见来了,另外换了一个。每逢来时,也从正门进来,打着招呼了。但他会随意跨过短栅,坐到回廊上来。

这也是这座新居留给我的一个极深刻的记忆。我只要一回想到它,那些宪兵们的身影,便要浮现出来。他们始终是穿着马裤的,脚上套着一双黑皮的长统马靴。有一个时期,我只要一看见那种长统马靴,我的神经就要发生作用,就仿佛有这种马靴在我头上践踏的一样。但我应该感谢这种马靴,我应该感谢那条死巷,我应该感谢那样位置着可以任人穿堂而过的家,是它们凑积起来,构成了一个机会,让日本帝国主义的横暴,虽是小规模、而却十分形象化地对我表演着。这所给予我的反应,是永远不能模棱下去的,它使我不能忘记:我是中国人!

三

在八月初,我研究《易经》的时候只费了一个星期,接着我又研究起《诗经》和《书经》来了。这回却费了半个月。在我把《诗书时代的社会变革与其思想上的反映》的初稿写好之后,我便踌躇起来了。读过我的《中国古代社会研究》的人,请把关于诗书研究的那一篇的末尾翻出来看看吧。那儿是这样写着的:"一九二八年八月二十五日初稿,十月二十五日改作。"初稿的写出至改作足足隔了两个整月,这所表示的是什么呢?这表示着在我的研究程序上,起了一个大转变。

首先我对于我所研究的资料开始怀疑起来了。《易经》果真是殷、周之际的产物吗?在那样的时代,何以便能有辩证式的形而上学的宇宙观,而且和《诗》、《书》中所表现的主要是人格神的支配观念,竟那样不同?《诗经》的时代果真如《毛传》或《朱注》所规拟的那样吗?他们究竟有什么确实的根据?《诗经》不是经过删改的吗?如是经过删改,怎么能够代表它本来的时代?《书经》我虽然知道有今文和古文的分别,在今文中,我虽然知道《虞书》、《夏书》的不足信,但《商》、《周》诸篇,也是经过历代的传抄翻刻而来的,它们已经不是本来面目。——这同样的理由,对于《易经》和《诗经》也是适用的。毫厘之差可以致千里之谬,我们纵使可以相信《易》、《书》、《诗》是先秦典籍,但它们已经失真,那是可以断言的。因此要论中国的古代,单根据它们来作为研究资料,那在出发点上便已经有了问题。材料不真,时代不明,笼统地研究下去,所得的结果,难道还能够正确吗?

再次,我的初期的研究方法,毫无讳言,是犯了公式主义的毛病的。我是差不多死死地把唯物史观的公式,往古代的资料上套,而我所据的资料,又是那么有问题的东西。我这样所得出的结论,不仅不能够赢得自信,而且资料的不正确,还可以影响到方法上的正确。尽管我根据的公式是确切不移的真理，但我如果把球体的公式拿来算圆面，岂不会弄出相隔天渊的结果来？别人见到这结论的错误，粗率一点的，岂不会怀疑到球体公式的无稽？而这个公式的正确与否，事实上我在我所根据的资料中也还没有得到实证。那么，我的努力岂不是拿着一个银样蜡枪头在和空气作战吗？

我踌躇了，我因而失掉了当初的一鼓作气的盲动力。但我也并没有失望，我把我自己的追求，首先转移到了资料选择上来。我想要找寻第一手的资料，例如考古发掘所得的，没有经过后世的影响，而确确实实足以代表古代的那种东西。这样的东西，在科学进步的国家是很容易得到的，但在我们中国，却真是凤毛麟角了。我在这时回忆到了一九一六年前后。那时我在冈山第六高等学校肄业，在学校图书馆的目录里面，曾经看见过罗振玉编著的《殷虚书契》那样的名目。我虽然不曾取来看过，但我猜想它会是关于古代的东西。我就凭着这一点线索，有一次（大约就在八月尾和九月初）便往东京上野图书馆去查考。

上野图书馆的藏书是相当丰富的，但专门书籍却很少。可我很幸运，就在目录里面却查出了有《殷虚书契前编》，而我便立地借阅了。一函有布套的四本厚厚的线装书，珂罗版印，相当讲究。书的内容，除掉书前编著者罗振玉的一篇简略的序文之外，纯粹是一些拓片。我虽然弄明白了那是安阳出土的甲骨文字，而出土地小屯在洹水之南，根据《史记·项羽本纪》知道是殷朝的废墟，所以这些文字便是殷代的遗物了。但那毫无考释的一些拓片，除掉有些白色的线纹，我也可以断定是文字之外，差不多是一片墨黑。

然而资料毕竟是找着了，问题我得读破它，利用它，打开它的秘密。我这个进一步的要求，不能由上野图书馆来得到满足，它除了有这一部《前编》而外，其他同样性质的东西什么也没有。

于是我又想到了可以问津的第二个门路。一九一四年我初到日本，在东京本乡第一高等学校读预科的时候，曾经有朋友引我到附近的一座专卖中国古书的书店里去过。我记得那书店的名字叫文求堂。那书店有一个特色，是它有一个书房可以让买书的人去休息，看书，店员还要向你晋茶。那时因为我准备研究医药，和中国书没缘，后来也不住在东京，我也就只去过那么一两次。现在我对于它感觉着迫切的需要了。我往本乡区去找寻它。它就在本乡一丁目，离上野图书馆不很远，门面已经完全改观了。在前仿佛只是矮塌的日本式的木造平房，而今却变成黑色大理石的三层楼的西式建筑了。屋脊和大门顶上都点缀着一些中国式的装饰，看来有些异样，仿佛中国的当铺。

卖的中国书真是多。两壁高齐屋顶的书架上塞满着书，大都是线装的。两旁的书摊和一些小书架上也堆满着书，大都是洋装的。靠后左边是账台，右边横放着一张餐桌，备顾客坐息。后壁正中有一道通往内室的门，在那两侧有玻璃书橱，也装满着书。这书橱里的书，大都是一些线装影印的比较珍贵的典籍了。

店主人姓田中，名叫庆大郎，字叫子祥，把文求堂三字合并起来作为自己的别号，也叫着救堂。（这是有点类似于儿戏，实际上救字并不是"文求"二字的合书。）年龄在五十以上。他是连小学都没有毕业的，但他对于中国的版本却有丰富的知识，在这一方面他可远远超过了一些大学教授和专家。他年青时候曾经到过北京，就全靠买卖上的经验，他获得了他的地位和产业。大约在日本人中，但凡研究中国学问的人，没有人不知道这位田中救堂；恰如在上海，但凡研究日本学问的中国人，没有人不知道内山完造的那样。我在当天走进这文求堂的时候,就在那餐桌后面,发现了一位中等身材的五十以上的人。没有什么血色的面孔作三角形,两耳稍稍向外坦出,看来是经过一种日本式的封建趣味所洗练过的,那便是这位书店老板了。

我去向他请教,问他有没有研究"殷虚书契"的入门书。

他说有的。立地便从一处书架上取下了两本书来,递给我。

那是淡蓝色封面的两本线装书,书名叫着《殷虚书契考释》,是天津石印的增订本。我翻开了书的内容一看,看见那研究的项目,秩序井然,而且附有字汇的考释,正是我所急于需要的东西。价钱呢?要十二圆。在当时这决不是菲薄的数目,而我自己的身上却只有六圆多钱在腰包里。我便向老板提议:好不好让我把六圆钱做抵押,把书借回去看一两天?

书店老板踌躇了一下,娓婉地拒绝了。但值得感谢的他却告诉了我一个更好的门路。他告诉我:要看这一类的书,小石川区的东洋文库应有尽有。你只要有人介绍,便可以随时去阅览的。那东洋文库的主任是石田干之助,和藤村成吉是同期生啦。

真的,我真是感谢他这个宝贵的指示。他虽然没有慷慨地借书给我,但我是不能怪他的。因为那时候他不认识我,我也不认识他。我以一个陌生的外国人而向他提出了那样的请求,倒是唐突得未免太不近情理了。

我照着他的指示进行了。靠一位相识的新闻记者川上(Kawakami)的帮助,一同去拜访藤村。藤村在我们中国人中是有名的,他是日本文坛上的左翼作家,他和我有过师弟的关系。在冈山六高时代,他教过我一年的德文。藤村很恳挚地欢迎着我,介绍信不用说毫不推辞地便替我写了。我那时还没有公开地使用自己的本名,川上却把他自己在中国时所使用过的假名林守仁,又让我假上了。

东洋文库是日本财阀三轮系的私人图书馆,它是属于川琦家的。川琦两兄弟,兄的一位购买了皕宋楼的宋版书,成立了静嘉堂文库;弟的一位购买了曾充袁世凯顾问的莫理逊的藏书,而成立东洋文库。兄弟两人,隐隐是东京学术界的保护者。莫理逊的藏书本偏于近代欧美人研究东方的著作,归入东洋文库以后,又添置了不少的新旧书籍。关于中国的地方志书、县志、府志之类的搜集,据说也是相当丰富的。

文库在小石川区的一条比较僻静的街上,三层楼的建筑,相当宏大。以白鸟库吉博士为主帅的日本支那学者中的东京学派,是以这儿为大本营。白鸟本人(他便是法西斯外交官白鸟某的父亲)除在东京帝大担任教授之外,在这儿有他的研究室,经常住在这儿的三楼。他的下边的一群学者,大多是受了法兰西学派的影响,而又充分发泄着帝国主义的臭味的。对于中国的古典没有什么坚实的根底,而好作放诞不经的怪论。有一位著名的饭田忠夫博士,便是这种人的代表。他坚决主张中国人是没有固有文化的,所有先秦古典,一律都是后人假造。中国的古代文化,特别关于星算之类,是西纪前三三四年(战国中叶)亚历山德大王东征之后才由西方输入的。因此凡是古文献中有干支之类的文字,在他认为尽都是后人的假托。甲骨文和金文里面的干支文字极多,而这些东西都是在西纪前三三四年之前,不用说也就都是假造的东西了。这样的论调与其说是学术研究,宁可说是帝国主义的军号。东京学派的人大抵上是倾向于这一主张的,因而他们对于清乾嘉以来的成绩,不仅不重视而且藐视。关于甲骨文和金文之类,自然也就要被看成等于复瓿的东西了。

我所要研究的正是他们所藐视的范围。因此，我在人事方面，除掉那位主任石田干之助之外，毫无个人的接触。而在资料方面，更是河水不犯井水。在那文库里面所搜藏着的丰富的甲骨文和金文，便全部归我一个人独揽了。

一个事情看起来好像很艰难，只要你有决心，干起来倒也很容易。在当初，我第一次接触甲骨文字时，那样一片墨黑的东西，但一找到门径，差不多只有一两天工夫，便完全解除了它的秘密。这倒也并不是我一个人有什么了不起的本领，而我是应该向一位替我们把门径开辟出来了的大师，表示虔诚的谢意的。这位大师是谁呢？就是一九二七年当北伐军进展到河南的时候，在北平跳水死了的那位王国维了。

王国维的存在，我本来早就知道。在他生前，我读过他的一部《宋元戏曲考》，虽然佩服他的治学方法的坚实和创获的丰富，但并没有去追求过他的全部。他在中国古代史上，在甲骨文字的解释上，竟已经建树了那样划时代的不朽的伟业，我是一点也不知道的。读到了《殷虚书契考释》，对于他的感佩又更加深化了。那书的一首一尾都有他做的序，不仅内容充实，前所未有，而文笔美畅，声光灿然，真正是令人神往。再有是这《殷虚书契考释》在文库所藏的是初版（一九一五年），是王国维手写影印的，和增订版略有不同。当我读到这初版的时候，我不禁起了这样的怀疑：这样的有条理、极合乎科学律令的书，会是罗振玉的著作吗？它的真正的作者不可能就是王国维吗？罗振玉自己曾经写过一本小册子《殷商贞卜文字考》（一九一〇年），相隔仅仅五年，而两书之间是丝毫也找不出条贯性来的。这个怀疑不久我便证实了，原来是罗振玉花了三百元，买了王国维的著作权并著作者的名誉。

王国维家贫，在早年曾受罗振玉的资助和提挈，他们之间便发生了密切的关系。辛亥革命之后，罗以清朝遗老的资格逃亡日本，王国维成了他的同路人。他们同住在京都。（日本的旧都，和东京对言亦称为西京。）在这儿住了三年，《殷虚书契前编》和《考释》的编印，都是在这期间完成的。王国维把自己的著作、名誉卖给了罗振玉，明显地是出于报恩，而这位盗窃名义的文化贩子罗振玉，到后来竟逼得王国维跳水。（王之死，实际是出于罗之逼，学术界中皆能道之。）罗更参加了伪满洲国，那倒是有他的一贯之道的了。

　　王国维在东京学派的那一群人中，虽然不甚被重视，但和东京学派对立的西京学派，却是把他当成为一位导师在崇拜着的。他们有着一个"观堂学会"，每年五月三日王国维的忌辰，是要开会纪念的。那态度似乎比国内的王氏弟子们还要来得虔诚。这也是理所当然的事。日本的西京学派事实上是在王国维的影响之下茁壮了起来的，他们的成就委实是在东京学派的霸徒们之上。这一派的领袖是内藤湖南和狩野君山，他们和王国维都有过密切的交游。《观堂集林》（卷二十四）里面有好些诗是叙述着这些往事的。请看那《送日本狩野博士游欧洲》的一首吧，一开首便说"君山博士今儒宗，亭亭崛立东海东，……自言读书知求是，但有心印无雷同"，可见作者对于狩野的相当器重。中间又说到"卜居爱住春明坊，择邻且近鹿门子，商量旧学加邃密，倾倒新知无穷已"，春明坊便是王国维在京都的住处，他们彼此之间在学术上的接触，在这诗里是坦白地陈述着的。再请看他那《海上送日本内藤博士》一首吧，那是王国维回上海之后，在内藤湖南到中国来游历时做来送他的诗。中间叙述到在京都时钻研《卜辞》和有所收获的情形，而称许了内藤对于王氏学说的推挽,所谓"多君前后相邪许,太丘沦鼎一朝举",这更足以看出王氏的自负和对于内藤评价的分寸。西京学派就这样在王国维的影响下,他们才脱出了宋、明旧汉学的窠臼而逐渐地知道了对于清代朴学的尊重。对于中国学问的研究上,日本的学术界可以说是落后了三百年,但他们在短期间之内却也把那三百年的落后填补起来了。

我跑东洋文库,顶勤快的就只有开始的一两个月。就在这一两个月之内,我读完了库中所藏的一切甲骨文字和金文的著作,也读完了王国维的《观堂集林》。我对于中国古代的认识算得到了一个比较可以自信的把握了。在这些书籍之外,我连带的还读到其他东西,我读过安德生的在甘肃、河南等地的彩陶遗迹的报告,也读到北平地质研究所的关于北京人的报告。凡是关于中国境内的考古学上的发现记载,我差不多都读了。因此关于考古学这一门学问,我也广泛地涉猎了一些。这些努力便使我写成了《卜辞中之古代社会》的那一篇,文章的末尾虽然写着"一九二九年九月二十日脱稿",但大体上在一九二八年的十月,已经基本完成。只是我的社会研究逐渐移向到文化研究的阶段上去了。我在甲骨文中发现了"岁"字的存在,由此而有天文学上的研究,得以知道十二支文字本是黄道周天十二宫的星象,而它的起源却是巴比伦。这些研究主要便汇成了我那《释支干》和《释岁》的几篇,那是收在《甲骨文字研究》里面的。我在完成这些研究上差不多费了一年工夫。国内有不少的朋友曾经帮助过我,特别是李一氓(就是李民治),他替我把所需要的书,陆续地收集,购寄,使我跑东京的时间也就省下了。

四

朋友们或许会发生疑问吧？我亡命到日本后，把全部精力完全沉浸于这些古代文物的研究里；我是拖着一家六口的人，我怎么会有这样的余裕来做这样冷僻的工作？请记起吧，这就是我应该感谢朋友的地方，特别是创造社的那一批朋友。

他们每月在送生活费来，我省却后顾的忧虑，因而便得以集中全力来解决我自己所想解决的问题。假使没有创造社，没有朋友，我那些工作是绝对做不出来的。古时候的人也知道朋友的宝贵，列之为五伦之一；而在我，朋友这一伦更有它的超越的宝贵了！朋友不仅给予了我以物质的支持，而且给予了我以精神的成长。

但是自成立以来便在风雨飘摇中的创造社，终于在一九二九年二月七日，便是我流亡日本后一周年光景，被封锁了。在国内的朋友们的处境比我更加困难了，我的每个月一百元的生活费，从此也就断绝了。

怎么办呢？一家人饿死在日本吗？

不，我们倒也还不是那么毫无独立自主性的可怜虫！安娜处家是俭约的，到了日本后，家政一直是她自己在操持，炊爨洒扫，洗衣浆裳，乃至对外的应付，一切都全靠着她。那时儿女还小，用费也不十分大，因此在每月百元之内，总有一些积余，这便解决了我们所间接受到的突然来的打击。但我对于古代的研究不能再专搞下去了。在研究之外，我总得顾计到生活。于是我便把我的力量又移到了别种文字的写作和翻译。我写了《我的幼年》和《反正前后》，我翻译了辛克莱的《石炭王》、《屠场》、稍后的《煤油》，以及弥海里斯的《美术考古学发现史》。而这些书都靠着国内的朋友,主要也就是一氓,替我奔走,介绍,把它们推销掉了。那收入倒是相当可观的,平均起来,我比创造社存在时所得,每月差不多要增加一倍。这样也就把饿死的威胁免掉了。

我开始在国内重新发表文章时还不敢用本名。朋友们想来还记得吧？我的关于《易》、《诗》、《书》的那两篇研究,最初发表在《东方杂志》上,用的是"杜衎"的假名。《石炭王》、《屠场》、《煤油》,用的是"易坎人"。这些假名的用意是这样的。我的母亲姓杜,而我母亲的性格是衎直的,我为纪念我的母亲,故假名为杜衎。我自己是一个重听者,在斑疹伤寒痊愈之后,虽然静养了一年,而听觉始终只恢复到半聋以下的程度。《易经》上的坎卦,其"于人也为聋",故我这个聋子便取名为易坎人。据懂侦探术者说：一个人取假名,总是和自己的真名有点连带的；但我敢于说,无论怎样高明的侦探,看到这"杜衎"和"易坎人"便知道是郭沫若,我相信是绝对不会有的吧。

但后来我的本名又渐渐被人使用了——是的,在这一点上,我的确是被动。那是因为时间经久了,我并没有从事实际上的任何活动,而我所写的东西,不是文艺作品便是历史研究,乃至如甲骨文、钟鼎文那样完全骨董性质的东西,再说郭沫若三个字的商品价值究竟要高一点,因此郭沫若又才渐渐被人使用起来了。

当我把《卜辞中的古代社会》写好之后,我便起了一个心,想把那些关于古代文物的研究,汇集成为一部书。于是我又赶着写了一篇《周金中的社会史观》,便集成了一部《中国古代社会研究》。这书便是由出版者用我的本名发表的了,于是一时成为哑谜的杜衎又才出现了原形。

我也翻译了马克思的《政治经济学批判》和《德意志意识形态》，两部书都经由王礼锡的接受，由神州国光社出版。前一书出版时把我写的一篇序言丢掉了，后一书一直被积压着，是在抗战期中才出版了的。但前书的出版，也公然用的是我的本名。这书曾经遭过禁止，坊间后来把封面改换发行，译者是作为李季。这种本子我相信，留在世间的一定不很少。

关于《甲骨文字研究》的出版是费了一些周折的。我从一九二八年的年底开始写作，费了将近一年工夫，勉强把初稿写成之后，我曾经邮寄北平，向燕京大学的教授容庚求教。我和容庚并无一面之识，还是因为读了王国维的书才知道了他的存在。王国维为商承祚的《殷虚文字类编》作序，他提到四位治古文字学的年青学者，一位是唐兰，一位是容庚，一位是柯昌济，一位是商承祚。我因为敬仰王国维，所以也重视他所称许的这四位年青学者。商承祚的《殷虚文字类编》我是读过的，他是把《殷虚书契考释》关于文字的一部分稍稍扩大了，而根据说文部首从新编制的，虽然并没有多么大的发明。但商的住址我是不知道的。唐、柯二位，不仅住址不知道，连著作也还不曾见过。容庚，我见过他的《金文编》，那也是依说文部首编制的金文字典，比起吴大澂的《说文古籀补》来更加详审，在研究金文上，确曾给予我以很大的帮助。它不失为一部有用的工具书。容庚在燕京大学任教职，而且是《燕京学报》的主编者，由每期的学报是容易发现的。因此，我对于容庚，不仅见过他的著作，而且知道他的住址了。我就以仿佛年青人那样的憧憬，也仿佛王国维还活着的那样，对于王国维所称许的四学士之一，谨致我的悃忱，而以我的原稿向他求教。我得感谢容庚在资料上也曾经帮过我一些忙，他曾经把很可宝贵的《殷虚书契前编》和董作宾的

《新获卜辞写本》寄给我使用过。但他在学问研究上却没有使我得到我所渴望着的那样满足。——这些情形,我曾经写在《甲骨文字研究附录》、《一年以后之自跋》里面,那是"一九三〇年八月十日"写的文字了。但在那里面也有不曾写进去的一些经过。

原稿寄给容庚后,他自己看了,也给过其他的人看。有一次他写信来,说中央研究院的傅孟真(斯年)希望把我的书在《集刊》上分期发表,发表完毕后再由研究院出单行本。发表费千字五元,单行本抽版税百分之十五。这本是很看得起我,这样的条件在当时也可算是相当公平,但我由于自己的洁癖,铁面拒绝了。我因为研究院是官办的,我便回了一封信去,说:"耻不食周粟。"

我一面拒绝了别人的好意,一面却在上海方面找寻出版的机会。我曾经托过友人向商务印书馆交涉,就在这儿我的傲慢却得到了惩罚。商务的负责人连我的原稿都不想看也铁面拒绝了。在商务印书馆的人们要拒绝,当然有他们的充分的理由。像研究甲骨文字那样的书,首先就不能赚钱,而研究者又是我,在他们当时或许会以为我是在发疯吧。因此也就无须乎客气,还要来看我的什么原稿。

但我的原稿在北平方面曾经看过的人确是很多,有人告诉我,他在钱玄同的书桌上也看见过它。出门太久了,我怀念起来,几次写信去要回,都没有达到目的,弄得我自己都有点后悔了。但足足又经过了一年工夫,终竟寄回到我的手里,而原稿的白纸边沿都快要翻成黑纸了。幸好是用日本半纸写的,纸质坚韧不容易磨灭。

《甲骨文字研究》的原稿在北平旅行的期中,我又写成了《殷周青铜器铭文研究》上下两册。这次我不敢再寄回国了;然而我却又起了一次野心,我把我的两部原稿曾拿去找过东洋文库的主任石田干之助。我看到文库也在出版学术编著，又看到日本学界也每每用汉文出书，我真是不揣冒昧，竟想把我的论著也拿去尝试。我是在这样想，我的研究是在文库发轫的，我很感谢这一段因缘，假使我的书可以由文库印行，那也就可以表示我的谢意了。报酬多少是在所不计的。石田是长于外交的人，他没有立地拒绝我，要我把稿子留下，让他请一两位专家看看，我自然也就留下了。然而我是明白的，在日本方面究竟有谁是这种古文字学研究的专家呢？

一个月过了，我再去向石田请教。他把原稿退还了我。他说：太难懂了，在日本方面恐怕没有办法出书。这或许是真情话，他是不是在笑我，我不知道，我自己对着自己倒是在笑了：真是太不知自爱！国立的官立机关要出版，你能说"耻不食周粟"，今天却要来向着外国资本家的账房乞怜，岂不是自讨没趣？

但这两部书的出版虽然经过一些周折，仍然应该感谢一氓，是他向上海大东书局为我交涉办成功了。交涉的经过情形我不知道，当时李幼椿在担任大东的总编辑，或许是他念到同乡的关系，承受了下来的吧？那时《中国古代社会研究》已经出版，对于这两部书的印行，想必也有着催生的作用。《中国古代社会研究》出版于一九三〇年的年底，出书之后大受欢迎，很快便再版、三版了。这书似乎保证了甲骨文和金文的研究也并不是不可能赚钱，同时也似乎保证了郭沫若也要研究甲骨文和金文并不是真正在发疯了。事情终竟是值得感谢的，大东竟肯承印这两部书，而且同时承印。他们在报纸上大登广告，征求预约。那广告之大在当时曾突破纪录，这可替我发泄了不少的精神上的郁积，我很高兴。并不是因为这样使我大出了一次风头，不，我不是那样的风头主义者。老实说，有时候我自己看见这郭沫若三个字都有点讨厌。但我看见那大规模的广告实在很高兴！那替我在这样作吼：本国的市侩和日本帝国主义者的文化前卫们，你们请看，你们所不要的东西，依然是有人要的！

两部书是一九三一年的初头出版的，书局方面每一种送了我二十部。我在一天清早，日期不记得了，接到这些书的时候是多么的愉快呀！我可流下了眼泪。就在那天中午，安娜特别煮了红豆饭来庆祝，我是记得的。但就在那天下午三点钟的时候，宪兵也来了。宪兵老爷说：听说有大批的东西送到了，是什么宝贝呀？我知道，他大约以为是宣传品吧，他当然是为了调查这宣传品而来的了。安娜把堆在走廊上还没有开封的一部分包裹指给他看；是呀，是很好的"宝贝"呀，无价之宝！索性当面开了两封，比较小的包裹是《甲骨文字研究》，比较大的是《殷周青铜器铭文研究》。宪兵看了，好像吃了满口的粪。好家伙！滚你的蛋！

这些书本来是准备给作者送人的，但我送给谁呢？尤其在这日本！

书到的当天晚上，我每种留了两部下来，把其余的用一张大包袱包裹着。我和我的大儿子两个人把它扛到电车站上去，一同坐电车带到了东京。接着在文求堂里面便出现了我们。文求堂老板很客气，打了一个七折，当下便给了现钱。

那时候我的大儿子和夫是已经十四岁了。

1947 年，上海

鸡之归去来

一

我现在所住的地方离东京市不远,只隔一条名叫江户川的小河。只消走得十来分钟的路去搭乘电车,再费半个钟头光景便可以达到东京的心脏地带。但是,是完全在乡下的。

一条坐北向南的长可四丈、宽约丈半的长方形的房子,正整的是一个"一"字形,中间隔成了五六间房间,有书斋,有客厅,有茶室,有厨房,有儿女们的用功室,是所谓"麻雀虽小而肝胆俱全"的。

房子前面有一带凉棚,用朱藤爬着。再前面是一面菜园兼花圃的空地,比房子所占的面积更还宽得一些。在这空地处,像黑人的夹嘶音乐般地种植有好些花木,蔷薇花旁边长着紫苏,大莲花下面结着朝天椒,正中的一簇牡丹周围种着牛蒡,蘘荷花和番茄结着邻里……这样一个毫无秩序的情形,在专门的园艺家或有园丁的人看来自然会笑。但这可笑的成绩我都须得声明,都是妻儿们的劳力所产生出的成果,我这个"闲士惰夫"是没有丝毫的贡献参加在里面的。

园子周围有稀疏的竹篱,西南两面的篱外都是稻田,为图儿女们进出的方便,把西南角上的篱栅打开了一角,可以通到外面的田塍。东侧是一家姓S的日本人,丈夫在东京的某处会社里任事,夫人和我家里来往熟了,也把中间隔着的篱栅,在那中央处锯开了一个通道来。那儿是有桂花树和梅树等罩覆着的,不注意时很不易看出。但在两个月以前,在那通道才锯开不久的时候,有一位刑士走来,他却一眼便看透了。"哦,和邻家都打通啦!"他带着一个不介意的神情说。我那时暗暗地惊叹过,我觉得他们受过特别训练的人是不同,好像一进人家,便要先留意那家主人的逃路。

屋后逼紧着是一道木板墙,大门开在墙的东北角上。门外是地主的菜圃,有一条甬道通向菜圃过边的公路。那儿是可以通汽车的,因为附近有一家铁管工场,时常有运搬铁管或铁材的卡车奔驰,这是扰乱村中和平空气的唯一的公路。公路对边有松林蓊郁着的浅山,是这村里人的公共墓地。

我的女人的养鸡癖仍然和往年一样,她养着几只鸡,在园子的东南角上替它们起了一座用铁丝网网就的鸡笼,笼中有一座望楼式的小屋,高出地面在三尺以上,是鸡们的寝室。鸡屋和园门正对着,不过中间隔着有好些树木,非在冬天从门外是不容易看透的。

七月尾上一只勒葛洪种的白母鸡抱了,在后面浅山下住着的H木匠的老板娘走来借了去,要抱鸡子。

不久,在中学和小学读书的儿女们放了暑假,他们的母亲把他们带到近处的海岸去洗海水澡去了。这意思是要锻炼他们的身体,免得到冬天来容易伤风,容易生出别的病痛。他们的母亲实际是到更偏僻的地方去做着同样的家庭劳役,和别人避暑的意义自然不同。我本来也是可以同去的:因为这一无长物的家并值不得看守,唯一值得系念的几只鸡,拿来卖掉或者杀掉,都是不成问题的。但在我有成为问题的事,便是在我一移动到了新的地方便要受新的刑士们的"保护"——日本刑士很客气,把监视两个字是用保护来代替的。——这可使妻儿们连洗澡都不能够自由了。所以我宁肯留在家里过着自炊生活,暂时离开他们,使他们乐得享点精神上的愉快,我也可以利用这个时期来做些活计。

他们在海岸上住了不足一个月,在八月尾上便回来了。九月一号中、小学一齐开学,儿女们又照常过着他们的通学生活了。大的两个进的中学是在东京,要为他们准备早饭和中午的"便当",要让他们搭电车去不至迟刻,他们的母亲是须得在五点前后起床的。

在九月十号的上午,H老板娘把那只白母鸡抱回来了。老板娘已经不在浅山下住,据说是每月五块钱的房费,积欠了九个月,被房主人赶走了,现在是住在村子的东头。

母鸡借去了五个礼拜,反像长小了好些。翅子和脚都被剪扎着,拴在凉棚柱下,伏着。

那时是我亲自把那马丹·勒葛洪解放了,放回了笼子里去的。

鸡们相别五个礼拜,彼此都不认识了。旧有的三只母鸡和一只雄鸡都要啄它,就连在几天前才添的两只母鸡,自己还在受着旧鸡们欺负的,也来欺负起它来。可怜这位重返故乡的白母鸡,却失掉了自由,只好钻进笼里打横着的一只酱油桶里去躲着。

第二天午后,我偶然走到鸡笼边去时,那只白母鸡便不看见了。我以为是躲藏在那上面的小屋里的,没有介意。我告诉安娜时,她也说一定是在那小屋里躲着的。本来只要走进鸡笼去,把那小屋检查一下便可水落石出的,但那只雄鸡是一匹好斗的军鸡,把笼子保守得就像一座难攻不破的碉堡。只要你一进笼去,它便要猛烈地向你飞扑,啄你。因此就要去取鸡蛋,都只好在夜间去偷营劫寨的。

到了第三天下午,那只母鸡仍然没有出现,我们以为怕是被啄死在鸡屋里了。安娜把那雄鸡诱出了笼来,走进笼去检查时,那只母鸡是连影子也没有的。

这鸡的失踪,是几时和怎样,自然便成了问题。我的意见是:那鸡才送回来的十号的晚上,不知道飞上那小屋里去,伏在地上被鼬鼠衔去了。安娜和儿女们都不以为然。他们说:鼬鼠是只吸血的,并不会把鸡衔去;纵使衔去了,笼里和附近也会略见些血迹。安娜以她那女性的特别锐敏的第六感断定是被人偷了。她说,来过一次,定然还要来二次;鸡可以偷,别的东西也可以偷的。自从发现了鸡的失踪的十二号起,她是特别地操心,晚间要把园门上锁,鸡的小屋待鸡息定后也要亲自去关闭了。

二

今天是九月十四号。

早晨在五点半钟的时候,把朝南的第一扇雨户打开,饱和着蘘荷花香的朝气带着新鲜的凉味向人扑来。西南角上的一株拳曲着的古怪的梅树,在那下面丛集着的碧叶白花的蘘荷,含着花苞正待开放的木芙蓉,园中的一切其他物象都还含着睡意。

突然有一只白鸡映进了我的眼里来,在那东南角上的铁网笼里,有开着金色花朵的丝瓜藤罩着的地方。

(该不是失掉了的那只鸡回来了?)

这样的话在脑神经中枢中刚好形成了的时候已经发出了声来。

——"博,你去看,鸡笼里有只白鸡啦,怕是那只鸡回来了。"我向着在邻室里开着雨户的二儿说。

——"那不会的,在前原是有一匹的。"阿博毫不踌躇地回答着,想来他是早已看见了那只白鸡。

——"旧的一匹带黄色，毛不大顺啦。"我仍然主张着我的揣测。

接着四女淑子也从蚊帐里钻出来了，她跑到我的跟前来。

——"那儿？白鸡？"她一面用两只小手在搓着自己的眼睛，一面问。待她把鸡看准了，她又说出阿博说过的同样的话："不会的，白鸡是有一匹的。"

小儿女们对于我的怀疑谁都采取着反对的意见，没人想去看看。我自己仍然继续着在开放雨户。

面孔上涂着些煤烟的安娜，蓬着一个头，赤着一双脚，从后面西北角上的厨房里绕到前庭来了。她一直向着鸡笼走去，她自然是已经听见了我们的谈话的。她走到笼子外面，立着沉吟了一会。

——"是的吗？"我站在廊沿上远远问着。

她似乎没有回答，或者也怕回答的声音太低，没有达到我这半聋的耳鼓里。但她走转来了，走到我们近旁时她含着惊异地说："真的是那只母鸡！"

这惊异的浪子便扩大起来了，儿女们都争先恐后地要去看鸡。

鸡自然是被人偷去又送转来的，来路自然是篱栅上的那两处切口了。但妻儿们在园子中检查的结果，也没找出什么新的脚印来。

一家人围坐在厨房里的地板上吃早饭的时候，话题的中心也就是这鸡的归来。鸡被偷去了又会送回，这自然是一个惊异；但竟有这样的人做出这样可惊异的事，尤其是等于一个奇迹。这人是谁？他为什么要做出这样的奇迹呢。……

——"一定是那 H 木匠干的，"我说，"那老板娘把鸡借去了很久，大约是那 H 不愿意送还，所以等到那老板娘送还了的一晚上又来偷了去。那鸡笼不是他做的吗？路径，他是熟悉的啦。大约是偷了回去，夫妻之间便起了风波，所以在昨天晚上又才偷偷地送回来了。"

安娜极端反对我这个意见，她说："那 H 老板娘是讲义理的人。"

——"是的啦，唯其是讲义理的人，所以才送转来。"

——"分明知道是我们的鸡又来偷，他们绝对不会这样做。"

——"H 老板娘做不出，我想那木匠是能够做出的。他现在不是很穷吗？"

安娜始终替他们辩护，说他们目前虽然穷，从前也还富裕过。他们是桦太岛的人，在东京大地震后的那一年才迁徙来的，以为可以揽一大批工作，找一笔大钱，但结果是把算盘打错了。

吃过了早饭后，大的四个孩子都各自上学去了。安娜一面收拾着碗盏，一面对我说："你去看那鸡，那好像不是我们的。勒葛洪种的鸡冠是要大些的。"

但我把岁半的鸿儿抱着要走去的时候，她又叮咛着说："不要把上面的小屋门打开，不要放出别的鸡来，我回头要去找 H 老板娘来认那只鸡。"

她要去找 H 老板娘来，我是很赞成的。因为她可以请她来认认鸡，我也可以在她的面孔上读读我的问题的答案。

我从园子中对角地通过，同时也留意着地面上的脚迹，的确是辨别不出新旧来。

小巧的母鸡照样在笼子里悠然地渔着食，羽毛和白鹤一样洁白而平顺，冠子和鸡冠花一样猩红，耳下的一部分带着一层粉白色，表示出勒葛洪种的特征，只是头顶上的一部分未免浅屑得一点，而且也不偏在一边。这鸡大约不是纯种吧？但这究竟是不是原有的鸡，我也无从断定。因为旧有的鸡我并没有仔细地检验过，就是 H 老板娘抱来的一匹我也是模糊印象的了。

不一会安娜也走到了笼边来。她总说那鸡不是原有的鸡，无论怎样要去找 H 老板娘来认一下。她说："我是很不放心的，气味太恶。"

我觉得她这不免又是一种奇异的心理。鸡的被人送回，和送回这鸡来的是什么人，在她都不大成为问题：她的心理的焦点是放在有人在夜间两次进过我们的园子这一点上。她似乎以为在那鸡的背后还隐伏着什么凶兆的一样。她是感受着一种漠然的恐怖，怕的更有人要在夜里来袭击。

在鸡笼前面把鸿儿递给了她，我各自走上东侧的檐廊，我的所谓书斋。

三

不知道是几时出去了的安娜，背着鸿儿回来，从书斋东侧的玻璃窗外走过。后面跟着那位矮小的 H 老板娘。老板娘看见了我，把她那矮小的身子鞠躬到只剩得两尺高的光景。在那三角形的营养不良的枯索的面孔上堆出了一脸的苍白色的笑容，那门牙和犬齿都缺了的光牙龈从唇间泄露着。我一看见了她这笑容，立即感觉到我的猜疑是错了。她这态度和往常是毫无二致的。假使鸡真是她的丈夫偷去，又由她送了转来，她的笑容断不会有那样的天真，她的态度断不会有那样的平静。问题又窜入迷宫了。

她们一直向鸡笼方向走去，在那儿端详了好一会又才走了转来。据说鸡是原物，丝毫的差异也没有。

她们从藤架下走过，到西手的南缘上去用茶去了。不一会邻家的S夫人也从桂花树下的篱栅切口踱了过来。这人似乎是有副肾疾患的，时常带着一个乌黑的面孔，瘦削得也可惊人。

三种女人的声音在南缘上谈论了起来，所论的当然不外是鸡的问题，但在我重听的耳里，辨别不出她们所说的是什么。S夫人的声音带着鼻音，好像是包含有食物在口里的一样，这样的声音是尤其难于辨析的，但出其不意的就从这声音中听出了几次"朝鲜人"的三个字。

——啊，朝鲜人！我在心里这样叫着，好像在暗途中突然见到了光明的一样。

由一九二三年的大地震所溃灭了的东京，经营了十年，近来更加把范围扩大，一跃而成为日本人所夸大的"世界第二"的大都市了。皮相的观察者会极口地称赞日本人的建设能力，会形容他们的东京是从火中再生出的凤凰。但是使这凤凰再生了的火，却是在大地震当时被日本人大屠杀过一次的朝鲜人，这要算是出乎意外的一种反语。八九万朝鲜工人在日晒雨淋中把东京恢复了，否，把"大东京"产生了。但他们所得的报酬是什么呢？两个字的嘉奖，便是——"失业"。

他们大多是三十上下的壮年，是朝鲜地方上的小农或者中等地主的儿子。他们的产业田园被人剥夺了，弄得无路可走，才跑到东京。再从东京一失业下来，便只好成为放浪奴隶，东流西落地随着有工做的地方向四处的乡下移动。像我住着的这个地方和扩大了的东京仅隔一衣带水，虽是县份不同的乡下，事实上已成为了东京的郊外。为要作为大东京的尾闾，邻近的市镇是有无数的住家逐次新建着的。因此也就有不少的朝鲜人流到这儿来了。

朝鲜人所做的工作都是些苦土的粗工，从附近的土山运出土来去填平村镇附近的田畴或沼泽，这是一举两得的工事：因为低地填平了，土山也铲平了，两者都成为适宜于建筑家屋的基址。土是用四轮的木板车搬运的，车台放在四个轮子上，台上放着四合板的木框。木框放在车台上便成为车厢，一把车台放斜时，便带着土壤一齐滑下。车路是轻便铁轨，大抵一架车是由两个工人在后面推送。离我的住居后面不远便是取土的土山，在有工事的时候，每逢晴天的清早在我们还未起床之前，便已听着那运土车在轨道上滚动着的骨隆骨隆的声音。那声音要到天黑时才能止息。每天的工作时间平均当在十小时以上。我有时也每抱着孩子到那工事场去看他们做工。土山的表层挖去了一丈以上，在壁立的断面下有一两个人先把脚底挖空，那上面一丈以上的土层便仗着自己的重量崩溃下来。十几架运土的空车骨隆骨隆地由铁轨上辇回来，二三十个辇车的工人一齐执着铁铲把土壤铲上车去，把车盛满了，又在车后把两手两足拉长一齐推送起去。就那样一天推送到晚。用旧式的文字来形容时是说他们在做着牛马，其实是连牛马也不如的。

他们有他们的工头，大抵是朝鲜人，在开着"饭场"，做工的便在那儿寄食。他们在东京做工时，一天本有八角钱的工钱，工头要扣两角，每天的食费要扣两角，剩下的只有两三角。这是有工作时的话。假使没工作时，食费要另出，出不起的可以向工头借或赊欠，结果是大多数的工人都等于卖了身的奴隶。流到乡下来，工钱和工作的机会更少，奴隶化的机会便更多了。

他们在"饭场"里所用的饭食是很可怜的，每天只有两三顿稀粥，里面和着些菜头和菜叶，那便是他们的常食。他们并不是食欲不进的病人，否，宁是年富力强而劳动剧烈的壮夫，他们每天吃吃稀粥，有时或连稀粥也不能进口，那是可以满足的吗？

——"是的，朝鲜人！"

当我听到 S 夫人说着朝鲜人的声音，在我心中便浮起了一个幻想来。一位才到村上来的朝鲜人在"饭场"里受着伙伴们的怂恿，同时也是受着自己的食欲的鞭挞，在十号的夜间出来偷鸡，恰巧闯进了我们的园子来，便把那只没有飞上小屋的母鸡偷去了。待他回到饭场，向伙伴们谈到他所闯入了的地方时，伙伴中在村上住得久些的自然会知道是我们的园子。那伙伴会告诉他："兄弟，你所闯入的是中国人的园子啦，他是和我们一样时常受日本警察凌辱的人啦。"就靠着那样的几句话，那只母鸡没有顿时被杀，而且由那位拿去的人在第四天夜里又送转来了。这没有顿时送还而隔了两三天的原故也是很容易说明的。大约是那几天太疲倦了，在夜里没有牺牲睡眠的余力，不则便是食欲和义理作战，战了两三天终竟是义理得了胜利。

那只母鸡的去而复返，除此而外没有可以解释的第二种的可能。

四

在两位女客谈论了半个钟头的光景走了之后，安娜抱着孩子走到我的面前来。我问她们是谈论了些什么事情，不出所料地是她说："S 夫人疑是'朝鲜拐子'偷去的，村上的'朝鲜拐子'惯做这样偷鸡摸狗的事。"

同时她又向我告诉了一件朝鲜人吃人的流言，也是那 S 夫人在刚才告诉她的。

说是在东京市的边区 M 地方，有由乡下带着草药进市做行商的女子走到了一处朝鲜人的合宿处。那儿的"朝鲜拐子"把女子诱上去强迫着轮奸了，还把她杀了，煮来大开五荤。适逢其会有一位饭场老板，他们的工头，走去，被他们邀请也一同吃了。那工头往茅房里去，才突然发现那粪坑里有一个女人的头和手脚，才知道他所吃的是人肉。他便立即向警察告了密，事情也就穿了。——

　　这样的流言，当然和东京大地震时朝鲜人杀人放火的风说一样，是些无稽之谈。但这儿也有构成这流言而且使人相信的充分理由。朝鲜人的田地房廊被人剥夺了，弄得来离乡背井地在剥夺者的手下当奴隶，每天可有可无的两三角钱的血汗钱，要想拿来供家养口是不可能的。他们受教育的机会自然也是被剥夺了的，他们没有所谓高等的教养，然而他们和剥夺者中的任何大学教授，任何德行高迈的教育家、宗教家等等，是一样的人，一样的动物，一样地有食欲和性欲的。这食欲和性欲的要求，这普及于压迫者与被压迫者之间的要求，便是构成那流言的主要的原因。

　　释迦牟尼也要吃东西，孔二先生也要生儿子，在日本放浪着的几万朝鲜人的奴隶，怕不只是偷偷鸡、播播风说的种子便可以了事的。

1933 年 9 月 26 日

书为在华日本人民反战革命同盟会赠言

1939年间,作者(右六)及于立群(右八),与田汉(右四)、郑用之(左五)等国民政府军事委员会政治部第三厅、中国电影制片厂同仁摄于重庆

浪花十日

浪花是日本千叶县面着太平洋的一个村子，离我现在住着的市川，只有三个半钟头的火车的路程。去年暑假，在那村子所属的一个海岸上的村落名叫岩和田的，住过十天。这儿摘录下的便是那几天的日记。

日本的中、小学放暑假的日期不同，中学是在七月二十边，小学是八月一日。大的三个孩子都在东京的中学念书，一放暑假，他们的母亲便把他们和顶小的一个儿子带到海边去了。她的意思自然是想要他们在海岸上多锻炼几天，尤其为着顶大的和儿自八月十一号有高等学校试验班的暑中讲习，不得不提前回家的原故。但还在小学念书的四女淑子便不得不留在家里和我再住几日。

我在七月三十一号把淑子送往海边，八月十号同和儿一道回来，算在浪花前后住了十天。

1935年6月4日

三十一日

午前十时左右，淑子抱着书包由学校回来了。昨天放学回来的时候她总说明天还有课，要到后天才放假，但她那小心的推断却是错了。既是今天放假，那今天是应该把她送到海岸上去的。离开了母亲的孩子，尤其女儿，总要失掉些她们的明朗性，带起淡淡的凄寂的调子来，有点怪可怜见。就早半天也好，早一个钟头也好，我定要赶着把她送到她母亲那儿去。这样一下了决心，我便让女儿守着家，一个人到外边去作些出发的准备。

在下着微雨。穿着长统的橡皮靴到邻近的森老人家里向他告诉了动身的话，叫他当天下午便移到我家里来住。又在一家饮食店里为淑子订了一碗"亲子井"（Oyakodomburi——有烹熟了的鸡肉"亲"和鸡蛋"子"盖在上面的一斗碗饭），叫正午时送去充她的午餐。

在市川的背街上F面包店买了一块钱的盐饼干和其他杂色的糖点，叫装在镔铁罐里送到我家里去。接着又转上正街。在市川车站前面的一家眼镜铺里，替和儿配眼镜，他的近视眼镜有一边的镜片落下海里去了，是前天寄回来叫配的。直径约有一寸半的大而圆的镜片要切成小小的椭圆形，觉得很可惜。

利用着眼镜切制的时间，我跑到一家理发店去剪了发，又到小学校前的平和堂去替淑子买了四切的画纸八张，六切的画纸三十二张，蜡笔十二色的一匣，四年生夏季练习簿二册——是她要拿到海岸上去用功的。

回到眼镜铺时，眼镜已经配好，店里的挂钟已经十二点过了。

肚子本来不怎么饿，只是觉得早迟总有在那儿吃顿中饭的义务，便顺便折进了街头的一家鳗鱼食堂里去。食堂里一个人也没有，只有放送着消息的"雷曲"（收音机）在那里喧嚣。报道的像是关于满洲的事情，在我这重听的耳里，只听见有些"支那"和"满洲"的字样。我拣着在一只角落里坐下了。一个下女端了一杯茶，走来打着招呼。我先叫她把那"雷曲"关了，回头又才叫了一碗鳗鱼饭和一杯鳗脏汤。下女说鳗脏汤要多费些时刻，我便索性叫她替我煮两合日本酒来，想多少来浇一下和那阴雨一样浸润着我这身内身外的苍凉的感觉。

下女把酒煮来了，配了一小碟下酒的盐豌豆，她替我斟了一杯，便毫不客气地坐在我对面的椅上。用不着一口便可以干的小酒杯，只要一干，她便替你斟上，弄得我有点怪烦腻起来。我请她不要管我，让我自斟自饮，她看了我一眼也就立起身走了。眼睛的意思是说："你公然看不起我。"

把茶杯来代替酒杯，喝了几杯之后，饭也送来了。带着有几分烦躁性的无聊更受了酒的鼓舞，把饭胡乱吃着，又叫了两合酒来，一面吃饭一面喝。

那位下女似乎有意思向我报仇，她没得到我的同意，又把那收音机打开了。

"……满洲……支那……膺惩……不逞……非常时……帝国……"

一批轰轰烈烈的散弹向我的破了的鼓膜打来，显然是一位军人的讲演。

饭只吃得一半，第二壶酒也只喝得一半，我实在没有本领再吃喝下去了。并不是我这已经年逾不惑的人还感着了青年时代的爱国义愤，我实在恨我这耳朵的半聋，听又听不清晰，只是一些断残的电码打进我的脑筋，使我这够烦乱的脑筋愈见化成为了一些杂乱的观念的漩涡。

叫会账。结果是吃了一块六毛钱，心里不免叫了一声冤枉。进面馆里吃两碗馄饨，不也一样可以充饥吗？无聊，无聊，万分的无聊。

在三分醉意、七分懊恼的情怀中出了食堂，到了一家肉店去买了三斤猪油，又想到黄油也是海岸上写信来要买的，折回 F 面包店去买了两包。问得刚才的饼干还没有送去，便把猪油包子一并交给了店主，托他一并送。因为我又想到在正街上还有一样东西好买，是海岸上写信来要的照面镜。跑到正街上的一家店里去买了一面，费了七毛钱。

我的记忆力怎灭裂到了这样呢？简直像一匹阿美巴，向东放出一只假足出去，缩回来了，又向西放出一只。

回家时已是午后二时，屋后的无花果树熟了两颗，如拳头大，摘来与淑子分而食之，味甚美。把家中收拾了一回，留守的森老人也来了，但是托 F 店送来的东西却还没有送来。乘自转车送来，是费不上五分钟的。……等吧，等得焦躁起来了，又在焦躁中尽等。等到了四点钟都还不见送来，只得把长统靴拖着跑出去催。原来是那店主人忘了。

五时顷在市川驿搭电车，不上十分钟便到船桥。在船桥改乘火车，五点半钟出发，六时至千叶。换车等了半个钟头，六时二十九分又由千叶出发，九时半抵御宿。

在淡淡的电灯光中的御宿车站外的空场上，一个人也没有。托车站上的人向汽车行打电话，隔了一会来了一部可以坐三十个人的公共汽车。我自己心里惊愕着，不知道这样大一部车送我父女两人到浪花村的岩和田去究竟要多少钱。原来车子虽大，却只要六毛，自然使我放了心。不上十分钟我们便被送到了目的地点。

儿子们都已经就寝，只有他们的母亲起床来迎接了我们。因为晕车，一上车便把眼睛闭着的淑子，这时候见了她的母亲，就像开了拴的电灯。

我顶关心小的一个儿子。在家时，我是时常抱他，看守他的。

我揣想他到这海岸上，十天没有我，一定不惯。我问他的母亲：

——"我不在，鸿儿没有什么不惯吗？"

我所期待着的答语是："是的，他不惯，他想到你便啰唣。"然而，却不然。

——"没有。我们问他'爸爸呢'？他说'逃走了'。"

八月一日

五时顷起床。在市川时日日苦雨，至此始见晨曦。

屋小，南向，屋前有山如屏立，树甚蓊郁。左侧有连峰耸立，在最高峰之将近山腹处有神社一座，据云是大宫神社。高峰和东侧的窗口正对着，由窗口所界画出的一幅山景，俨如嵌在镜框里的一幅油画。峰头的天宇好像伸手可攀，有白云点散，瞬复融成一片。

到处都有的是苍蝇，是猫，是蚊子。蚊子白昼噬人。

屋前有一片空庭，周遭有无花果树，碧实在枝头累累，但仅大如鸽卵。无花果该是早熟的时候，闻因今年多雨，故未成熟。

安娜一早便到海岸去买了一篮生鱼回来，同时又买了些蝾螺和鲍鱼。

以蝾螺作"壶烧"。所谓"壶烧"者即将活的蝾螺，连壳在火上炮烙之。蝾螺遇热，即涌出多量水液于其介口停积，如壶之盛浆然。待其水液将干则蝾螺已死，其肉即易取出，拌酱油而食之，脆爽可口。唯其所附着之外套膜则须除净，如不除净，其味颇苦。

早饭吃鲜鱼味噌汤，生鲍鱼片，蝾螺壶烧，大有原始的风味。

早饭后负鸿儿出，步至前山下。山下有一曲池塘，有小鱼在水面喋呷，长可二寸许。池边有大树一株，依山而立，罩临池上，叶色浓碧,堆砌如云。初不知为何树,就视始知是银杏。

佛儿与淑子跑来,先跑上大宫神社去了。我也折向那儿。有莺在树丛深处啼。佛儿说:"是'薮莺'(yabu-uguisu)啦,在叫。"他跟着便ho-ho-gekkio的学了一声。莺声便中止了。儿辈走后,山境复归沉寂,莺复缓缓作声。初仅ho-ho地略作尝试,试啭二三遍后始见调匀。

在神社前站着向西南展望,左侧的海湾和海岸,右侧的御宿街市,远远呈示着。日光颇类秋阳,无盛暑意。空气中有乳糜晕。

下山由屋前通过,左转折下海岸。浴客甚寥寥。

遵海而行,东手有浆岩的石山直达至岸。穴山为隧道者二,一稍浅,一深十余丈。深者甚阴湿,顶上有泉水滴下。通过隧道后有一面狭窄的沙岸,渔人们在岸上勤于补网。路径渐与海岸离别,爬上邻比的小山顶上蜿蜒去了。但离开正道,在对面临海的山脚处又现出一个洞口。我便横过沙岸,向那洞口走去。洞道曲折,前方不可透见。步入后,鸿儿生畏。一面宽慰之,强负之而行。洞中幽暗,几不辨道路,稍一转折,始透见前光。海声轰隆如雷鸣。原来这是渔业公司的养畜池。所谓养畜者,乃购买渔人所捞获,暂时寄养着,凑足,始运至东京等地推销者也。山石因是浆岩,容易贯凿,洞中临海一面凿成无数龛形,复有甬道相联,俨如画廊。海水涌至,因洞穴之共鸣与反响,其声音增大至数倍。海浪声中亦杂有人声,宏大如留声片中之黑头。盖洞中有办公室,公司执事人之对话也。洞口前有堤防一道,海水掩蔽其上可寸许,意当退潮时水必陡落。堤防之内为一深池,盖即所谓养畜池。沿堤防而行,又可至对岸山脚。欲行,方踏出数步,鸿儿即大啼,只得折返。

鸿儿说:"海,可怕。"

这的确是一个实感,连我自己也都觉得可怕。凡是过于伟大了的东西,总是要令人生畏的。希腊的海神 Poseidon 并没有带着美人的面孔。

午饭后骤雨片时,译《生命之科学》四页。

晚餐用得特别早,安娜叫儿们准备作木钓竿。大的两个儿子各有一套钓竿,长可七八尺,是两截木棍斗成的,下截粗,上截细。但与其说是钓鱼竿,宁可说是打狗棍。我起初不知道是作甚么用。到了海岸,看见他们各把一大卷钓缗解开来盘旋在沙岸上。钓缗极长,缗端着钩处系一重实的铅环,这尤其使我有些莫名其妙。但疑团立刻冰释了。他们把那铅环来套在那木竿上,铅环的孔能够自由地通过上截的细棍,但不能够通过下截的粗棍。他们举起棍,由离海岸四五丈远处跑向海边去,将竿上的铅环乘势抛向海中,铅环便如铅弹一样飞去,将钓缗曳出可至十余丈远。随手便将竿抛去,理岸上钓缗。

看着这样的情形,我自己也不免破颜一笑,觉得这种钓法,很是别致。据安娜说,儿子们前天在岸上看见有人作这样的钓法,钓到一两尺长的大鱼。他们是昨晚才去把钓具买了来的。我的更进一步的快乐,不用说便是要看到他们钓上一两尺长的大鱼来了。

和儿的钓缗挽上了一次,但只挽上得那个铅环和空的钓钩。在他换上钓饵,准备作第二次投钓的时候,有一位老人领了两位十岁上下的女孩子到海岸上来。她们也为好奇,立在旁近观看。和一准备停当,又照样作势投去的时候,铅环飞得不得力,只飘飘地落进了离岸五六丈远的海中。原来岸上的钓缗被一位女孩子踏着,一投便把钓缗振断了。一场高兴和落进了海中的铅环一样,成了一个空。带领着女孩子的老人告了罪,扫兴地走了。博儿的钓缗也没有收获,便把来收拾了起来。

儿辈都在沙岸上跳跃,凿穴,作种种的游戏。小小的鸿儿也跟着在沙中游戏。他的母亲说:"这孩子只要有沙玩,他是整天都不倦的,连脚也不晓得痛。"

坐在沙上,受着当面的海风,在凉意之中挟着温暖的感觉。海水和岸沙昼间所吸收了的太阳热,在这时候正在发散。那发散着的潜热和海风的凉度调和了,刚好到了适人的程度。

岸上的远村和近村都上了灯火。西手的灯火稠密处,有四盏灯一直线地由上而下排列在一座山上。

——"那四盏灯在登山啦,"我莫名其妙地说着。

——"那是神社,"安娜说,"你看这边也有一串。"

回头看到岩和田的一座小山上果真也有一串,但只三盏。

西手的那灯火稠密处在放花炮,岩和田也遥遥相应。

临海的山影渐渐转浓,终竟和星影全无的暗空融成了一片,登山的电灯们成为了登上天的星宿。

二 日

天气快晴。

晨五时安娜便督促着儿们起床,叫他们开始用功,说在午后同到波都奇去。我也起了床又开始翻译。

午饭用后往波都奇。博儿背着鸿,他们兄弟五人先走着,安娜和我在后面跟随。

走到海岸,穿过了东手的两条隧道之后,又翻过了一匹山,山虽不高而径颇陡峭。山下现出了一片海湾来，有几个儿童在海中沐浴。走下海边时，儿们却不在。

安娜说："是到大波都奇去了。这儿是小波都奇，再往前面一个湾是大波都奇。那儿要更清静些。"

沙岸上仍然晒着网，一位渔夫在坐着补缀。又有一位十六七岁的童子，用橡胶线套在一些竹片上做成了一枝弩枪，像埃及人的跪法一样，跪在岩脚下用砂粒来打一匹伏在岩壁上的蚂螂。我伫立着看他，但瞧准尚未定，蚂螂飞了。飞不远又伏着时，童子又瞧准。打了一发，却没打中。我笑了，他也回过头来，向着我发了一笑。牙齿分外的白。

又翻过了一匹小山，这次的路，愈见倾斜，愈见狭隘了。烈日在头上燃烧，汗水不断地浸出。

——"走这样多的路来洗海水澡，未免太吃苦啦。"

——"去年是每天都来的，我还背着鸿儿。"

——"何苦呢？"

——"这边的海水清洁的多，又有岩阴，可以让鸿儿睡午觉。"

——"隔得几天来一次倒还有意思。"

——"凡是天晴是每天都来的。"

我觉得她的母性爱未免太浓厚了，一天的吃食浆洗已够勉劳，还要为着海水的清洁和地方的幽静，在烈日光中背着儿子跑这种陡峭的山路。

由山谷步下海边，海湾的面比小波都奇更狭，但的确更加幽邃。远远看见儿女们都在右手的岩礁上坐着。

——"哦，的确有翻过两匹山来的价值！"我赞叹了一句，又大声地向着儿们叫了一声。小小的鸿儿在岩礁上站立起来,也在叫着,表示欢迎。

我们也走到岩礁上坐下了。

安娜一面拂着自己额下的汗珠,一面说:"这儿简直是自己的世界!"

两侧的岩臂向海中伸出,把海湾抱着。中段陡峭的沙岸上堆着些筤篮和破旧的衣服,有两三个小儿在那儿坐着。

儿们都下海去了。我也想下海去,但我没准备浴衣,穿着湿裤回去是不舒服的。安娜劝我索性脱了下去。我照着她的说法,在沙岸上把短裤脱了,就和才生下地来的一样,一丝不挂地跳进了海中。

岸边因有岩壁环抱,岸沙堆砌得陡峭,碧绿的湾水便形容得很深。但跳下海去却也平常。

在海中凫不一会,有一只渔船向着湾子回来了,船上都是赤裸的海女。原来岸上的筤篮和破衣服都是海女们留下的,我起初疑心是乞丐的几位小儿才是等着他们的母亲的渔家的儿女。

我赶快跑上海岸把短裤穿上了。

海女们在船上大笑了起来,笑的声音和海浪一样清脆,牙齿和浪头一样的白。

船要抵岸时,大多数的海女都各人抱了一个鼓形的小木桶跳下了海,凫上岸来,只让一二人在船上掌桡。

她们凫上了岸,把船也帮着拖上了岸来时,我走向船去,想看她们所捕获的是什么。

她们一看见我走拢去,又爽脆地轰笑了起来。

——"你怕我们女娘子,你把来藏着了。哈哈哈……"

——"你怕什么啦,连我们都不怕啦。啊哈哈哈哈哈哈……"
——"檀那,你真白净啦!"
——"你又白又嫩啦。"
——"有点像鳗鱼啦。"
——"像海参咯,啊哈哈哈哈哈哈……"

笑得我真有点害臊了。

她们所抱的鼓形小桶原来是浮标,是中空的,下边系着一个网袋。网袋里面都装着蝶螺和鲍鱼。

那些海女多是三四十岁的人,年轻的只有二十来往的。头上勒着印蓝花的白布帕,项上挂着一副潜水眼镜,下身套着极紧扎的红色短裤。除掉这点短裤之外完全是裸体。皮肤是平匀的赤铜色,全身分外呈着流线型而富于弹性,大有腽肭兽般的美感。

一群雌的腽肭兽正笑个不止的时候,独有一位最年青的,她却没有笑。她听见别人说"又白又嫩啦",把她那黝黑的眼睛举起来看了我一眼,接着又埋下去了。眼睛黑得比海水还要深。

安娜已经带着鸿儿到左手的岩阴下去了,儿女们都聚集在那儿附近,我把海女们的笑声留在背后,向那边跑去。

——"那些海女们大笑了我一场。"
——"为什么呢?"
——"因为我看见了她们回来,赶快上岸穿上了裤子。"

安娜也笑了。她又说:"这儿的海女们,性欲是很强的。一两个男子遇着了她们的一群,只好逃走。中年的海女假使成了寡妇,没法满足时,听说在夜深都得跑到海里来浸。"

——"她们提的鲍鱼和蝶螺是可以买的吗?"
——"那是不能明买的,除非是私下偷卖。海产的权利是官厅所有，公司把那权利购买了。凡所采获的虾、鲍鱼和蝾螺之类都要送到公司，由公司给与规定的采获工钱。譬如给了五毛钱的工钱和五毛钱的权利金，本钱算只花了一块钱的鲍鱼，我们向公司里买，便须得费四五块钱。"

——"她们抱的那个桶子，潜下海时是系在身上作救生带用的吗？"

——"不是那样的。那桶下有网袋，是装鲍鱼和蝾螺的。鲍鱼在海底，很深，通常大抵是男子取。海女只在二三寻深处捉那凫着的蝾螺。她们潜下去，停一下又凫上来，抱着桶子休息。一个大汉要取一个鲍鱼，有时要潜水三两次。"

——"一次可经得多久？"

——"至多怕只得五分钟吧。"

听见了这席话，顿时感觉着那些嬉笑着的海女们的天真，只是在苦海里浮沉着的愚昧。人是的确为一部分垄断的人所腽肭兽化了。

腽肭兽们上了岸，在岸上烧了柴火来取暖；隔不一阵又纷纷上船，划到湾外去了。

我们也从左侧的岩礁折回右侧的来。这右侧的岩礁是坦平的，呈着五层的阶段。在第三层上有一个一寻见方的方池，只有几寸深，中间安置了一个大的天然石。我觉得这是人为的，安娜以为是天成的。但天成的那有那样的规整呢？那或者是原始时代的渔民所崇拜的生殖神吧？

坐在天然石上，想到这两天来似乎把这浪花村附近的好处已经领略完了，打算明天便回市川去。

——"我打算明天回市川去。"我对安娜说。

——"你何不多休养几天呢?"安娜劝着说,"到十号同和儿一道回去吧。"

——"这儿的好处都看完了,但多住下去,刑士会来麻烦你们。"

——"等来了之后再说吧。"

博在右侧岩腰处画水彩画。画好了走转来时,不注意地踏上石礁上的青苔滑了一跤,仰倒在岩石上,后头很受了跌打,一时竟站不起来。画匣子也跌破了。赶快下去把他扶起来,一场高兴扫去了一半。我担心博是起了轻微的脑震荡,把一张手绢蘸湿,顶在他的头上。

安娜把儿女们都招呼了拢来,准备回去。她背着鸿儿,和佛儿、淑子先走了。我与和儿扶着博,让他慢慢地走。

太阳还是灼灼的,隔着刨花帽晒得头痛。

三 日

晴。

五时顷起床,在庭内劈柴。长段的木柴横在地面上,用长柄斧头当腰纵劈之。虽然用尽了力气,但十斧有九斧是打在地面上,不要说运斤成风要斫鼻上的泥翳,竟连劈这样大的柴头,我都赶不上我的老婆。

午饭前负鸿儿到海滨,在港堤上走了一回。有两个男子携着小叉往海里去叉鱼。腰上各有一条长绳系着一个小竹筒在末梢,在背后的水面上浮着。我问堤上的一位渔夫那小竹筒是什么用意。据说那是用来穿鱼。

回寓后看见有两个穿黑羽纱洋服的人在垣外探头探脑地窥伺，一个肥黑而多髭，一个苍白而尖削。一眼便知其为刑士，心中颇不快。

少顷，肥黑者走进来求见，果然是地方上的刑士。口称他们是来"保护名士"的。

我告诉了他，说在此只短住三五天，便回市川，不必大惊小怪地惹得邻近的人都不安宁。

刑士先生也还客气，坐不五分钟，也就走了。

译得《生命之科学》十二页。

五　日

午前译《生命之科学》十页。

午后全家又赴小波都奇。今日浪头甚高，海水不能入浴。我一个人往大波都奇，想证实我那个生殖神崇拜的观念。在右手的巨石上坐着，又遇着那一批海女凫水回来了，真像一群海豹。但我没有再去惹她们的勇气了。

岩礁约略形成五段，如王庭，半是天成，半由人力，处处有钻凿痕可见。中段坦平，正中的一个正方形的洼陷亦由人力而成，其中立一巨石。这无论怎么是人为的一种东西，要说是系船用的，但那附近都是岩石，不好泊船。船如泊上，被浪头冲打，会在石上碰破的。我始终相信这一定是原始时代的生殖器神。

在巨石上站立起来，望见左手那股岩石上像虾蟆张口的一个洼岩框，昨天在那下面捕过蟹的，和巨石正遥遥相对。顿然悟到这一定是一雌一雄。

六 日

昨夜做一奇梦,梦见在南昌的东湖边上受死刑,执枪行刑者为我的一位朋友。

醒来,头真如着铅弹。盖以洋装书做枕头而睡,故生此幻觉。

午前徐耀辰来信,说岂明先生欲一见,问我几时可回市川。以十号前后回去的消息答复了他。岂明先生的生活觉得很可羡慕。岂明先生是黄帝子孙,我也是黄帝子孙。岂明夫人是天孙人种,我的夫人也是天孙人种。而岂明先生的交游是骚人墨客,我的朋友却是刑士宪兵。岂明此时小寓江户,江户文士礼遇甚殷,报上时有燕会招待之记事。

意趣很郁塞,十时顷负鸿儿出交信,淑子相随。在街头遇着前天来寓的那位刑士,他说了一声"今天天气好"。

淑子要采集海藻标本,同到海岸上去帮她采集。

因为睡眠不足,头脑异常的沉闷。我让淑子在岸头看着鸿儿,跑下海里去浸了一下,今日浪头仍未平。大约是不曾见过海的古人所造出来的谣言,爱说"无风不起浪",其实在海里是惯爱无风起浪的。忽然间在昏瞶的脑中浮出了两句诗样的文字:

举世浮沉浑似海,
　了无风处浪头高。

七 日

午饭时分从海上回来,淑子远远跑来迎接着我说是有客。是三位中国学生。一个 L 君我认识的,其他的两位却是初见。

L 君说他们一早到了市川,那位森老人把地址告诉了他们。他们是在御宿前一站的浪花下了火车,又坐汽车跑来的。我觉得他们这一错也错得妙,没有从御宿下车,正好免掉了或许会有的麻烦。

他们的来意是要出一种文学杂志,托我在上海替他们介绍出版处。我答应了他们,叫他们把条件等等商议好,我在十号回市川,到那时便替他们办理。

今早安娜烹了一只鸡,预备午饭时吃的,恰好供了客菜。

八　日

今晨起来,安娜说"今日大潮"。——所谓"大潮"乃大退潮也。早饭后把淑子和鸿儿带着到海岸上去。海水真是退得很远,显出了很多浅浅的岩礁来。有许多大人和孩子在那浅水处捡拾一些来不及退却的鳞介。但我们来迟了,只见一些水荡里有些小小的沙鱼(日本叫着 dabo)。淑子也热心地用两手来捞沙鱼。捞了一阵,有一位浴客把自己的葛巾中包着的一匹小章鱼给了她,没说一句话便走了。仔细看去,很像是中国人,或者怕是台湾的黄帝子孙吧?

一匹小小的章鱼添上了无限的情谊。

淑子得到了章鱼,她便想连忙拿回去夸示。她对我说:"回去不要说是人家给的。"

她这点无邪气的要求,我费了小小的踌躇,但也应允了。

拿回家去,她说是她自己捉的。她的三个哥哥听了都欢天喜地,连她的母亲也在面孔上呈出了一段光彩。

但在我自己的心中却不免生着苛责,我觉得是误了女儿,欺了妻子，辜负了那位送鱼的人。不该，真是不该。

九　日

午前安娜携着儿女出海岸，我一人留在寓里译书。她说，打算到近村的大东去，看好地址预备明年好来，明年是不再到岩和田来了。但她们出去仅仅两个钟头的光景便转来了。大东太远，没有去成。今天仍然是"大潮"，他们也捡了些鱼介回来。有一匹章鱼比昨天的还大。

午饭后大的三个儿子出去画画去了。乘着鸿儿在午睡，我把淑子携着去看"日、墨、西交通纪念碑"。这碑立在临海的一座山头，是这座小村上唯一的史迹。据说一六〇九年(三二五年前)，当时还是西班牙领的菲律滨总督 Don Robrigobe V 乘船到墨西哥去，在海上遇了暴风，飘流到这岩和田来被人搭救了，碑是纪念这件事情的。我来的时候便想去凭吊，但因为几天来的注意都集中在海里，没有工夫去爬山。但已经决定明天离开这儿了，明年乃至永远怕没有再来这儿的机会了，今天是非去不可的。

碑是白色大理石所嵌成的方尖锥形，约有四五丈高。有铜牌用日本文与西班牙文刊载着建碑的原故，是五六年前由日、墨、西三国所合建的。

碑的地位颇占形势，岩和田、御宿一带的山海都在一望之中。爽适的凉风不断地吹来，在碑下不禁引起了流连的情趣。

和、博二子远远在更高一层的山边上写生。佛似乎是看见了我们，从那儿跑了来。他和淑子两个便催促着去登那更高一层的山，我在碑下低徊了好一会，才又跟着他们走去。

步到和、博所在处时,他们是在番薯地中对着纪念碑一带画水彩。和说已经画完,他把画来藏起了。其实他是怕我看他的画。

佛儿说:"我们到雀岛去!"

淑子立地赞成了。

据说,雀岛还在大波都奇前面的一个湾子里面,是一座像石笋一样的岛子,头上有些草木,有很多的瓦雀在那儿结巢。就沿着那山路可以走下去的。

他们都很踊跃,我也就跟着他们。

在山路上走着,俯瞰着小波都奇、大波都奇,都从眼底呈出而又走过。果然在大波都奇前面的一个湾子里现出了那座石笋形的雀岛来。要说是岛,其实最好是说为石笋。那岛依傍着湾右的岩股,显然是从那岩股切离出来的东西。岩和田附近的岩石大都是柔脆的浆岩,切离是很不费事的。或者怕又和大波都奇的那个方池中的巨石一样,同是一种古代宗教的偶像吧?我又起了一番好奇的心,想跑到那岛下面去观察。

佛儿说他识路,便让他在前面做向导。拣着向那雀岛所在的两山之间的谷道里走去,下了峡谷起初还有一些田畴。在田埂上弯转地走,把田一走尽,便是一望的荒草,有些地方将近有一人深的光景。路是连痕迹也没有的。我冒险把木屐去践踏,仅踏得两三丈远,手足便有好几处受了伤。

淑子说:"怕有蛇呢!"

天又不凑巧地突然严重地阴晦下来,看看便有猛烈的暴风雨袭来的模样,没有勇气再往前走了,只好赶快跑回头路。

在山道上拚命地跑,跑得前气不接后气地怕有三十分钟的光景。天,黑得逐渐严重,看看便要崩溃下来。幸好,在天还未崩溃下来之前,我们赶到了寓里。

不一会,起了猛烈的旋风。好像鼓尽了全宇宙的力量一样,倾倒了一批骤雨。之后,天又俄然清明了。

大 山 朴

——"大山朴又开了一朵花啦!"

是八月中旬的一天清早,内子在开着窗户的时候,这样愉快地叫着。

我很惊异,连忙跑到她的身边,让眼睛随着她的指头看去,果然有一朵不甚大的洁白的花开在那幼树的中腰处的枝头。

大山朴这种植物,——学名叫 Magnolia grandiflora——是属于木兰科的常绿乔木,据说原产地是北美。这种植物,在日本常见,我很喜欢它。我喜欢它那叶像枇杷而更滑泽,花像白莲而更芬芳。花,通常是在五六月间开的。花轮甚大,直径自五六寸至七八寸。

六年前买了一株树秧来种在庭前的空地里,树枝已经渐次长成了。在今年的五月下旬开过一朵直径八寸的处女花,曾给了我莫大的喜悦。

但是离开花时已经两月以上了,又突然开出了第二朵花来。

这的确是一种惊异。

我自己的童心也和那失了花时的花一样,又复活了。我赶快跑下园子去,想把那开着花的枝头挽下来细看,吟味那花的清香。

然而,不料我的手刚攀着树枝,用力并不猛,那开着花的枝,就从那着干处发出了勃嚓的一声!——这一声,真好像一枝箭,刺透了我的心。

我连忙把树枝撑着,不让它断折下来,一面又连忙地叫:"树枝断了,赶快拿点绳子来吧!"

内子拿了一条细麻绳来，我用头把树枝顶着，把它套在干上。内子又寻了一条布片来，敷上些软泥，把那伤处缠缚着了。

自己的心里有种说不出的懊悔。

——"这样热的天气，这条桠枝怕一定会枯的。"我凄切地说。

但最初的惊异仍然从我的口中发出了声音来："为什么迟了两个月，又开出了这朵花呢？"隐隐有点迷信在我心中荡漾着，我疑是什么吉兆，花枝断了，吉兆也就破了。

——"大约是因为树子嫩，这朵花的养分不足，故尔失了花时。"内子这样平明地对我解说。

或许怕是吧。今年是特别热的，大约是三伏的暑气过于严烈，把这朵花压迫着了。好容易忍到交秋，又才突破了外压和它所憧憬着的阳光相见。

然而，可怜的这受了压迫而失了时的花，刚得到自行解放，便遭了我这个自私自利者的毒手！

1936 年 12 月 7 日

芍药及其他

芍 药

昨晚往国泰后台去慰问表演《屈原》的朋友们，看见一枝芍药被抛弃在化妆桌下，觉得可惜，我把它拣了起来。

枝头有两朵骨朵，都还没有开；这一定是为屈原制花环的时候被人抛弃了的。

在那样杂沓的地方，幸好是被抛在桌下没有被人践踏呀。

拿回寓里来，剪去了一节长梗，在菜油灯上把切口烧了一会，便插在我书桌上的一个小巧的白磁瓶里。

清晨起来，看见芍药在瓶子里面开了。花是粉红，叶是碧绿，颤葳葳地向着我微笑。

4月12日

水 石

水里的小石子，我觉得，是最美妙的艺术品。

那圆融，滑泽，和那多种多样的形态，花纹，色彩，恐怕是人力以上的东西吧。

这不必一定要雨花台的文石，就是随处的河流边上的石碛都值得你玩味。

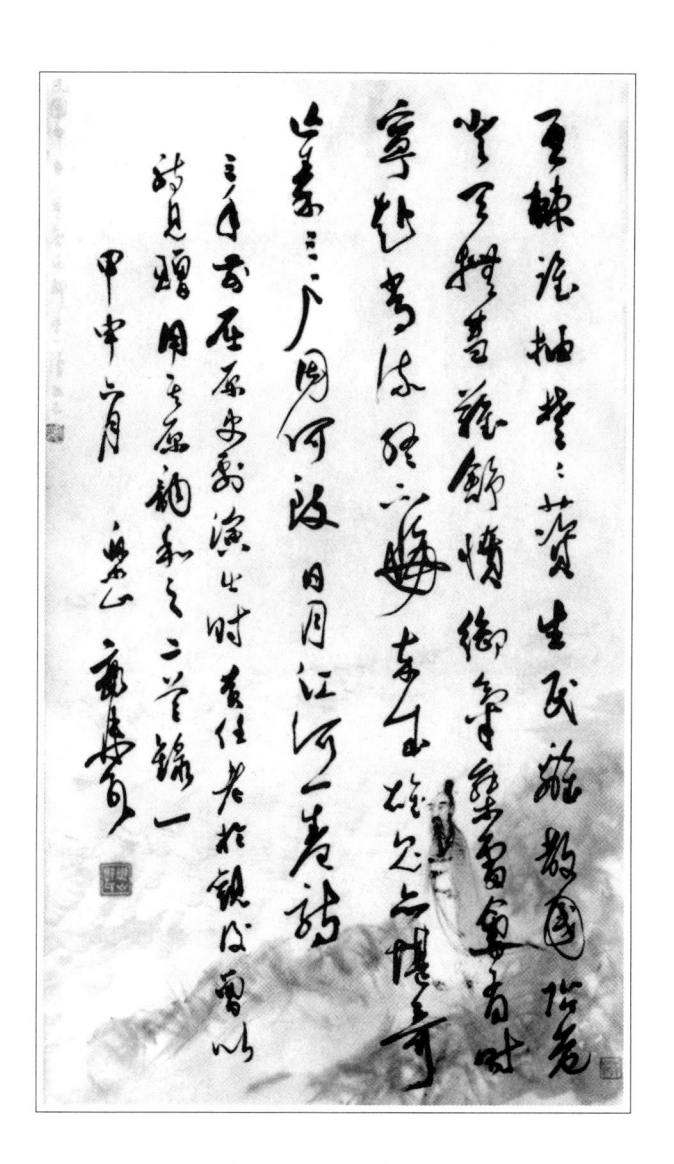

1944年6月录《三和黄任老观〈屈原〉演出后》手迹

1946年10月19日,在中华全国文艺协会等民众团体纪念鲁迅逝世十周年大会上

你如蹲在那有石碛的流水边上，肯留心向水里注视，你可以发现一个光怪陆离的世界。

那个世界实在是绚烂，新奇，然而却又素朴，谦抑，是一种极有内涵的美。

不过那些石子却不好从水里取出。

从水里取出，水还没有干时，多少还保存着它的美妙。待水分一干，那美妙便要失去。

我感觉着，多少体会了艺术的秘密。

4 月 12 日

石　池

张家花园的怡园前面有一个大石池，池底倾斜，有可供人上下的石阶，在初必然是凿来做游泳池的。但里面一珠水也没有。因为石缝砌得严密，也没有迸出一株青草，蒸出一钱苔痕。

我以前住在那附近，偶尔去散散步，看见邻近驻扎的军队有时也就在池底上操练。这些要算是这石池中的暂时飞来的生命的流星了。

有一次敌机来袭，公然投了一个燃烧弹在这石池里面，炸碎几面石板，烧焦了一些碎石。

弹坑并不大，不久便被人用那被炸碎了的碎石填塞了。石池自然是受了伤，带上了一个瘢痕。

再隔不许久，那个瘢痕却被一片片青青的野草遮遍了。

石池中竟透出了一片生命的幻洲。

4 月 26 日晨

母 爱

这幅悲惨的画面，我是永远也不会忘记的。

是三年前的"五三"那一晚，敌机大轰炸，烧死了不少的人。

第二天清早我从观音岩上坡，看见两位防护团员扛着一架成了焦炭的女人尸首。

但过细看，那才不只一个人，而是母子三人焦结在一道的。

胸前抱着的是一个还在吃奶的婴儿，腹前蜷伏着的又是一个，怕有三岁光景吧。

母子三人都成了骸炭，完全焦结在一道。

但这只是骸炭吗？

1942 年 4 月 30 日晨

银 杏

银杏,我思念你,我不知道你为什么又叫公孙树。但一般人叫你是白果,那是容易了解的。

我知道,你的特征并不专在乎你有这和杏相仿佛的果实,核皮是纯白如银,核仁是富于营养——这不用说已经就足以为你的特征了。

但一般人并不知道你是有花植物中最古的先进,你的花粉和胚珠具有着动物般的性态,你是完全由人力保存了下来的奇珍。

自然界中已经是不能有你的存在了,但你依然挺立着,在太空中高唱着人间胜利的凯歌。

你这东方的圣者,你这中国人文的有生命的纪念塔,你是只有中国才有呀,一般人似乎也并不知道。

我到过日本,日本也有你,但你分明是日本的华侨,你侨居在日本大约已有中国的文化侨居在日本的那样久远了吧。

你是真应该称为中国的国树的呀,我是喜欢你,我特别的喜欢你。

但也并不是因为你是中国的特产,我才特别的喜欢,是因为你美,你真,你善。

你的株干是多么的端直,你的枝条是多么的蓬勃,你那折扇形的叶片是多么的青翠,多么的莹洁,多么的精巧呀!

在暑天你为多少的庙宇戴上了巍峨的云冠,你也为多少的劳苦人撑出了清凉的华盖。

梧桐虽有你的端直而没有你的坚牢；

白杨虽有你的葱茏而没有你的庄重。

熏风会媚妩你，群鸟时来为你欢歌；上帝百神——假如是有上帝百神，我相信每当皓月流空，他们会在你脚下来聚会。

秋天到来，蝴蝶已经死了的时候，你的碧叶要翻成金黄，而且又会飞出满园的蝴蝶。

你不是一位巧妙的魔术师吗？但你丝毫也没有令人掩鼻的那种江湖气息。

当你那解脱了一切，你那槎枒的枝干挺撑在太空中的时候，你对于寒风霜雪毫不避易。

那是多么的嶙峋而又洒脱呀，恐怕自有佛法以来再也不曾产生过像你这样的高僧。

你没有丝毫依阿取容的姿态，但你也并不荒伧；你的美德像音乐一样洋溢八荒，但你也并不骄傲；你的名讳似乎就是"超然"，你超在乎一切的草木之上，你超在乎一切之上，但你并不隐遁。

你的果实不是可以滋养人，你的木质不是坚实的器材，就是你的落叶不也是绝好的引火的燃料吗？

可是我真有点奇怪了：奇怪的是中国人似乎大家都忘记了你，而且忘记得很久远，似乎是从古以来。

我在中国的经典中找不出你的名字，我很少看到中国的诗人咏赞你的诗，也很少看到中国的画家描写你的画。

这究竟是怎么一回事呀，你是随中国文化以俱来的亘古的证人，你不也是以为奇怪吗？

银杏，中国人是忘记了你呀，大家虽然都在吃你的白果，都喜欢吃你的白果，但的确是忘记了你呀。

世间上也尽有不辨菽麦的人，但把你忘记得这样普遍，这样久远的例子，从来也不曾有过。

　　真的啦，陪都不是首善之区吗？但我就很少看见你的影子；为什么遍街都是洋槐，满园都是幽加里树呢？

　　我是怎样的思念你呀，银杏！我可希望你不要把中国忘记吧。

　　这事情是有点危险的，我怕你一不高兴，会从中国的地面上隐遁下去。

　　在中国的领空中会永远听不着你赞美生命的欢歌。

　　银杏，我真希望呀，希望中国人单为能更多吃你的白果，总有能更加爱慕你的一天。

1942 年 5 月 23 日

蚯　蚓

　　我是生于土死于土的蚯蚓，再说通俗一点吧，便是所谓曲鳝子，或者再不通俗一点吧，便是"安尼里陀"（Annelida，即蠕虫类）的一属。

　　我的神经系统是很单纯的。智慧呢？说不上。简直是不能用你们人类——你们"活魔、撒骗士"（Homo Sapiens，即人类）的度量衡来计算。

　　因此我们并不敢妄想要来了解你们，但希望你们不要把我们误解或至少对于你们有关系的事物更能够了解得多一点。

　　你们不是说是万物之灵吗？尤其是你们中的诗人不是说是"灵魂的工程师"吗？那岂不又该是万人之灵了？

　　前好几天，下了一点雨，我在一座土墙下，伸出头来，行了一次空气浴。隔着窗子我听见一位"灵魂的工程师"在朗诵他的诗：

　　——蚯蚓呀，我要诅咒你。你的唯一的本领，就是只晓得打坏辛苦老百姓们的地皮。

　　诗就只有这么几句，但不知道是分成廿行卅行。听说近来一行一字——甚至于有行没字的诗是很流行的，可惜我没有看见原稿。

　　诗翻来覆去的朗诵了好几遍，虽然有几个字眼咬得还不十分清楚，但是朗诵得确是很起劲。

　　照我们蚯蚓的智慧说来，这样就是诗，实在有点不大了解，不过我也不敢用我们蚯蚓的智慧来乱作批评。但我们蚯蚓，在"灵魂的工程师"看来，才是这么应该诅咒的东西，倒实在是有点惶恐。

我们也召开了一次诗歌座谈会，根据这首诗来作自我批评。可我们蚯蚓界里对于诗歌感觉兴趣的蚯蚓，都不大十分注重这件事。

大部分的同志只是发牢骚，他们说："活魔"是有特权的，只要高兴诅咒，就让他们诅咒吧。

有的说：我们生于土、死于土，永远都抬不起头，比这还有更厉害的诅咒，我也并不觉得害怕了。

有的又说：假设我们打坏地皮于他们是有害，那就让这害更深刻而猛烈一点。

发了一阵牢骚没有丝毫着落，我们还是要生于土，死于土，而且还要受"灵魂的工程师"诅咒。这实在是活不下去了。我是这样感觉着，因而便想到自杀。

"活魔"们哟，你们不要以为连自杀都是只有你们才能够有的特权吧，你们看吧，我们曲鳝子也是晓得自杀的。

不过我们的方法和你们的是正相反，你们是钻进土里来或钻进水里来，便把生命庾死了，我们是钻出土外或钻出水外去，便把生命解放了。

今天是我选择来自杀的一天，我虽然晓得太阳很大，在土里都感受着它的威胁，但我知道这正是便于自杀的一天。

我实在气不过，我要剥夺你们"活魔"的特权。你诅咒我吧，我要用死来回答你。

我怀着满怀的愤恨，大胆的从土里钻出去，去迎接那杀身的阳光。

我一出土，又听见有人在朗诵。——哼，见鬼！我赶快想缩回去，但没有来得及，那朗诵的声音已经袭击着我：

——……达尔文著的《腐殖土和蚯蚓》里面曾经表彰过蚯蚓，说它们在翻松土壤上有怎样重大的贡献。……

吓?！我们还经过大科学家表彰过的吗？我们在翻松土壤上才是有着很大的贡献吗？这倒很有意思，我要耐心着听下去。

——蚯蚓吞食很多的土壤，把那里面的养分消化了，又作为蚯蚓的粪，把土壤推出地面上来。在蚯蚓特别多的肥沃的园地里面，每一英亩约有五万匹之谱，一年之内会有十吨以上的土壤通过它们的身体被推送到地面，在十年之内会形成一片细细耕耨过的地皮，至少有两英吋厚。……

对啦。要这样才像话啦！这正是我们蚯蚓界的实际情形。我虽然已经感觉着太阳晒到有点难受了，但我冒着生命的危险，还要忍耐着听下去。

——用达尔文自己的话说吧："犁头是人类许多最古而最有价值的发明之一，但在人类未出现之前，地面实在是老早就被蚯蚓们有秩序地耕耨着，而且还要这样继续耕耨下去，别的无数的动物们在世界史中是否曾经做过这样重大的贡献，像这些低级的被构造着的生物们所做过的一样，那可是疑问。"

我受着莫大的安慰，把自杀的念头打断了。太阳实在晒得太厉害，差一点就要使我动弹不得了，我赶快用尽全身的气力，钻进了土里来。

我在土里渐渐喘息定了，把达尔文的话，就跟含有养分的土壤一样，在肚子里咀嚼，愈咀嚼愈觉得有味。究竟是科学家和诗人不同，英国的科学家和中国的诗人，相隔得似乎比英国到中国的距离还要远啦。

平心静气的说，我们生在土里，死在土里，吞进土来，拉出土去，我们只是过活着我们的一生，倒并没有存心对于你们人要有什么好处，或有什么害处。

因而你们要表彰我们，在我们是不虞之誉；你们要诅咒我们，在我们也是求全之毁。

我们倒应该并不因为你们的表彰而受着鼓励，也并不因为你们的诅咒而感到沮丧。

不过你那位万物之灵中的"灵魂的工程师"哟，你那位蚯蚓诗人哟，一种东西对于自己究竟是有利还是有害，你至少是有灵魂的，当你要诅咒，或要开始你的工程之前，请先把你的灵魂活用一下吧。

或许你是不高兴读科学书，或许甚至是不高兴什么达尔文；因为你有的是屈原、杜甫、荷马、莎翁。这些人的作品你究竟读过没有，我虽然不知道，但你是在替老百姓说话啦，那就请你去问问老百姓看。

老百姓和我们最为亲密，他也是生于土而死于土，可以说是你们人中的蚯蚓。

几千年来，你们的老百姓曾经诅咒过我们吗？他曾经诅咒过我们，像蝗虫，像蟊贼，像麻雀，像黄鳝，乃至像我们的同类蚂蟥吗？古今中外的老百姓都不曾诅咒过我们，而你替老百姓说话的人，你究竟看见过锄头没有？

老百姓自然也不曾称赞过我们，因为他并没有具备着阿谀的辞令，不像你们诗人们动辄就要赞美杜鹃，同情孤雁那样。

其实杜鹃是天生的侵略者，你们知道吗？它自己不筑巢，把卵生在别个的巢里，让别的鸟儿替它孵化幼雏，而这幼雏还要把它的义兄弟姊妹挤出巢外，让它们夭折而自己独占养育之恩，你们知道吗？

离群的孤雁是雁群的落伍者，你们知道吗？你们爱把雁行比成兄弟，其实它们是要争取时间，赶着飞到目的地点，大家都尽所有的力量在比赛，力量相同，故尔飞得整齐划一，但假如有一只力弱，或生病，或负伤，它们便要置之不顾，有时甚至要群起而啄死它。这就是被你们赞美而同情的孤雁了，你们知道吗？

你们不顾客观的事实，任意的赞扬诅咒，那在你们诚然是有特权，但你们不要把我们做蚯蚓的气死了吧。

不要以为死了一批蚯蚓算得什么，但在你们的老百姓便是损失了无数的犁头啦。

我们是生于土而死于土的，有时你们还要拿我们去做钓鱼的饵，但不必说，就是死在土里也还是替你们做肥料，这样都还要受诅咒，那就难为我们做蚯蚓的了。

但是我现在只不过是这样说说而已，我是已经把自杀的念头抛去了的。达尔文的话安慰了我，从死亡线上把我救活了转来。我还是要继续着活下去，照他所说的继续着耕耨下去。在世界史上做出一匹蚯蚓所能做到的贡献。

我们有点后悔，刚才不应该一肚子的气愤只是想自杀，更不应该昏天黑地的没有把那位读书的人看清楚。他是倚着一株白果树在那儿站着的，似乎是一位初中学生。

我很想再出土去看清楚他来，但是太阳实在大得很，而且我生怕又去碰着了蚯蚓诗人的朗诵。

算了吧，我要冷静一点了，沉默地埋在土里，多多的让土壤在我的身体中旅行。明天会不会被那一位"活魔"挖去做钓鱼的饵，谁个能够保证呢？

小 麻 猫

一

我素来是不大喜欢猫的。

原因是在很小的时候,有一天清早醒来,一伸手便抓着枕边的一小堆猫粪。

猫粪的那种怪酸味,已经是难闻的;让我的手抓着了,更使得我恶心。

但我现在,在生涯已经走过了半途的目前,却发生了一个心理转变。

二

重庆这座山城老鼠多而且大,有的朋友说:其大如象。

去年暑间,我们住在金刚坡下面的时候,便买了一只小麻猫。

雾期到了,我们把它带进了城来。

小麻猫虽然稚小,却很矫健。

夜间关在房里,因为进出无路,它爱跳到窗棂上去,穿破纸窗出入。破了又糊,糊了又破,不知道费了多少事。但因它爱干净,捉鼠的本领也不弱,人反而迁就了它,在一个窗格上特别不糊纸,替它设下布帘。然而小麻猫却不喜欢从布帘出入,总爱破纸。

在城里相处了一个月,周围的鼠类已被肃清,而小麻猫突然不见了。

大家都觉得可惜,我也微微有些惜意:因为恨猫究竟没有恨老鼠厉害。

三

小麻猫失掉,隔不一星期光景,老鼠又猖獗了起来,只得又在城里花了十五块钱买了一只白花猫。

这只猫子颇臃肿,背是弓的。说是兔子倒像些,却又非常的濡滞。

这白花猫倒有一种特长,便是喜欢吃馒头,因此我们呼之为"北京人"。

"北京人"对于老鼠取的是互不侵犯主义。我甚至有点替它担心,怕的是老鼠有一天要不客气起来,竟会侵犯到它的身上去的。

四

就在我开始替"北京人"担心的时候,大约也就是小麻猫失掉后已经有一个月的光景,一天清早我下床后,小麻猫突然在我脚下缠绵起来了。

——啊,小麻猫回来了!它不知道是什么时候回来了的。

家里人很高兴,小麻猫也很高兴,它差不多对于每一个人都要去缠绵一下,对于以前它睡过的地方也要去缠绵一下。

它是瘦了,颈上和背上都拴出了一条绳痕,左侧腹的毛烧黄了一大片。

使小麻猫受了这样委屈的一定是邻近的人家，拴了一月，以为可以解放了，但它一被解放，却又跑回了老家。

五

小麻猫虽然瘦了，威风却还在。它一回到老家来依然觉得自己是主人，把"北京人"看成了侵入者。

"北京人"起初和它也有点敌忾，但没几秒钟就败北了，反而怕起它来。

相处日久之后，小麻猫和"北京人"也和睦了，简直就跟兄弟一样——我说它们是兄弟，因为两只都是雄猫。

它们戏玩的时候，真是天真，相抱，相咬，相追逐，真比一对小人儿还要灵活。

就这样使那濡滞的"北京人"也活跃起来了，渐渐地失掉了它的兔形，即恢复了猫的原状。

跳窗的习惯，小麻猫依然是保存着的。经它这一领导，"北京人"也要跟着来，起先试练了多少次，便失败了多少次，不久公然也跳成功了。

三间居室的纸窗，被这两位选手跳进跳出，跳得大框小洞；冬风也和它们在比赛，实在有些应接不暇。

人是更会让步的，索性在各间居室的门脚下剜了一个方洞，以便于猫们进出。这事情我起初很不高兴，因为既不雅观，又不免依然替冷风开了路，不过我的抗议是在洞已剜成之后，自然是枉然的。

六

小麻猫回来之后,又相处了有一个月的光景,然而又失掉了。

但也奇怪,这一次大家似乎没有前一次那样地觉得可惜。

大约是因为它的回来是一种意外的收获,失掉也就只好听其自然了吧。

更好在"北京人"已被训练成为了真正的猫,而不再是兔子了。

老鼠已经不再跋扈,这更减少了人们对于小麻猫的思慕。

小麻猫大概已被人带到很远很远的地方去了吧,它是怎么也不会回来的了。——人们也偶尔淡淡地这样追忆,或谈说着。

七

可真是出人意外,小麻猫的再度失去已经六七十天了,山城一遇着晴天便已感觉着炎暑的五月,而它突然又回来了。

这次的回来是在晚上,因为相离得太久,对人已经略略有点胆怯。

但人们喜欢过望,特别的爱抚它。我呢?我是把几十年来对猫厌恶的心理,完全克服了。

我感觉着,我深切的感觉着:我接触着了自然底最美的一面。

我实在是受了感动。

回来时我们正在吃晚饭,我拈了一些肉皮来喂它,这假充鱼肚的肉皮,小麻猫也很欢喜吃。我把它的背脊抚摩了好些次。

我却发现了它的两只前腿的胁下都受了伤。前腿被人用麻绳之类的东西套着,把双方胁部的皮都套破了,伤口有两寸来往长,深到使皮下的肉猩红地露出。

我真禁不住要对残忍无耻的两脚兽提出抗议。盗取别人的猫已经是罪恶,对于无抵抗的小动物加以这样无情的虐待,更是使人愤恨。

八

盗猫的断然是我们的邻居:因为小麻猫失去了两次都能够回来,就在这第二次的回来之后都不安定,接连有两晚上不见踪影,很可能是它把两处都当成了它的家。

今天是第二次回来的第四天了,此刻我看见它很平安地睡在我常坐的一个有坐褥的藤椅上。我不忍惊动它。

昨天晚上我看见它也是在家里的,大约它总不会再回到那虐待它的盗窟里去了吧。

九

我实在感触着了自然底最美的一面,我实在消除了我几十年来的厌猫的心理。

我也知道,食物的好坏一定有很大的关系,盗猫的人家一定吃得不大好,而我们吃的要比较好一些——至少时而有些假充鱼肚骗骗肠胃。

待遇的自由与否自然也有关系。

但我仍然感觉着，这里有令人感动的超乎物质的美存在。

猫子失了本不容易回来，小麻猫失了两次都回来了，而它那前次的依依，后次的悚怵都是那么的通乎人性。而且——似乎更人性。

我现在很关心它，只希望它的伤早好，更希望它不要再被人捉去。

连"北京人"我也感觉着一样的可爱了。

我要平等的爱护它们，多多让它们吃些假充鱼肚。

1942年5月6日

雨

六月二十七日《屈原》决定在北碚上演，朋友们要我去看，并把婵娟所抱的一个瓶子抱去。这个烧卖形的古铜色的大磁瓶，是我书斋里的一个主要的陈设，平时是用来插花的。

《屈原》的演出我在陪都已经看了很多回，其实是用不着再往北碚去看的，但是朋友们的辛劳非得去慰问一下不可，于是在二十六日的拂晓我便由千厮门赶船坐往北碚，顺便把那个瓶子带了去。

今年延绵下来了的梅雨季，老是不容易开朗，已经断续地下了好几天的雨，到了二十七日依然下着，而且是愈下愈大。

二十七是星期六，是最好卖座的日期。雨大了，看戏的人便不会来。北碚的戏场又是半露天的篷厂，雨大了，戏根本也就不能上演。因此，朋友们都很焦愁。

清早我冒着雨，到剧社里去看望他们，我看到每一个人的表情都沉闷闷地，就像那梅雨太空一样稠云层迭。

有的在说："这北碚的天气真是怪，一演戏就要下雨。听说前次演《天国春秋》和《大地回春》的时候，也是差不多天天都在下着微雨的。"

有的更幽默一些，说："假使将来要求雨的时候，最好是找我们来演戏了。"

我感觉着靠天吃食者的不自由上来，但同是一样的雨对于剧人是悲哀，对于农人却是欢喜。听说今年的雨水好，小麦和玉蜀黍都告丰收，稻田也突破了纪录，完全栽种遍了。

不过百多人吃着大锅饭的剧人团体，在目前米珠薪桂的时节，演不成戏便没有收入，的确也是一个伟大的威胁。

办公室里面云卫的太太程梦莲坐在一条破旧的台桌旁，没精打采地在戏票上盖数目字。

桌上放着我所抱去的那个瓶子，呈着它那黝绿的古铜色，似乎也沉潜在一种不可名状的焦愁里面了。

突然在我心里浮出了一首诗。

——"我做了一首打油诗啦。"我这样对梦莲说。

梦莲立即在台桌上把一个旧信封翻过来，拿起笔便道："你念吧，我写。"

我便开始念出：

不辞千里抱瓶来，此日沉阴竟未开。
敢是抱瓶成大错？梅霖怒洒北碚苔。

梦莲是会做诗的，写好之后她沉吟了一会，说："两个'抱瓶'字重复了，不大好。"说着她便把第三句改为了："敢是热情惊大士。"她说："是你把观音大士惊动了，所以才下雨啦。"

——"那吗，索性把'梅霖'改成杨枝吧。"我接着说。

于是诗便改变了一番面貌。

邻室早在开始排戏，因为有两位演员临时因故不出场，急于要用新人来代替，正在赶着排练。

梦莲和我把诗改好之后走出去看排戏。

临着天井的一座大厢房,用布景的道具隔为了两半,后半是寝室,做着食堂的前半作为了临时的排演场。有三尺来往高的半壁作为栏杆和天井隔着,左右有门出入。

在左手的门道上,靠壁有一条板凳,饰婵娟的瑞芳正坐在那儿。

梦莲把手里拿着的诗给她看。

——"这'怒'字太凶了一点。"瑞芳看了一会之后指着第四句说。

——"我觉得是观音菩萨生了气啦,"我这样说,"今天老是不晴,戏会演不成的。"

——"其实倒应该感谢这雨。"瑞芳说,"你看,演得这样生,怎么能够上场呢?"

我为她这一问略略起了一番深省。做艺术家的人能有这样的责任心,实在是值得宝贵;也唯其有这样的责任心,所以才能够保证得艺术的精进吧。

——"好的,我要另外想一个字来改正。"我回答着。

——"婵娟出场了!婵娟!"导演的陈鲤庭在叫,已经在开始排第四幕,正该瑞芳出场的时候。

瑞芳应声着,匆匆忙忙地跑去参加排演去了。我便坐到她的座位上靠着壁思索。我先想改成"遍"字。写上去了,又勾倒过来,想了一会又勾倒过去;但是觉得仍旧不妥帖,便又改为"透"字。"杨枝透洒北碚苔",然而也不好。最后我改成了"惠"字。

刚刚改定,瑞芳的节目演完了,又匆匆忙忙的跑了过来。

——"改好了吗?"她问。

我把改的"惠"字给她看。

——"对啦,这个字改得满好,这个字改得满好。"她接连着说,满愉快而天真地。

梦莲在旁边似乎也在思索,到这时她说:"那吗'惊'字恐怕也要改一下才好了。"

——"用不着吧?惊动了的话是常说的。"瑞芳接着说,依然是那么明朗而率真。

雨到傍晚时分虽然住了,但戏是没有方法演出的。有不少冒着雨从远方来看戏的人,晚上不能回家,结果是使北碚的旅馆,一时呈出了人满之状,"大士"的"惠",毫无疑问地,是普济到了一般的小商人了。

第二天,二十八日,星期。清早九点钟的时候,雨又下起来了。四处的屋檐都垂起了雨帘。

同住在兼善公寓一院里面的王瑞麟,把鲤庭和瑞芳约了来,在我的房间里同用早点。

瑞芳突然笑着向我说:"那一个字又应该改回去了。"

我觉得这话满有风趣。我回答道:"真的,实在是生了气。"

瑞麟和鲤庭都有些诧异,不知道我们所说的是什么。

我把故事告诉他们。同时背出了那首诗:

不辞千里抱瓶来,此日沉阴竟未开。
敢是热情惊大士?杨枝惠洒北碚苔。

不过这个字终竟没有改回去。因为不一会雨就住了,痛痛快快地接连又晴了好几天。好些人在看肖神,以为《屈原》一定无法演出的,而终于顺畅地演了五场。听说场场客满,打破纪录,农人剧人皆大欢喜。惠哉,惠哉。

1942 年 7 月 8 日

小 皮 箧

今天是一九四二年的七月十三日。

清早我一早起来去打开楼门,出乎意外的是发现了一个钱包夹在门缝里。待我取来看时,更出乎意料之外的是我两年前所失去了的那个小皮箧。

一种崇高的人性美电击了我。

两年前,央克列维奇还在做着法国驻渝领事的时候,因为他对于中国新文学有深刻的研究,又因为他的夫人尼娜女士会说日本话,我们有一段时期过从很密。

每逢有话剧的演出,我们大抵要招待他们去看,也招待他们看过电影的摄制,看过汉墓的发掘。

尼娜夫人是喜欢佛寺的,陪都境内没有什么有名的佛寺,还远远招待他们去游过一次北温泉,登过缙云山,以满足她的希望。

他们也时常招待我们。在那领事巷底的法国领事馆里面有整饬的花园,有葱茏的树木,又因为地址高,俯瞰着长江,也有很好的眺望。他们在那儿飨宴过我们,也作过好些次小规模的音乐会和茶会。

五月以后,空袭频繁了起来。我们的张家花园的寓所在六月尾上被炸,便不得不搬下了乡。不久法国领事馆也被炸,央领事夫妇也就迁到清水溪去了。

我的日记还记得很清楚,是七月二十七的一天。我在金刚坡下

1946年12月5日在上海,作者偕夫人于立群为即将访问苏联的茅盾、孔德沚夫妇送行(右一为臧克家,右四为任钧)

1961年2月14日，作者和于立群及子女摄于海南岛榆林市鹿回头

的乡寓里接到尼娜夫人的来信，要我在第二天的星期日去访问他们，我便在当天晚上进了城去。

第二天一早我便到了千厮门码头。雾很大，水也很大，轮渡不敢开。等船的人愈来愈多，把三只渡船挤满了，把趸船也挤满了，栈道和岸上都满站的是人。天气炎热得不堪，尽管是清早，又是在江边，我自己身上的衬衫，湿而复干，干而复湿的闹了两次。

足足等了三个钟头的光景，雾罩渐渐散开了，在九点多钟的时候才渡过了江去。

雇了一乘滑竿，坐登着上山的路。

路在山谷里一道溪水的左岸，一步一步的磴道呈着相当的倾斜。溪水颇湍急，激石作声，有时悬成小小的瀑布。两岸的岩石有些地方峭立如壁，上面也偶尔有些题字。最难得的还是迎面而来的下山的风。那凉味，对于从炎热的城市初来的人，予以难忘的印象。

约略有一个钟头的光景便到了清水溪。这是一个小小的乡镇，镇上也有好几百户的人家，好些都是抗战以来建立的。

央克列维奇是住在镇子左边的一座山头上。一座西式平房，结构相当宏敞。山上多是松树，虽然尚未成林，但因地僻而高，觉得也相当幽静。

主人们受到我的访问是很高兴的，特别是那尼娜夫人。尽管太阳很大，她却怂恿着她的丈夫，要陪着我出去散步。

在附近的山上走了一会，还把镇对面的黄山、汪山为我指点而加以说明。她说：那儿是风景地带，有不少的奇花异木，有公路可通汽车，住在那儿的人不是豪商便是显贵。我那时还不曾到过那些地方，听她那样说，仿佛也就像在听童话一样。

桐子已经有半个拳头大了,颇嫌累赘地垂在路旁的桐子树上。

——"这是什么果子树呀?"尼娜夫人发问。

我尽我所有的智识告诉了她。

对于什么都好像感觉新奇的外国夫人,她从树上折了一枝下来,说:"要拿回去插花瓶。"

被留着吃了中饭,嗑了葡萄酒。

尼娜夫人首先道歉道:本来是应该开香槟的,但都装在箱子里面还没有开箱,他们有一个誓约,要等到巴黎光复了,才开箱吃香槟酒。

听了这样的话觉得比吃香槟酒还要有意思,因为巴黎陷落已经一个半月了,巴黎的人连吃面包都在成问题的时候,代表巴黎的人能有这样悲壮的誓约,也是应该的。

同席的还有好几位法国朋友,但因彼此的言语不大相通,只作了些泛泛的应酬而已。

中饭用毕后我正要告辞了,突然发出了警报,于是便又被留着。

其他的人都进了防空洞,只央克列维奇和我两人在回廊上走着,一面走,一面谈。也谈了好些问题,主要的还是关于文学这一方面。

央克列维奇的关于中国文学的造诣是使我惊异的。他在中国仅仅住了六年,最初在北京,其次是海南岛,最后来到重庆。他不仅对于五四运动以来的新文学知道得很详细,而且对于旧文学也有相当的研究。尤其是他喜欢词,对于宋元以来的词家的派别和其短长,谈得能很中肯。这在一个外国人的确是可惊异的事情。不,不仅是外国人,就连现代的中国新文学家能够走到了这一步的,恐怕也没有好几位吧?

两点钟左右警报解除了,我又重新告别。

临走的时候尼娜夫人送了我一首用英文写的诗,那大意是:

这儿有两条蜿蜒的江水,
　　就像是一对金色的游龙,
环抱着一座古代的山城,
　　有一位诗人住在城中。
这诗人是我们的朋友呵,
　　他不仅爱做诗,也爱饮酒。
李太白怕就是他的前身吧;
　　月儿呀,我问你:你知道否?

用极单纯的字面表现出娓婉的意境,觉得很是清新,但这样译成中国字,不知道怎的,总不免有些勉强而落于陈套了。

我深深的表示了谢意。

坐着他们所替我雇就的滑竿,又由原道下山赶到了码头。码头上和轮船上,人都是相当拥挤的,因为是星期。

过了江来,又坐滑竿上千斯门,待我要付滑竿钱的时候,才发觉我的钱包被人扒去了。在江边购船票的时候,分明是用过钱包的,究竟是什么时候被人扒去的,我怎么也揣想不出。

好在我在裤腰包里面还另外放有一笔钱,因此在付滑竿钱上倒没有发生什么问题。但我感觉着十分可惜的却是尼娜夫人的那首诗也一道被扒了去。这是和钱包一道放在我左手的外衣包里的。

整整隔了两年，谁能料到我这小皮箧又会回来呢？

皮箧是旧了，里面还有十二块五角钱和我自己的五张名片。

诗稿呢？一定被扔掉了。

两年来我自己的职务是变迁了。住所也变迁了。

我现在住在这天官府街上一座被空袭震坏了的破烂院子的三楼，二楼等于是通道。还我这皮箧的人，为探寻我的住址，怕是整整费了他两年的工夫的吧？再不然便是他失掉了两年的自由，最近又才恢复了。

这人，我不知道他是年老的还是年青的，是男的还是女的，是本地人还是外省人，在目前生活日见艰难，人情日见凉薄的时代，竟为我启示出了这样葱茏的人性美，我实在是不能不感激。

两年前的回忆绵延了下来。

一位瘦削的人，只有三十来往岁，头发很黑，眼睛很有神，浓厚的胡子把下部的大部分剃了，呈出碧青的皮色，只留着最上层的一线绺着两腮。这是浮在我眼前的央克列维奇的丰采。据朋友说：他本是犹太系的法国人，而他的夫人却是波兰籍。

尼娜夫人很矮小，大约因为心脏有点不健康，略略有些水肿的倾向。头发是淡黄的，眼色是淡蓝的，鼻子是小小的，具有东方人的风味。

究竟不知道是为了什么原故，就在一九四〇年的年底，法国的贝当政府免了央克列维奇的职。

免职后的央克列维奇，有一个时期想往香港，因为缺乏旅费，便想把他历年来所搜藏的中西书籍拿来迂卖。他曾经托我为他斡旋，他需要四万块钱左右便可卖出。但我自己没有这样的购买力，我所交际的人也没有这样的购买力，结果我丝毫也没有帮到他的忙。后来我听说他这一批书是被汪山的某有力者购买去了。

央克列维奇不久便离开了重庆，但他也并没有到香港，是往成都去住了很久，去年年底，在《棠棣之花》第二次上演的时候，我在中一路的街头，无心之间曾经碰见过他和他的夫人。他们一道在街上走，他们是才从成都回来，据说，不久要往印度去。

我邀请他们看戏，他们照例是很高兴的。戏票是送去了，但在当天晚上却没有看见他们。他们是住在嘉陵宾馆的，地方太僻远，交通工具不方便，恐怕是重要的原故吧。自从那次以后我便没有再和他们见面了。

皮箧握在我的手里，回忆潮在我的心里。

我怀念着那对失了国的流浪的异邦人，我可惜着那首用英文写出的诗……

但我也感受着无限的安慰，无限的鼓舞，无限的力量……

我感觉着任你恶社会的压力是怎样的大，就是最遭了失败的人也有不能被你压碎的心。

人类的前途无论怎样是有无限的光明的。

1942 年 7 月 20 日

竹阴读画

傅抱石的名字,近年早为爱好国画、爱好美术的人所知道了的。

我的书房里挂着他的一幅《桐阴读画》,是去年十月十七日,我到金刚坡下他的寓所中去访问的时候,他送给我的。七株大梧桐树参差的挺在一幅长条中,前面一条小溪,溪中有桥,桥上有一扶杖者,向桐阴中的人家走去。家中轩豁,有四人正展观画图。其上仿佛书斋,有童子一人抱画而入。屋后山势壮拔,有瀑布下流。桐树之间,补以绿竹。

图中白地甚少,但只觉一望空阔,气势苍沛。

来访问我的人,看见这幅画都说很好,我相信这不会是对于我的谀辞。但别的朋友,尽管在美术的修养上,比我更能够鉴赏抱石的作品,而我在这幅画上却享有任何人所不能得到的画外的情味。

> 三十二年十月十七日沫若先生惠临金刚坡下山斋,入蜀后最上光辉也。……

抱石在画上附题了几行以为纪念,这才真是给与了我"最上光辉"。

我这一天日记是这样记着的:

十月十七日，星期日。

早微雨，未几而霁，终日昙。因睡眠不足，意趣颇郁塞。……

十时顷应抱石之约，往访之，中途遇杜老，邀与同往。抱石寓金刚坡下，乃一农家古屋，四围竹丛稠密，颇饶幽趣。展示所作画多幅，意思渐就豁然。更蒙赠《桐阴读画图》一帧，美意可感。

夫人时慧女士享以丰盛之午餐。食时谈及北伐时在南昌城故事。时慧女士时在中学肄业，曾屡次听余讲演云。

立群偕子女亦被大世兄亲往邀来，直至午后三时，始怡然告别。……

记得过于简单，但当天的情形是还活鲜鲜地刻印在我的脑子里面的。

我自抗战还国以后，在武汉时代特别邀了抱石来参加政治部的工作，得到了他不少的帮助。武汉撤守后，由长沙而衡阳，而桂林，而重庆，抱石一直都是为抗战工作孜孜不息的。回重庆以后，政治部分驻城乡两地，乡部在金刚坡下，因而抱石的寓所也就定在了那儿。后来抱石回到教育界去了，但他依然舍不得金刚坡下的环境，没有迁徙。据我所知，他在中大或艺专任课，来往差不多都是步行的。

我是一向像候鸟一样，来去于城乡两地的人，大抵暑期在乡下的时候多，雾季则多住在城里。在乡时，抱石虽常相过从，但我一直没有到他寓里去访问过，去年的十月十七日是唯一的一次。

我初以为相隔得太远，又加以路径不熟，要找人领路未免有点麻烦；待到走动起来，才晓得并不那么远。在中途遇着杜老，邀他同行；他是识路的，便把领路的公役遣回去了。

杜老抱着一部《淮南子》，正准备去找我，因为我想要查一下《淮南子》里面关于秦始皇筑驰道的一段文字。

我们在田埂上走着，走向一个村落。金刚坡的一带山脉，在右手绵亘着，蜿蜒而下的公路，历历可见。我们是在山麓的余势中走着的。

走不上十分钟光景吧，已经到了村落的南头。这儿我在前是走到过的，但到这一次杜老告诉我，我才知道村落也就叫金刚坡。有溪流一道，水颇湍急，溪畔有一二家面坊，作业有声。溪自村的两侧流绕至村的南端，其上有石桥，名龙凤桥。过桥，再沿溪西南行，不及百步，便有农家一座，为丛竹所拥护，葱茏于右侧。杜老指出道，那便是抱石的寓所了。

相隔得这样近，我真是没有想出。而且我在几天前的重九登高的时候，分明是从这儿经过过的，那真可算是"过门而不入"了。

竹丛甚为稠密，家屋由外面几乎不能看出。走入竹丛后照例有一带广场，是晒稻子的地方，横长而纵狭。屋颇简陋并已朽败。背着金刚坡的山脉，面临着广场，好像是受尽了折磨的一位老人一样。

抱石自屋内笑迎出来了，他那苍白的脸上涨漾着衷心的喜悦。他把我们引进了屋内。就是面临着广场的一进厅堂，为方便起见，用篱壁隔成了三间。中间便是客厅，而兼着过道的使用，实在不免有些逼窄。这固然是抗战时期的生活风味，然而中国艺术家的享受就在和平时期似乎和这也不能够相差得很远。

我们中国人的嗜好颇有点奇怪，画一定要古画才值钱，人一定要死人才贵重。对于活着的艺术家的优待，大约就是促成他穷死，饿死，病死，愁死，这样使得他的人早点更贵重些，使得他的画早点更值钱些的吧？精神胜于物质的啦，可不是！

抱石，我看是一位标准的中国艺术家，他多才多艺，会篆刻，又会书画，长于文事，好饮酒，然而最典型的，却是穷，穷，第三个字还是穷。我认识他已经十几年了，他的艺术虽然已经进步得惊人，而他的生活却丝毫也没有改进。"穷而后工"的话，大约在绘事上也是适用的吧？

抱石把他所有的制作都抱出来给我看了，有的还详细的为我说明。我不是鉴赏的事，只是惊叹的事。的确也是精神胜于物质，那样苍白色的显然是营养不良的抱石，那来这样绝伦的精力呵？几十张的画图在我眼前就像电光一样闪耀，我感觉着那矮小的农家屋似乎就要爆炸。

抱石有两位世兄，一位才满两岁的小姐。大世兄已经十岁了，很秀气，但相当孱弱，听说专爱读书，学校里的先生在担心他过于勤勉了。他也喜欢作画，我打算看他的画，但他本人却不见了。隔了一会他回来了，接着，立群携带着子女也走进来了，我才知道大世兄看见我一个人来寓，他又跑到我家里去把她们接来了的。

时慧夫人做了很多的菜来款待，喝了一些酒，谈了一些往事。我们谈到在日本东京时的情形。我记得有一次在东京中野留学生监督周慧文家里晚餐，酒喝得很多，是抱石亲自把我送到田端驿才分手的。抱石却把年月日都记得很清楚，他说是："二十三年二月三日，是旧历的大除夕。"

抱石在东京时曾举行过一次展览会，是在银座的松坂屋，开了五天，把东京的名人流辈差不多都动员了。有名的篆刻家河井仙郎，画家横山大观，书家中村不折，帝国美术院院长正木直彦，文士佐藤春夫辈，都到了场，有的买了他的图章，有的买了他的字，有的买了他的画。虽然收入并不怎么可观，但替中国人确实是吐了一口气。

我去看他的个展时是第二天，正遇着横山大观在场，有好些随员簇拥着他，那种飘飘然的傲岸神气，大有王侯的风度。这些地方，日本人的习尚和我们有些不同。横山大观也不过是一位画家而已。他是东京人，自成一派，和西京的巨头竹内栖凤对立，标榜着"国粹"，曾经到过意大利，和墨索里尼拉手。他在日本画坛的地位真是有点煊赫。自然，日本也有的是穷画家，但画家的社会比重要来得高些，一般是称为"画伯"的。

抱石在东京个展上摄了一些照片，其中有几张我题的诗，有一张我自己在看画时的背影。他拿出来给我们看了，十年前的往事活呈到了眼前，颇有一种难以言喻的情趣。

我劝抱石再开一次个展，他说他有这个意思，但能卖出多少却没有一定的把握。是的，这是谁也不敢保险的。不过我倒有胆量向一般有购买力的社会人士推荐；因为毫无问题，在将来抱石的画是会更值钱的。

午饭过后杂谈了一些，李可染和高龙生也来了，可染抱了他一些近作来求抱石品评。抱石又把自己的画拿出来，也让二位鉴赏了。在我告辞的时候，他检出三张画来，要我自己选一张，他决意送我，我有点惶恐起来。别人的宝贵制作，我怎好一个人据为私有呢？我也想到在日本时，抱石也曾经送过我一张，然而那一张是被抛弃在日本的。旧的我都不能保有，新的我又怎能长久享受呢？我不敢要，因而我也就不敢选。然而抱石自己终把这《桐阴读画》选出来，题上了字，给了我。

真是值得纪念的"三十二年十月十七日"！

抱石送我们出了他的家，他指着眼前的金刚坡对我说："四川的山水四处都是画材，我大胆地把它采入了我的画面，不到四川来，这样雄壮的山脉我是不敢画的。"

——"今天的事情，你可以画一幅'竹阴读画'图啦，读画的人不是古装的，而是穿中山装的高龙生、李可染、杜守素、郭沫若，还有夫人和小儿女。"我这样说着。

大家都笑了。大家也送着我们一直走出了竹林外来。

当到分手的时候，抱石指着时慧夫人所抱的两岁的小姐对我们说："这小女儿最有趣，她左边的脸上有一个很深的笑窝，你只要说她好看，她非常高兴。"

真的，小姑娘一听到父亲这样说，她便自行指着她的笑窝了，真是美，真是可爱得很。

时间很快的便过去了，在十月十七日后不久，我们便进了城；虽然住在被煤烟四袭的破楼房里，但抱石的《桐阴读画》却万分超然的挂在我的壁上。任何人看了都说这幅画很好，但这十月十七日一天的情景，非是身受者是不能从这画中读出来的。因而我感觉着值得夸耀，我每天都接受着"最上光辉"。

丁 东 草(三章)

丁 东

  我思慕着丁东——

  可是并不是那环佩的丁东,铁马的丁东,而是清冽的泉水滴下深邃的井里的那种丁东。

  清冽的泉水滴下深邃的井里,井上有大树罩荫,让你在那树下盘旋,倾听着那有节奏的一点一滴,那是多么清永的凉味呀!

  古时候深宫里的铜壶滴漏在那夜境的森严中必然曾引起过同样的感觉,可我不曾领略过。

  在深山里,崖壑幽静的泉水边,或许也更有一番逸韵沁人心脾,但我小时并未生在山中,也从不曾想过要在深山里当一个隐者。

  因此我一思慕着丁东,便不免要想到井水,更不免要想到嘉定的一眼井水。

  住在嘉定城里的人,怕谁都知道月儿塘前面有一眼丁东井的吧。井旁有榕树罩荫,清冽的水不断的在井里丁东。

  诗人王渔洋曾经到过嘉定,似乎便是他把它改为了方响洞的。是因为井眼呈方形?还是因为井水的声音有类古代的乐器"方响"?或许是双关二意吧?

  但那样的名称,那有丁东来得动人呢?

  我一思慕着丁东,便不免要回想着这丁东井。

小时候我在嘉定城外的草堂寺读过小学。我有一位极亲密的学友就住在丁东井近旁的丁东巷内。每逢星期六，城里的学生是照例回家过夜的，傍晚我送学友回家，他必然要转送我一程；待我再转送他，他必然又要转送。像这样的辗转相送，在那昏黄的街道上也可以听得出那丁东的声音。

那是多么隽永的回忆呀，但不知不觉地也就快满四十年了。相送的友人已在三十年前去世，自己的听觉也在三十年前早就半聋了。

无昼无夜地我只听见有苍蝇在我耳畔嗡营，无昼无夜地我只感觉有风车在我脑中旋转，丁东的清澈已经被友人带进坟墓里去了。

四年前我曾经回过嘉定，却失悔不应该也到过月儿塘，那儿是完全变了。方响洞依然还存在，但已阴晦得不堪。我不敢挨近它去，我相信它是已经死了。

我愿意谁在我的两耳里注进铁汁，让这无昼无夜嗡营着的苍蝇，无昼无夜旋转着的风车都一道死去。

然而清冽的泉水滴下深邃的井里，井上有大树罩荫；你能在那树下盘旋，倾听着那一点一滴的声音，那是多么清永的凉味呀！

我永远思慕着丁东。

1942 年 10 月 30 日

白　鹭

白鹭是一首精巧的诗。

色素的配合，身段的大小，一切都很适宜。

白鹤太大而嫌生硬，即如粉红的朱鹭或灰色的苍鹭，也觉得大了一些，而且太不寻常了。

然而白鹭却因为它的常见，而被人忘却了它的美。

那雪白的蓑毛，那全身的流线型结构，那铁色的长喙，那青色的脚，增之一分则嫌长，减之一分则嫌短，素之一忽则嫌白，黛之一忽则嫌黑。

在清水田里时有一只两只站着钓鱼，整个的田便成了一幅嵌在琉璃框里的画面。田的大小好像是有心人为白鹭设计出的镜匣。

晴天的清晨每每看见它孤独地站立在小树的绝顶，看来像是不安稳，而它却很悠然。这是别的鸟很难表现的一种嗜好。人们说它是在望哨，可它真是在望哨吗？

黄昏的空中偶见白鹭的低飞，更是乡居生活中的一种恩惠。那是清澄的形象化，而且具有了生命了。

或许有人会感着美中的不足，白鹭不会唱歌。但是白鹭的本身不就是一首很优美的歌吗？——不，歌未免太铿锵了。

白鹭实在是一首诗，一首韵在骨子里的散文诗。

1942 年 10 月 31 日

石　榴

五月过了，太阳增加了它的威力，树木都把各自的伞盖伸张了起来，不想再争妍斗艳的时候，有少数的树木却在这时开起了花来。石榴树便是这多数树木中的最可爱的一种。

石榴有梅树的枝干，有杨柳的叶片，奇崛而不枯瘠，清新而不柔媚，这风度实兼备了梅柳之长，而舍去了梅柳之短。

最可爱的是它的花，那对于炎阳的直射毫不避易的深红色的花。单瓣的已够陆离，双瓣的更为华贵，那可不是夏季的心脏吗？

单那小茄形的骨朵已经就是一种奇迹了。你看它逐渐翻红，逐渐从顶端整裂为四瓣，任你用怎样犀利的劈刀也都劈不出那样的匀称，可是谁用红玛瑙琢成了那样多的花瓶儿，而且还精巧地插上了花？

单瓣的花虽没有双瓣者的豪华，但它却更有一段妙幻的演艺，红玛瑙的花瓶儿由希腊式的安普刺①变为中国式的金罍，殷、周时古味盎然的一种青铜器。博古家所命名的各种锈彩，它都是具备着的。

你以为它真是盛酒的金罍吗？它会笑你呢。秋天来了，它对于自己的戏法好像忍俊不禁地，破口大笑起来，露出一口的皓齿。那样透明光嫩的皓齿你在别的地方还看见过吗？

我本来就喜欢夏天。夏天是整个宇宙向上的一个阶段，在这时使人的身心解脱尽重重的束缚。因而我更喜欢这夏天的心脏。

有朋友从昆明回来，说昆明石榴特别大，子粒特别丰腴，有酸甜两种，酸者味更美。

禁不住唾津的潜溢了。

1942 年 10 月 31 日

---

① 是英文 ampulla 的音译，即一种尖底胆瓶。

罗曼·罗兰悼词

罗曼·罗兰先生，你是一位人生的成功者，你现在虽然休息了，可你是永远存在着的。你不仅是法兰西民族的夸耀，欧罗巴的夸耀，而是全世界、全人类的夸耀。你的一生，在精神生产上的多方面的努力，对于人类的贡献非常的宏大，人类是会永远纪念着你的。你将和历史上各个民族各个时代的伟大的灵魂们，像太空中的星群一样，永远在我们人类的头上照耀。

罗曼·罗兰先生，在二十年前你的杰作《约翰·克里斯朵夫》初次介绍到中国来的时候，你曾经向我们中国作家说过这样的话："我不认识欧洲和亚洲，我只知道世界上有两种民族——一种是上升，一种是下降。上升的民族是忍耐、热烈、恒久而勇敢地趋向光明的人们——趋向一切的光明：学问、美、人类爱、公众进步；而在另一方面的下降的民族是压迫的势力，是黑暗、愚昧、懒惰、迷信和野蛮。"你说，只有上升的民族是你的朋友，你的同志，你的弟兄。你说，你的祖国是自由的人类。这些话对于我们中国的文艺工作者是给予了多么正确的指示，多么有力地鼓励呀！

在今天的世界，正是这两种民族斗争着生死存亡的时候。你所说的上升的民族就是我们代表正义、人道的民主阵线，你所说的下降的民族就是构成轴心势力的法西斯蒂。一边是赴汤蹈火，视死如归，牺牲自己的一切以解救人类的困厄；另一边是奴役、饥饿、活埋、杀人工场、毒气车、庞大的集中营，一个鬼哭狼嚎的活地狱。但今天，上升的不断地上升，下降的不断地下降，光明终竟快要把黑暗征服了。

我们要使全人类都不断地上升，全世界成为自由人类的共同祖国。

罗曼·罗兰先生，你伟大的法兰西民族的儿子，当你看到法兰西民族又恢复了她的光荣的自由，而你自己在这时候终结了你七十九年的人生旅程，在你那肃穆的容颜上，怕必然表露出了一抹更加肃穆的微笑的吧？但当你想到你的朋友，你的同志，你的兄弟的好些民族，依然还呻吟在法西斯蒂的控制下边没有得到自由，在和死亡、饥饿、奴役、恐怖作决死的斗争，在你那肃穆的容颜上，怕也必然表露出了一抹更加肃穆的悲愤的吧？

但是，罗曼·罗兰先生，伟大的人类爱的使徒，你请安息吧。上升的要不断地自求上升，下降的要不断地使它下降，我们要以一切为了人类解放而英勇地战斗着的民族为模范，我们要不避任何的艰险，尽力趋向一切的光明。不避任何的艰险，尽力和黑暗、愚昧、残忍、凶暴的压迫势力、法西斯蒂、现世界的魔鬼，搏斗！我们中国是绝对不会灭亡的，人类是必然要得到解放的，法西斯魔鬼们是必然要消灭的！

罗曼·罗兰先生，你请安息吧。我们中国的文艺工作者们，更一定要以你为模范。要像你一样，把"背后的桥梁"完全斩断，不断地前进，决不回头；要像你一样，始终走着民主的大道，把自己的根须深深插进黑土里面去，从人民大众吸收充分的营养，再从黑土里面生长出来。我们一定要依照你的宝贵指示："每天早上，我们都得把新的工作担当起来，把前一天开始的斗争继续下去。……对于错误，对于不公正，对于死，我们必须不断地力争，为着更大的更大的胜利。"

1945 年 3 月 21 日

梅园新村之行

梅园新村也在国府路上,我现在要到那儿去访问。

从美术陈列馆走出,折往东走,走不好远便要从国民政府门前经过。国府也是坐北向南的,从门口望进去,相当深远,但比起别的机关来,倒反而觉得没有那么宫殿式的外表。门前也有一对石狮子,形体太小,并不威武。虽然有点近代化的写实味,也并不敢恭维为艺术品。能够没有,应该不会是一种缺陷。

从国府门前经过,再往东走,要踱过一段铁路。铁路就在国府的墙下,起初觉得似乎有损宁静,但从另一方面想了一下,真的能够这样更和市井生活接近,似乎也好。

再横过铁路和一条横街之后,走不好远,同在左侧的街道上有一条侧巷,那便是梅园新村的所在处了。

梅园新村的名字很好听?大有诗的意味。然而实地的情形却和名称完全两样。不仅没有梅花的园子,也不自成村落。这是和《百家姓》一样的散文中的散文。街道是崎岖不平,听说特种任务的机关林立,仿佛在空气里面四处都闪耀着狼犬那样的眼睛,眼睛,眼睛。

三十号的周公馆,应该是这儿的一座绿洲了。

小巧玲珑的一座公馆。庭园有些日本风味,听说本是日本人住过的地方。园里在动土木,在右手一边堆积了些砖木器材,几位木匠师傅在加紧动工。看这情形,周公似乎有久居之意,而且似乎有这样的存心——在这个小天地里面,对于周围的眼睛,示以和平建

作者(右一)与傅抱石(左一)、许麟庐(左二)、郁风(左四)等人在中国文联1963年迎春联欢会上

题于立群画《六只螃蟹》

设的轨范。

的确,我进南京城的第一个感觉,便是南京城还是一篇粗杂的草稿。别的什么扬子江水闸,钱塘江水闸,那些庞大得惊人的计划暂且不忙说,单为重观瞻起见,这座首都的建设似乎是刻不容缓了。然而专爱讲体统的先生们却把所有的兴趣集中在内战的赌博上,而让这篇粗杂的草稿老是不成体统。

客厅也很小巧,没有什么装饰。除掉好些梭发之外,正中一个小圆桌,陈着一盆雨花台的文石。这文石的宁静、明朗、坚实、无我,似乎也就象征着主人的精神。西侧的壁炉两旁,北面与食厅相隔的左右腰壁上,都有书架式的壁橱,在前应该是有书籍或小摆设陈列的,现在是空着。有绛色的帷幕掩蔽着食厅。

仅仅两个月不见,周公比在重庆时瘦多了。大约因为过于忙碌,没有理发的闲暇吧,稍嫌过长的头发愈见显得他的脸色苍白。他的境遇是最难处的,责任那么重大,事务那么繁剧,环境又那么拂逆。许多事情明明是知其不可为而为,但却丝毫也不敢放松,不能放松,不肯放松。他的工作差不多经常要搞个通夜,只有清早一段时间供他睡眠,有时竟至有终日不睡的时候。他曾经叹息过,他的生命有三分之一是在"无益的谈判"里继续不断地消耗了。谈判也不一定真是"无益",他所参与的谈判每每是关系着民族的生死存亡,只是和他所花费的精力比较起来,成就究竟是显得那么微末。这是一个深刻的民族的悲哀,这样一位才干出类的人才,却没有更积极性的建设工作给他做。

但是,轩昂的眉宇,炯炯的眼光,清朗的谈吐,依然是那样的有神。对于任何的艰难困苦都不会避易的精神,放射着令人镇定,也令人乐观的毅力。我在心坎里,深深地为人民,祝祷他的健康。

我自己的肠胃有点失调,周公也不大舒服,中饭时被留着同他吃了一餐面食。食后他又匆匆忙忙地外出,去参加什么会议去了。

借了办事处的一辆吉普车,我们先去拜访了莫德惠和青年党的代表们。恰巧,两处都不在家,我们便回到了中央饭店。

论郁达夫

我这篇小文不应该叫做"论",只因杂志的预告已经定名为"论",不好更改,但我是只想叙述我关于达夫的尽可能的追忆的。

我和郁达夫相交远在一九一四年。那时候我们都在日本,而且是同学、同班。

那时候的中国政府和日本有五校官费的协定,五校是东京第一高等学校,东京高等师范学校,东京高等工业学校,千叶医学校,山口高等商业学校。凡是考上了这五个学校的留学生都成为官费生。日本的高等学校等于我们今天的高中,它是大学的预备门。高等学校在当时有八座,东京的是第一座,在这儿有为中国留学生特设的一年预备班,一年修满之后便分发到八个高等学校去,和日本人同班,三年毕业,再进大学。我和达夫同学而且同班的,便是在东京一高的预备班的那一个时期。

日本高等学校的课程在当时分为三个部门,文哲经政等科为第一部,理工科为第二部,医学为第三部。预备班也是这样分部教授的,但因人数关系,一三两部是合班教授。达夫开始是一部,后来又转到我们三部来。分发之后,他是被配在名古屋的第八高等,我是冈山的第六高等,但他在高等学校肄业中,又回到一部去了。后来他是从东京帝国大学的政治经济学部毕业,我是由九州帝国大学医学部毕业的。

达夫很聪明,他的英文、德文都很好,中国文学的根底也很深,在预备班时代他已经会做一手很好的旧诗。我们感觉着他是一位才士。他也喜欢读欧美的文学书，特别是小说，在我们的朋友中没有谁比他更读得丰富的。

在高等学校和大学的期间，因为不同校，关于他的生活情形，我不十分清楚。我们的友谊重加亲密了起来的是在一九一八年以后。

一九一八年的下半年我已被分发到九州帝国大学，住在九州岛的福冈市。适逢第六高等学校的同学成仿吾，陪着他的一位同乡陈老先生到福冈治疗眼疾，我们同住过一个时期。我们在那时有了一个计划，打算邀集一些爱好文学的朋友来出一种同人杂志。当时被算在同人里面的便有东京帝大的郁达夫，东京高师的田汉，熊本五高的张资平，京都三高的郑伯奇等。这就是后来的创造社的胎动时期。创造社的实际形成还是在两年之后的。

那是一九二〇年的春天，成仿吾在东京帝国大学造兵科研究了三年，该毕业了，他懒得参加毕业考试，在四月一号要提前回国。我自己也因为听觉的缺陷，搞医学搞得不耐烦，也决心和仿吾同路。目的自然是想把我们的创造梦实现出来。那时候达夫曾经很感伤地写过信来给我送行，他规诫我回到上海去要不为流俗所污，而且不要忘记我抛别在海外的妻子。这信给我的铭感很深，许多人都以为达夫有点"颓唐"，其实是皮相的见解。记得是李初梨说过这样的话："达夫是模拟的颓唐派，本质的清教徒。"这话最能够表达了达夫的实际。

在创造社的初期达夫是起了很大的作用的。他的清新的笔调，在中国的枯槁的社会里面好像吹来了一股春风，立刻吹醒了当时的无数青年的心。他那大胆的自我暴露，对于深藏在千年万年的背甲里面的士大夫的虚伪，完全是一种暴风雨式的闪击，把一些假道学、假才子们震惊得至于狂怒了。为什么？就因为有这样露骨的直率,使他们感受着作假的困难。于是徐志摩"诗哲"们便开始痛骂了。他说:创造社的人就和街头的乞丐一样,故意在自己身上造些血脓糜烂的创伤来吸引过路人的同情。这主要就是在攻击达夫。

达夫在暴露自我这一方面虽然非常勇敢,但他在迎接外来的攻击上却非常脆弱。他的神经是太纤细了。在初期创造社他是受攻击的一个主要对象。他很感觉着孤独,有时甚至伤心。记得是一九二一年的夏天,我们在上海同住。有一天晚上我们同到四马路的泰东书局去,顺便问了一下在五月一号出版的《创造》季刊创刊号的销路怎样。书局经理很冷淡地答应我们:"二千本书只销掉一千五。"我们那时共同生出了无限的伤感,立即由书局退出,在四马路上接连饮了三家酒店,在最后一家,酒瓶摆满了一个方桌。但也并没有醉到泥烂的程度。在月光下边,两人手牵着手走回哈同路的民厚南里。在那平滑如砥的静安寺路上,时有兜风汽车飞驰而过。达夫曾突然跑向街心,向着一辆飞来的汽车,以手指比成手枪的形式,大呼着,"我要枪毙你们这些资本家"!

当时在我,我是感觉着:"我们是孤竹君之二子。"

胡适攻击达夫的一次,使达夫最感着沉痛。那是因为达夫指责了余家菊的误译,胡适帮忙误译者对于我们放了一次冷箭。当时我们对于胡适倒并没有什么恶感。我们是"异军苍头突起",对于当时旧社会毫不妥协,而对于新起的不负责任的人们也不惜严厉的批评,我们万没有想到以"开路先锋"自命的胡适竟然出以最不公平的态度而向我们侧击。这事在胡适自己似乎也在后悔,他自认为轻易地树下了一批敌人。① 但经他这一激刺,倒也值得感谢,使达

---

① 作者原注:他后来曾经写过一封信来,向我缓和,似道歉而又非道歉的。

夫产生了一篇名贵一时的历史小说,即以黄仲则为题材的《采石矶》。这篇东西的出现,使得那位轻敌的"开路先锋"也确切地感觉到自己的冒昧了。

胡适在启蒙时期有过些作用,我们并不否认。但因出名过早,而膺誉过隆,使得他生出了一种过分的自负心,这也是无可否认的实情。他在文献的考证上下过一些工夫,但要说到文学创作上来,他始终是门外汉。然而他的门户之见却是很森严的,他对创造社从来不曾有过好感。对于达夫,他们后来虽然也成为了"朋友",但在我们第三者看来,也不像有过什么深切的友谊。

我在一九二〇年一度回到上海之后,感觉着自己的力薄,文学创作的时机并未成熟,便把达夫拉回来代替了我,而我又各自去搞医学去了。医学搞毕业是一九二三年春,回到上海和达夫、仿吾同住。仿吾是从湖南东下,达夫是从安庆的法政学校解了职回来。当时我们都是无业的人,集中在上海倒也热烈地干了一个时期。《创造》季刊之后,继以《创造周报》、《创造日》,还出了些丛书,情形和两年前大不相同了。但生活却是窘到万分。

一九二三年秋天北大的陈豹隐教授要往苏联,有两小时的统计学打算请达夫去担任,名分是讲师。达夫困于生活也只得应允,便和我们分手到了北平。他到北平以后的交游不大清楚,但我相信"朋友"一定很多。然以达夫之才,在北平住了几年,却始终是一位讲师,足见得那些"朋友"对于他是怎样的重视了。

达夫的为人坦率到可以惊人,他被人利用也满不在乎,但事后不免也要发些牢骚。《创造周报》出了一年,当时销路很好,因为人手分散了,而我自己的意识已开始转换,不愿继续下去,达夫却把这让渡给别人作过一次桥梁,因而有所谓创造社和太平洋社合编的《现代评论》出现。但用达夫自己的话来说，他不过是被人用来点缀的"小丑"而已。

达夫一生可以说是不得志的一个人，在北大没有当到教授，后来（一九二四年初）同太平洋社的石瑛到武大去曾经担任过教授，但因别人的政治倾向不受欢迎而自己受了连累，不久又离开了武汉。这时候我往日本去跑了一趟又回到了上海来。上海有了"五卅"惨案发生，留在上海的创造社的小朋友们不甘寂寞，又搞起《洪水》半月刊来，达夫也写过一些文章。逐渐又见到创造社的复活。直到一九二六年三月我接受了广州大学文学院长的聘，又才邀约久在失业中的达夫和刚从法国回国的王独清同往广州。

达夫应该是有政治才能的，假如让他做外交官，我觉得很适当。但他没有得到这样的机会。他的缺点是身体太弱，似乎在二十几岁的时候便有了肺结核，这使他不能胜任艰巨。还有一个或许也是缺点，是他自谦的心理发展到自我作践的地步。爱喝酒，爱吸香烟，生活没有秩序，愈不得志愈想伪装颓唐，到后来志气也就日见消磨，遇着什么棘手的事情，便萌退志。这些怕是他有政治上的才能，而始终未能表现其活动力的主要原因吧。

到广州之后只有三个月工夫，我便参加了北伐。那时达夫回到北平去了，我的院长职务便只好交给王独清代理。假使达夫是在广州的话，我毫无疑问是要交给他的。这以后我一直在前方，广州的情形我不知道。达夫是怎样早离开了广州回到上海主持创造社，又怎样和朋友们生出意见闹到脱离创造社，详细的情形我都不知道。在他宣告脱离创造社以后，我们事实上是断绝了交往，他有时甚至骂过我是"官僚"。但我这个"官僚"没有好久便成了亡命客，我相信到后来达夫对于我是恢复了他的谅解的。

一九二八年二月到日本去亡命，这之后一年光景，创造社被封锁。亡命足足十年，达夫和我没有通过消息。在这期间的他的生活情形我也是不大清楚的。我只知道他和王映霞女士结了婚，创作似乎并不多，生活上似乎也不甚得意。记得有一次在日本报上看见过一段消息，说暨南大学打算聘达夫任教授，而为当时的教育部长王世杰[①]所批驳，认为达夫的生活浪漫，不足为人师。我感受着异常的惊讶。

　　就在卢沟桥事变前一年（一九三六年）的岁暮，达夫忽然到了日本东京，而且到我的寓所来访问。我们又把当年的友情完全恢复了。他那时候是在福建省政府做事情，是负了什么使命到东京的，我已经不记忆了。他那时也还有一股勃勃的雄心，打算到美国去游历。就因为他来，我还叨陪着和东京的文人学士们周旋了几天。

　　次年的五月，达夫有电报给我，说当局有意召我回国，但以后也没有下文。七月卢沟桥事变爆发了，我得到大使馆方面的谅解和暗助，冒险回国。行前曾有电通知达夫，在七月十七日到上海的一天，达夫还从福建赶来，在码头上迎接着我。他那时对于当局的意态也不甚明了，而我也没有恢复政治生活的意思，因此我个人留在上海，达夫又回福建去了。

　　一九三八年，政治部在武汉成立，我又参加了工作。我推荐了达夫为设计委员，达夫挈眷来武汉。他这时是很积极的，曾经到过台儿庄和其他前线劳军。不幸的是他和王映霞发生了家庭纠葛，我们也居中调解过。达夫始终是挚爱着王映霞的，但他不知怎的，一举动起来便不免不顾前后，弄得王映霞十分难堪。这也是他的自卑

[①] 作者原注：这人是太平洋社的一位头子，利用过达夫和创造社的招牌来办《现代评论》的。

心理在作祟吧？后来他们到过常德，又回到福州，再远赴南洋，何以终至于乖离，详细的情形我依然不知道。只是达夫把他们的纠纷做了一些诗词，发表在香港的某杂志上。那一些诗词有好些可以称为绝唱，但我们设身处地替王映霞作想，那实在是令人难堪的事。自我暴露，在达夫仿佛是成为一种病态了。别人是"家丑不可外扬"，而他偏偏要外扬，说不定还要发挥他的文学的想像力，构造出一些莫须有的"家丑"。公平地说，他实在是超越了限度。暴露自己是可以的，为什么要暴露自己的爱人？这爱人假使是旧式的无知的女性，或许可无问题，然而不是，故所以他的问题弄得来不可收拾了。

达夫到了南洋以后，他在星岛编报，许多青年在文学上受着他的熏陶，都很感激他。南太平洋战事发生后，新加坡沦陷，达夫的消息便失掉了。有的人说他已经牺牲，有的人说他依然健在，直到最近才得到确实可靠的消息，他已经不在人世了。

十天前，达夫的一位公子郁飞来访问我，他把沈兹九写给他的回信给我看，并抄了一份给我，他允许我把它公布出来。凡是达夫的朋友，都是关心着达夫的生死的，一代的文艺战士假使只落得一个惨淡的结局，谁也会感觉着悲愤的吧？

郁飞小朋友：

信早收到。因为才逃难回来，所以什么事情都得从头理起，忙得很，到今天才复你，你等得很着急了吧。

你爸爸是在日本人投降后一个星期才失踪的，到现在还没有回来，大约是凶多吉少了。关于你爸爸的事是这样：在新加坡沦陷前五天，我们一同离开新加坡到了苏门答腊附近小岛上，后来又溜进了苏门答腊。那时我们大家都改名换姓，化装了生意人，谁也不知道我们的来历。有一次你爸爸不小心，讲了几句日本话，就被日本宪兵来抓去，强迫他当翻译。他没有办法，用"赵廉"这个假名在苏岛宪兵部工作了六个月。在这期间，他用尽方法掩护自己，同时帮忙华侨，所以他给当地华侨印象极好。他在逃难中间的生活很严肃。那时我们也在同一个地方，不过我们住的是乡下。他常常偷偷地来看我们，告诉我们日本人的种种暴行，所以他非常恨日本人。后来，他买通了一个医生，说有肺病不得不辞职，日本人才准了他。

一年半以后，新加坡来了一个汉奸，报告日本宪兵，说他在做国际间谍。当地华侨为这事被捕的很多，日本人想从华侨身上知道你爸爸是否真有间谍行为，结果谁也说没有，所以仍能平安无事。在这事发生以前，我们因为邵宗汉先生和王任叔伯伯在棉兰，要我们去，我们就去棉兰了。他和汪金丁先生和其他的朋友在乡间开了一间酒店，生意很好，就此维持生活。

直到日本人投降后，他想从此可以重见天日了，谁知一天夜里，有一个人来要求他帮忙一件事情，他就随便蹑了一双木屐从家里走出，就此一去不返。至于求诱他出去的人那是谁，现在还不清楚，大约总是日本人。我们为了这事从棉兰赶回苏，多方面打听，毫无结果。以后我们到了新加坡，又报告了英军当局，他们只说叫当地日本人去查（到现在，那里还是日军维持秩序），那会有呢？

问题是在此：日本降后，照例兵士都得回国，而宪兵是战犯，要在当地听人民控告的。人民控告时，要有人证物证，你爸爸是最好的人证，所以他们要害死他了。而他当时没有想到这一层，没有早早离开，反而想在当地做一番事业。

你不要哭，在这几年当中，你爸爸很勇敢，很坚决，这在你也很有荣誉的。况且人总有一死的呀，希望你努力用功！再会。

你的大朋友沈兹九

看到这个"凶多吉少"的消息，达夫无疑是不在人世了。这也是生为中国人的一种凄惨，假使是在别的国家，不要说像达夫这样在文学史上不能磨灭的人物，就是普通一个公民，国家都要发动她的威力来清查一个水落石出的。我现在只好一个人在这儿作些安慰自己的狂想。假使达夫确实是遭受了苏门答腊的日本宪兵的屠杀，单只这一点我们就可以要求把日本的昭和天皇拿来上绞刑台！英国的加莱尔说过"英国宁肯失掉印度，不愿失掉莎士比亚"；我们今天失掉了郁达夫，我们应该要日本的全部法西斯头子偿命！……

实在的，在这几年中日本人所给予我们的损失，实在是太大了。但就我们所知道的范围内，在我们的朋辈中，怕应该以达夫的牺牲为最残酷的吧。达夫的母亲，在往年富春失守时，她不肯逃亡，便在故乡饿死了。达夫的胞兄郁华（曼陀）先生，名画家郁风的父亲，在上海为伪组织所暗杀。夫人王映霞离了婚，已经和别的先生结合。儿子呢？听说小的两个在家乡，大的一个郁飞是靠着父执的资助，前几天飞往上海去了。自己呢？准定是遭了毒手。这真真是不折不扣的"妻离子散，家破人亡"！达夫的遭遇为什么竟要有这样的酷烈！

我要哭，但我没有眼泪。我要控诉，向着谁呢？遍地都是圣贤豪杰，谁能了解这样不惜自我卑贱以身饲虎的人呢？不愿再多说话了。达夫，假使你真是死了，那也好，免得你看见这愈来愈神圣化了的世界，增加你的悲哀。

1946 年 3 月 6 日

游　湖

一出玄武门，风的气味便不同了。阵阵浓烈的荷香扑鼻相迎。南京城里的炎热，丢在我们的背后去了。

我们一共是六个人：外庐、靖华、亚克、锡嘉、乃超、我。在湖边上选了一家茶馆来歇脚，我们还须得等候王冶秋，离开旅馆时是用电话约好了的。

一湖都是荷叶，还没有开花。湖边上有不少的垂柳，柳树下有不少的湖船。天气是晴明的，湖水是清洁的，似乎应该有游泳的设备，但可惜没有。

阵列着的一些茶酒馆，虽然并没有什么诗意，但都取着些诗的招牌。假如有喜欢用辞藻的诗人，耐心地把那些招牌记下来，分行地写出，一定可以不费气力地做成一首带点词调味的新诗，我保险。

时间才十点多钟，游湖的人已相当杂沓。但一个相熟的面孔也没有。大抵都是一些公务人员和他们的眷属，穿军服的人特别多，我们在这儿便形成了一座孤岛。

刚坐下不一会，忽然看见张申府一个人孤零零地从湖道上走来。他是显得那么孤单，但也似乎潇洒。浅蓝鱼的绸衫，白哔叽的西装裤，白皮鞋，白草帽，手里一把折扇，有点旧式诗人的风度。

——一个人吗？

——是的，一个人。

我在心里暗暗佩服，他毕竟是搞哲学的人，喜欢孤独。假使是我，我决不会一个人来。一个人来，我可能跳进湖里面去淹死。但淹死的不是我，而是那个孤独。忽然又憬悟到，屈原为什么要跳进汨罗江的原因。他不是把孤独淹死了，而一直活到了现在的吗？

张申府却把他的孤独淹没在我们六个人的小岛子上来了。我们的不期而遇也显然地增加了他的兴趣。

接着王冶秋也来了。同来的还有一位在美军军部服务的人，是美国华侨的第二代。

冶秋是冯焕章将军的秘书，他一来便告诉我们：冯先生也要来，他正在会客，等客走了他就动身。

这在我倒是意料中的事，不仅冯将军喜欢这种民主作风，便是他自己的孤独恐怕也有暂时淹没的必要。我到南京来已经四天，还没有去拜望他，今天倒累得他来屈就了。

十一时将近，游湖的人渐渐到了高潮。魁梧的冯将军，穿着他常穿的米色帆布中山服，巍然地在人群中走来了。他真是出类拔萃地为众目所仰望，他不仅高出我一头地，事实上要高出我一头地半。

我们成为了盛大的一群，足足有十一个人，一同跨上了一只游艇。游艇有平顶的篷，左右有栏杆，栏杆下相向地摆着藤机藤椅。在平稳的湖面上平稳地驶着。只有船行的路线是开旷的，其余一望都是荷叶的解放区。湖水相当深，因而荷叶的梗子似乎也很长。每一片荷叶都铺陈在湖面上放怀地吸收着阳光。水有好深，荷叶便有好深，这个适应竟这样巧合！万一水突然再涨深些，荷叶不会像倒翻雨伞一样收进水里去吗？要不然，便会连根拔起。

在湖上游船的人并不多，人似乎都集中到茶酒馆里去了。也有些美国兵在游湖，有的裸着身子睡在船头上作阳光浴。

湖的本身是很迷人的，可惜周围缺少人工的布置。冯将军说，他打算建议由国库里面提出五千万元来，在湖边上多修些草亭子，更备些好的图书来给人们阅读。这建议是好的，但我担心那五千万元一出了国库，并不会变成湖畔的草亭子，而是会变成马路上的小汽车的。图书呢？当然会有，至少会有一本缮写得工整的报销簿。

　　冯将军要到美国去视察水利，听说一切准备都已经停当了，只等马歇尔通知他船期。冯将军极口称赞马歇尔，说他真是诚心诚意的在为中国的和平劳心焦思，他希望他的调解不要失败。听说有一次马歇尔请冯吃饭，也谈到调解的问题，他竟希望冯帮忙。冯将军说：这话简直是颠倒了。我们中国人的事情由马帅来操心，而马帅却要我们中国人帮他的忙。事情不是完全弄颠倒了吗？

　　是的，马歇尔在诚心诚意图谋中国的和平，我能够相信一定是真的。就是他的请冯将军帮忙，我也能够相信是出于他的诚心诚意。但我自己敢于承认我是一位小人，在我看来，马歇尔倒始终是在替美国工作。中国的和平对于美国是有利益的事，故尔他要我们中国人替他帮忙。要争取和平，中国人应该比美国人还要心切。事实上也是这样。不过争取和平有两种办法，有的是武力统一的和平，有的是放弃武力的和平；而不幸的是美国的世界政策和对华政策所采取的是第一种倾向。这就使和平特使的马歇尔左右为难了。消防队的水龙，打出来的才是美孚洋油，这怎么能够救火呢？

　　但我这些话没有说出口来，不说我相信冯将军也是知道的，只是他比我更有涵养，更能够处之泰然罢了。

　　中国人的一厢情愿自然是希望美国人帮忙中国人的解放，帮忙中国的建设，然而马歇尔可惜并不是真正姓马。

　　船到两座草亭子边上的一株大树下停泊了。冯将军先叫副官上岸去替每一个人泡了一盅茶来，接着又叫他买馒头，买卤肉，买卤鸭，替每一个人买两只香蕉。茶过一巡之后，副官把食物也买来了，一共是荷叶三大包。真是好朋友，正当大家的食欲被万顷的荷风吹扇着的时候。于是大家动手，把藤茶几并拢来放在船当中，用手爪代替刀叉，正要开始大吃。冯将军说：不忙，还有好东西。他叫副官从一个提包里取出了一瓶葡萄酒来，是法国制的。冯将军是不喝酒的人，他说，这酒是替郭先生拿来的。这厚意实在可感。没有酒杯，把茶杯倾了两盅，大家来共饮。不喝酒的冯将军，他也破例喝了两口。

　　这情形令我回想到去年七月初的一个星期日。在莫斯科，舟游莫斯科运河，坐的是汽艇，同游者是英国主教和伊朗学者，但感情的融洽是别无二致的。天气一样的晴明，喝酒时也一样的没有酒杯。转瞬也就一年了，在那运河两岸游泳着的苏联儿童和青年男女们，一定还是照常活泼的吧。当时有一位苏联朋友曾经指着那些天真活泼的青少年告诉我，那是多么可爱的呀，不知怎的世间上总有好些人说苏联人是可怕的人种。但这理由很简单，不仅国际间有着这样的隔阂，就是在同一国度里面也有同样的隔阂。有的人实际上是情操高尚，和蔼可亲，而被某一集团的人看来，却成了三头六臂的恶鬼，甚至要加以暗杀。问题还是在对于人民的态度上，看你是要奴役人民还是服务人民。这两种不仅是两种思想，而且是两种制度。只有在奴役人民的制度完全废除了的一天，世界上才可以有真正的民主大家庭出现。

　　值得佩服是那位在美国军部服务的华侨青年，他对于饮食丝毫不进。听说美国军部有这样的规定，不准在外面乱用饮食。假使违背了这条规定，得了毛病是要受处分的。这怕是因为近来有霍乱的流行的原故吧？平时在外间喝得烂醉的美国大兵是很常见的事，然而今天的这位华侨青年倒确确实实成为了一位严格的清教徒了。

把饮食用毕，大家到岸上去游散。不期然地分成了两群。冯将军的一群沿着湖边走，我们的一群加上张申府却走上坡去。一上坡，又是别有天地。原来那上面已经辟成了公园，布置得相当整饬。这儿的游人是更加多了。茶馆里面坐满的是人。有些露天茶室或餐厅，生意显得非常繁昌。也有不少的游客，自行在树荫下的草地上野食。

我们转了一会，又从原道折回湖滨，但冯将军们已经不见了。走到那大树下泊船的地方，虽然也泊着一只船，但不是我们的那一只。毫无疑问，冯将军们以为我们不会转来，他们先回去了。我心里有点歉然，喝了那么好的酒，吃了那么多的东西，竟连谢也没有道一声。但我们也可以尽情地再玩了，索性又折回公园里去，到一家露天茶室里，在大树荫下喝茶。

访 沈 园

一

绍兴的沈园,是南宋诗人陆游写《钗头凤》的地方。当年著名的林园,其中一部分已经辟为"陆游纪念室"。

二

《钗头凤》的故事,是陆游生活中的悲剧。他在二十岁时曾经和他的表妹唐琬(蕙仙)结婚,伉俪甚笃。但不幸唐琬为陆母所不喜,二人被迫离析。

十余年后,唐琬已改嫁赵家,陆游也已另娶王氏。一日,陆游往游沈园,无心之间与唐琬及其后夫赵士程相遇。陆既未忘前盟,唐亦心念旧欢。唐劝其后夫遣家童送陆酒肴以致意。陆不胜悲痛,因题《钗头凤》一词于壁。其词云:

红酥手,黄藤酒,满城春色宫墙柳。东风恶,欢情薄,一怀愁绪,几年离索。错,错,错。　春如旧,人空瘦,泪痕红浥鲛绡透。桃花落,闲池阁,山盟虽在,锦书难托。莫,莫,莫。

这词为唐琬所见,她还有和词,有"病魂常似秋千索","怕人询问,咽泪装欢,瞒,瞒,瞒"等语。和词韵调不甚谐,或许是好事者所托。但唐终抑郁成病,至于夭折。我想,她的早死,赵士程是不能没有责任的。

四十年后,陆游已经七十五岁了。曾梦游沈园,更深沉地触动了他的隐痛。他又写了两首很哀婉的七绝,题目就叫《沈园》。

城上斜阳画角哀,沈园非复旧池台。伤心桥下春波绿,曾是惊鸿照影来。
梦断香消四十年,沈园柳老不吹绵。此身行作稽山土,犹吊遗踪一泫然。

这是《钗头凤》故事的全部,是很动人的一幕悲剧。

三

十月二十七日我到了绍兴,留宿了两夜。凡是应该参观的地方,大都去过了。二十九日,我要离开绍兴了。清早,争取时间,去访问了沈园。

在陆游生前已经是"非复旧池台"的沈园,今天更完全改变了面貌。我所看到的沈园是一片田圃。有一家旧了的平常院落,在左侧的门楣上挂着一个两尺多长的牌子,上面写着"陆游纪念室(沈园)"字样。

大门是开着的,我进去看了。里面似乎住着好几家人。只在不大的正中的厅堂上陈列着有关陆游的文物。有陆游浮雕像的拓本,有陆游著作的木板印本,有当年的沈园图,有近年在平江水库工地上发现的陆游第四子陆子坦夫妇的圹记,等等。我跑马观花地看了一遍,又连忙走出来了。

向导的同志告诉我:"在田畽中有一个葫芦形的小池和一个大的方池是当年沈园的故物。"

我走到有些树木掩荫着葫芦池边去看了一下,一池都是苔藻。池边有些高低不平的土堆,据说是当年的假山。大方池也远远望了一下,水量看来是丰富的,周围是稻田。

待我回转身时,一位中年妇人,看样子好像是中学教师,身材不高,手里拿着一本小书,向我走来。

她把书递给我,说:"我就是沈家的后人,这本书送给你。"

我接过书来看时,是齐治平著的《陆游》,中华书局出版。我连忙向她致谢。

她又自我介绍地说:"老母亲病了,我是从上海赶回来的。"

"令堂的病不严重吧?"我问了她。

"幸好,已经平复了。"

正在这样说着,斜对面从菜园地里又走来了一位青年,穿着黄色军装。赠书者为我介绍:"这是我的儿子,他是从南京赶回来的。"

我上前去和他握了手。想到同志们在招待处等我去吃早饭,吃了早饭便得赶快动身,因此我便匆匆忙忙地告了别。

这是我访问沈园时出乎意外的一段插话。

四

这段插话似乎颇有诗意。但它横在我的心中,老是使我不安。我走得太匆忙了,忘记问清楚那母子两人的姓名和住址。

我接受了别人的礼物，没有东西也没有办法来回答，就好像欠了一笔债的一样。

《陆游》这个小册子，在我的旅行箧里放着，我偶尔取出翻阅。一想到《钗头凤》的故事便使我不能不联想到我所遭遇的那段插话。我依照着《钗头凤》的调子，也酝酿了一首词来：

> 宫墙柳，今乌有，沈园蜕变怀诗叟。秋风袅，晨光好，满畦蔬菜，一池萍藻。草，草，草。　沈家后，人情厚，《陆游》一册蒙相授。来归宁，为亲病。病情何似？医疗有庆。幸，幸，幸。

的确，"满城春色宫墙柳"的景象是看不见了。但除"满畦蔬菜，一池萍藻"之外，我还看见了一些树木，特别是有两株新栽的杨柳。

陆游和唐琬是和封建社会搏斗过的人。他们的一生是悲剧，但他们是胜利者。封建社会在今天已经被和根推翻了，而他们的优美形象却永远活在人们的心里。

沈园变成了田圃，在今天看来，不是零落，而是蜕变。世界改造了，昨天的富室林园变成了今天的人民田圃。今天的"陆游纪念室"还只是细胞，明天的"陆游纪念室"会发展成为更美丽的池台——人民的池台。

陆游有知，如果他今天再到沈园来，他决不会伤心落泪，而是会引吭高歌的。他会看到桥下的"惊鸿照影"——那唐琬的影子，真像飞鸿一样，永远在高空中飞翔。